Fate/Apocrypha

The sage cries out. "Open, Gates of Heaven. Bless us and bestow miracles upon us!"

4

「熾天之杯」

東出祐一郎

插畫　近衛乙嗣

Kadokawa Fantastic Novels

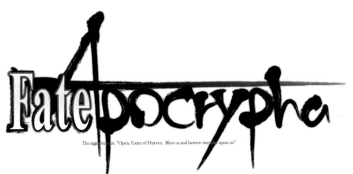

CLASS

弓兵

主人	言峰四郎
真名	阿塔蘭塔
性別	女性
身高、體重	166cm 57kg
屬性	中立、邪惡

肌力	D	魔力	B
耐力	E	幸運	C
敏捷	A	寶具	C

職階所屬能力

反魔力：D	能使單一（Single Action）發動的魔術無效。 約等於迴避魔力護符程度的反魔力。

單獨行動：A	即使沒有主人也能夠行動。 但若是要使用寶具等需要龐大魔力的情況下 則需要主人支援。

持有技能

越過阿卡迪亞：B

能越過領域上包含敵人在內的各種障礙移動。

追殺的美學：C

讓敵方先下手，待確認其行動之後，
再搶先於對方之前採取行動。

寶具

訴狀的箭書(Phoebus Catastrophe)

層級：B　種類：對軍寶具
範圍：2～50　最大掌握：100人

利用守護神阿緹蜜思所賜予的「天穹之弓(Tauropolos)」
向阿波羅與阿緹蜜思送出祈求庇佑的箭書。
下一回合將會落下箭雨，進行全體攻擊，也可設定範圍。

CLASS

槍兵

主人	言峰四郎
真名	迦爾納
性別	男性
身高、體重	178cm 65kg
屬性	守序、善良

肌力	B	魔力	B
耐力	C	幸運	D
敏捷	A	寶具	EX

職階所屬能力

對魔力：C　能使發動魔術時詠唱兩節以下的魔術無效。
無法防範大魔術、禮儀咒法等大規模的魔術。
只不過當接受了寶具黃金鎧甲的效果時
便不在此限。

持有技能

貧者的見識：A

能看穿對手個性、屬性的眼力。
不會被言語辯解、欺騙所蒙蔽。
是孤獨其身而常有機會追尋弱者的生命與價值的
迦爾納才能擁有，掌握對方本質的力量。

騎術：A

除幻獸、神獸層級的所有獸類、騎乘工具都能自在駕馭。

無冠的武藝：—

因各種理由未獲得他人認可的武裝能力。
從對方的角度來看，劍、槍、弓、騎術、神性層級都會比實際上低一級。
當洩漏真名後，效果便會消失。

魔力放射（炎）：A

讓武器或本身肉體帶有魔力，
透過瞬間放射提高能力。
迦爾納的狀況是熊熊燃燒的火焰會化為魔力，寄宿在使用的武器上。

神性：A

身為太陽神蘇利耶之子，死後與蘇利耶
合為一體的迦爾納擁有最高級的神靈修正。
這樣的神靈修正在面對神性B以下的太陽神系英靈時，
將發揮強大防禦力。

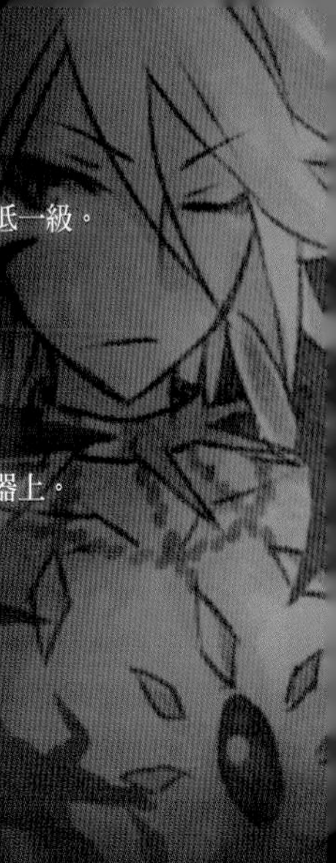

寶具

太陽啊，化為鎧甲吧（Kavacha & Kundala）

層級：A　種類：對人（自身）寶具　範圍：0　最大掌握：1人

迦爾納的母親貢蒂害怕成為未婚母親，
為了保護兒子，向蘇利耶祈願得來的黃金鎧甲與耳環。
散放著太陽光輝，是強大的防禦型寶具。
因為是光芒本身化為形體，就連諸神也難以破壞。
已與迦爾納的肉體融合為一。

梵天啊，詛咒我吧（Brahmastra Kundala）

層級：A+　種類：對國寶具　範圍：2～90　最大掌握：600人

由婆羅門的持斧羅摩授予迦爾納的對國寶具。
若職階是弓兵就以弓，其他職階就以別種飛行道具的形式顯現。
賦予了迦爾納屬性火焰效果所使出的一擊
甚至可比喻為核武。

[illegible]

[illegible]

CLASS

騎兵

主人	言峰四郎
真名	阿基里斯
性別	男性
身高、體重	185cm 97kg
屬性	守序、中立

肌力	B+	魔力	C
耐力	A	幸運	D
敏捷	A+	寶具	A+

職階所屬能力

反魔力：C	能使發動魔術時詠唱兩節以下的魔術無效。 無法防範大魔術、禮儀咒法等大規模的魔術。
騎術：A+	騎術才能。只要是獸類， 連幻獸、神獸層級都能駕馭， 但龍種不在此列。

持有技能

戰鬥續行：A

死到臨頭仍不認命。
即使應為弱點的阿基里斯腱及心臟被射穿，仍能繼續作戰一段時間。

勇猛：A+

能讓威壓、混亂、迷惑等精神干涉無效的能力。
另外，還有提高格鬥傷害的效果。

女神的寵愛：B

接受了來自母親女神忒提斯的寵愛。
除魔力與幸運外的所有參數都會提高層級。

神性：C

為大海女神忒提斯與人類英雄珀琉斯所生。

寶具

Troyius Tragoidia
疾風怒濤之不死戰車

層級：A　種類：對軍寶具
範圍：2～60　最大掌握：50人

三頭馬戰車。馬匹是海神波賽頓賜予的不死神馬兩匹，以及從都市掠奪而來的名馬一匹。
以其神速蹂躪戰場，可以隨著加速給予相應的追加傷害。在最快速度下，有如急馳的巨大割草機。

Dromeus Kometes
慧星走法

層級：A+　種類：對人（自身）寶具
範圍：0　最大掌握：1人

沒有駕馭「疾風怒濤之不死戰車」時便會啟用的隨時發動型寶具。
實現了所有時代的所有英雄之中速度最快的傳說。
能一瞬間跑過廣大戰場，
即使領域上有障礙也不會減緩速度。
雖然必須暴露出自身弱點阿基里斯腱，
但能夠掌握這般高速的英靈乃少數。

Andreias Amarantos
勇者的不凋花

層級：B　種類：對人（自身）寶具
範圍：0　最大掌握：1人

除腳跟之外，全身都有母親女神忒提斯賦予的不死身祝福。
可讓任何攻擊無效，但擁有一定層級之上的「神性」技能者能抵銷這個效果。

Diatrekhon Aster Lonkhe

穿梭天空群星之尖

CLASS

狂戰士

主人	—
真名	斯巴達克斯
性別	男性
身高、體重	221cm 165kg
屬性	完全中立

肌力	A	魔力	E
耐力	EX	幸運	D
敏捷	D	寶具	C

職階所屬能力

狂暴：EX	可提昇參數， 但會失去大部分理性。 即使受到狂暴影響，斯巴達克斯仍可交談， 不過會被固定在「選擇最困難的選項」 這樣的思維之中， 實際上無法與他溝通。

持有技能

受虐的榮耀：B

以魔術方式治療身為使役者的斯巴達克斯身體時，
需消耗的魔力將會降低為平常的四分之一。
另外，即使不使用魔術，傷勢也會在
經過一定時間之後自動痊癒。

寶具

疵獸咆哮（Crying Warmonger）

層級：A　種類：對人（自身）寶具
範圍：0　最大掌握：1人

隨時發動型寶具。
可將來自敵人的損傷一部分變化為魔力，累積在體內。
儲存在體內的魔力可以用在
強化斯巴達克斯的能力上。
若是與強大使役者對峙，
肉體本身甚至會徹底改變吧。

CLASS

術士

主人	言峰四郎
真名	莎士比亞
性別	男性
身高、體重	180cm 75kg
屬性	完全中立

肌力	E	魔力	C++
耐力	E	幸運	B
敏捷	D	寶具	C+

職階所屬能力

設置陣地：C	作為魔術師，可以設置對自身有利的陣地。 但是他打造的並非工坊， 而是用來寫故事的「書房」。

製作道具：-	製作道具的技能 因為技能「附魔」而失去。

持有技能

附魔：A

賦予概念。
在他人身上或其所持重要物品上追加強大機能，
基本上是讓主人出面作戰的強化能力。
他自己則以觀眾身分在旁觀戰，
並一一詢問當下心境，讓主人覺得煩躁。

自我保存：B

本人完全沒有戰鬥能力，相對地，只要主人平安，
幾乎可以從所有危機中逃脫。也就是說，他本人完全不作戰。
明明不作戰，卻盡是喜好高風險、高回報的戰術。

寶具

開演時刻已至，給予此處如雷喝采（First Folio）

層級：B　種類：對人寶具
範圍：1～30　最大掌握：1人

[illegible]

CLASS

刺客

主人	言峰四郎
真名	塞彌拉彌斯
性別	女性
身高、體重	169cm 51kg
屬性	守序、邪惡

肌力	E	魔力	A
耐力	D	幸運	A
敏捷	D	寶具	B

職階所屬能力

斷絕氣息：C+　可以斷絕身為使役者的氣息，適於隱密行動。
一旦轉為攻擊態勢，將會使斷絕氣息的層級大幅下降，
但下毒的情況不在此限。

設置陣地：EX　作為魔術師，可以設置對自身有利的陣地。
能藉由收集具體材料
形成超越「神殿」的「空中花園」。

製作道具：C　能夠打造帶有魔力的器具。
塞彌拉彌斯專精在製作毒藥方面，
無法製作除此之外的道具。

持有技能

使魔（鴿子）：D

能將鴿子當作使魔差遣。
無須定下契約，只要傳送意念便可。

雙重召喚：B

可獲得刺客與術士兩種職階的技能現界。
僅有一小部分使役者持有的稀少特質。

神性：C

為敘利亞魚神得耳刻托與人類所生之女。

寶具

Hanging gardens of Babylon

虛榮的空中花園

層級：EX　種類：對界寶具
範圍：10～100　最大掌握：1000人

巴比倫的空中花園。事實上，塞彌拉彌斯
並未與巴比倫的空中花園有所關連，
但利用了許多人誤解的信仰而得以成立為寶具。

因為畢竟是「虛榮」，寶具啟動的條件很苛刻。
要從伊拉克首都巴格達附近的遺跡運來一定的土石，
並組合起來，才總算完成啟動的準備。
（從啟動準備起算最少需要約三天）

如字面所述，它以「浮遊空中的巨大要塞」形式顯現。
而只要是在這座要塞內部，
塞彌拉彌斯所有參數層級都會提升，
知名度也會提高到最高層級，
在攻擊之際還會加上有利的修正。

那麼、那麼，妳根本不是聖女……！

真的什麼都不明白呢。

「……在說些有的沒的之前，總之先吃吧。」
「好的。」
「也是。」

Fate/Apocrypha

The sage cries out. "Open, Gates of Heaven. Bless us and bestow miracles upon us!"

4

「熾天之杯」

東出祐一郎

插畫　近衛乙嗣

Kadokawa Fantastic Novels

彩頁、內文插畫／近衛乙嗣

Fate Apocrypha　Vol.4「熾天之杯」

目錄

CONTENTS

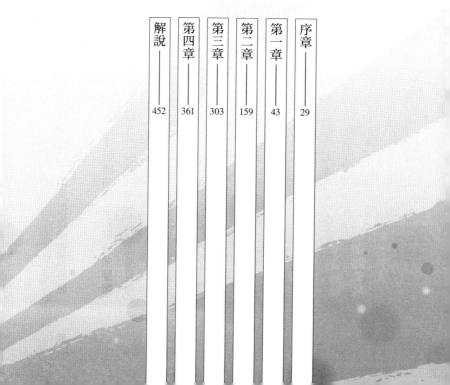

序章

序章

——短短十九年，不到二十年的人生，就是我的一切。

若要加以濃縮，可說當我在十七歲離開生長的棟雷米村後的那兩年才是我的一切。

那是榮耀的一年與失勢的一年。

有人說，我是奇蹟的少女。

我想，這真的是奇蹟嗎？

我聽見神的嘆息而起義，為了奪回祖國而順著自己的心征戰。

沒錯，征戰。即使只是負責在戰場上揮舞大旗，這仍是選擇了殺害他人。為了拯救祖國的一百人，選擇殺害一千名敵人。

即使對手是敵人、是放著不管會反過來殺害自己的對象——殺人就是殺人。

打破了「汝不得殺生」的戒律，那是一種超乎想像的嚴酷行為。

因此背負了同樣命運的人大多會這樣想。

「對手不是人」，他們是惡魔、是飢渴於血的惡鬼，因此將之殺害乃行善，所以在心懷蔑視的情況下殺害。或者深信自己是為了國家、為了故鄉、為了心愛的某人而殺人。

這是必要的行為，是理應受到祝福的行徑。

人們就這樣拚命持續視而不見……若不能持續，就活不下去。

如果理解敵對的「不認識的某人」也是愛著家人、國家的理所當然的人類，還持續加以殺害，他們的精神遲早會崩潰——

我既愚蠢又無知，非常不擅長說謊。

所以——我把對手當成人類看待。惡魔很可怕、惡鬼很駭人，但人類就不可怕，只是會有種心如刀割的痛。

殺人、救人，我相信除此之外沒有其他方法可以拯救故鄉。我如此相信、如此發誓，不懺悔，澈底殲滅敵人。

世界的「歷史」有如螺旋般交纏，無論走到哪裡都看不見開端，即使是再愚蠢不過的事情，一旦消耗了成千上萬的性命，就怎樣也無法成為喜劇。

因為被殺，所以殺害；因為殺害了，所以被殺。必須找到某個點停止，但完全找不到停下的方法，永遠持續下去的螺旋——

即使如此——即使如此，我還是選擇了殺害他人的路。雖然只有一點點，但這條路可以持續向前。我知道我流下的血將會連上新的道路，總有一天會連上不再有人需要流血的路。

……懷抱痛苦前進的我不管到哪裡都是愚蠢至極。

眾人以聖女稱呼罪惡深重、渾身染血的我。我必須一輩子背負這個名號——真是太可怕了。

一旦大喊「不是這樣」，一切就會結束。然而那不是獲得救贖的結束，只是放棄背負在身上的事物的行為。

所以我選擇持續背負。背負眾人希望，只是不斷向前。

我明白，我很久之前就知道，這樣只會落入毀滅。即使如此，仍不斷向前是為了祖國？為了希望？或是，抑或是——

因為認為「自己是該受到懲罰的罪人」呢？

並非迎向所有人都幸福的結果，而是迎向符合一場人人互相傷害、憎恨的戰爭該有的結果。

對渾身染血的自己來說，火刑是再適合不過的結果。

即使看到我可悲的身影遭到嘲笑，即使被愚弄或咒罵都無所謂。

來，祈禱吧。僅只祈禱、僅只仰望天，說穿了只是死了一個愚蠢而渺小的鄉下姑娘。是將會掩埋於歷史之中，沒什麼大不了的事情。

我認為即使是受到許多人景仰，成為「英靈」的現在——我仍只是個愚蠢的鄉下姑娘罷了。

……然而，此次的聖杯戰爭在各種層面都太破格（例外）了。

召喚出的使役者隨便就超過雙手可數，由七位組成同盟互相對決的形式實在是太過特殊的狀況。儘管如此，身為裁決者的貞德（我）召喚過程出現異常（錯誤），不得不借助名為蕾蒂希雅的少女幫助。

而造成此一錯誤的原因，就是在聖杯大戰中的極端例外——天草四郎時貞。

原本該是裁判的我身上的任務早已不是看清這場戰爭的走向，而是為了做個了斷才存在。

還有另一位，聖杯大戰中最小也是最大的例外。

沒有名字，獲得的生命也非常短暫，即使如此仍掙扎求生，擁有寶石般的美麗與人類般的扭曲的人工生命體。

無論十四位使役者之間的對決，還是另一位裁決者的存在，在他的特異性之前全都顯得黯淡無光。

原本人工生命體是為了完成任務被打造出來，他們對於要做些什麼本身並不會抱持疑問，只會持續唯唯諾諾地遵從主人的命令，遑論他還是自出生以來就甚至不懂思考的類型。

以魔術回路活性化魔力，經由管道供應使役者使用。

不需要言語功能、不需要思考能力，只被允許存在於世上。相對地，要過持續受到壓榨的人生，打從出生便注定是犧牲者。

而「他」，逃離了這項任務。

因恐懼而顫抖、因絕望而害怕，抱持想活下去的願望——從供應槽裡爬了出來。

原本理應埋沒於世間的「他」在這個瞬間成了異能存在，活著——對他來說，這件事本身就是一種「異常能力」了。

在「黑」騎兵（阿斯托爾弗）的幫助下，他短暫逃離，接著心臟遭到破壞，陷入瀕死狀態。

而拯救他的，是因「尼伯龍根之歌」聲名大噪的英雄齊格菲。以「黑」劍兵身分被召喚而出的他將自己的心臟分給了人工生命體。

……到現在，齊格菲這麼做的理由已不得而知。不過，眼看齊格菲逝去的「黑」騎兵聽到了他低喃的遺言。

——啊啊，這樣就好了。

齊格菲滿足地、毫無眷戀地獻出自身性命。原本是一位甚至無名的人工生命體，這樣的「他」在諸多——幸運——庇佑下想活下去。

原本有光輝燦爛的人生等著他，跨越絕望，準備邁向希望。

但是，他又回到了「這裡」。

當然，這是基於他本身的選擇，這點是毫無疑問的事實，所以原本的我理應公平地看待他並加以評斷。

但是我做不到，我無論如何就是無法這樣認知。

一位少女認為這是一見鍾情，被他那岌岌可危的狀態，以及即使如此仍選擇走上荊棘道路的高尚氣魄深深吸引。

……另一位少女認為這不是戀愛，覺得之所以認定他是該守護的對象，是因為接受了「應當這麼做」的啟示。

無論如何，自稱齊格的人工生命體變成與我一起行動——共享利害關係並一同作戰。

針對這點，我的半身因戀愛而喜悅——我的半身因罪惡與疑惑而蠢動。

為什麼要與他一起行動並發誓保護他呢？這真的是我的情感嗎？抑或是——

我捨棄了幾度在腦海中閃過的念頭，以不明白作結，束之高閣。

相對地，我察覺到了半身抱持的情感。

另一位我的內心悲傷得想哭，滑稽到甚至愚蠢的程度，有一股好似鮮豔色彩的鮮明華麗的情感席捲著。

啊啊，這想必是戀愛了。與我完全無緣，如同淡淡花朵的美麗內心——

……當然這並不屬於我，而是「接受了我的少女的戀情」。傳遞到我身上的感情，只令我覺得無比純真、無比可愛。

所以，「他」看著的不是她，而是我，這讓我有些愧疚。

你應該看著的人是她，不是我啊。

然而，我看著「他」，卻不知為何會忘了這份愧疚之情。

……不過，沒問題。

這份戀情不會結束，只要我消失，就會剩下掌握了未來的少女和少年。

光是想像這樣的光景，我就——高興得快要哭出來。

——有人說過，世界很美麗。

千變萬化的白雲、群青色的天空、散發神聖氣息的老樹、充滿無比生機的新芽……這類自然的優美自不在話下，就連人類努力求生的大都市裡也充滿了可以掩蓋其醜惡的人工之美。

這世界並不溫柔，甚至可說僅是要生存下去就非常嚴酷才是世界的真面貌。草食動物為肉食動物捕殺、肉食動物敗於人類的火槍之下、人類則為非人存在所敗，甚至連那些非人存在——都可能被普通的人類擊敗。勝者總有一天會失敗，必須學會接受絕對性又無比絕望的世界殘酷的一面。

邪惡存在、善良存在，甚至有不分善惡的灰色地帶存在。

而「即使如此，世界仍無比美麗」。

生命歌頌生存，這之中沒有美醜之分，只有一心一意流下的汗水。不為自身存在而驕——也就是持續選擇活下去的話——

世界想必會永遠美麗。

沐浴著黃昏時分的黯淡溫暖光芒。
某人如是祈禱。

——有人說過，世界很醜陋。

世界需要混沌，無法以純粹的善良成立，若只有純粹的邪惡又會出現破綻，而這兩者總是無法共存。善良世界中存在著些許邪惡，這就是世界存在的方式，才會不斷產出醜陋的事物。邪惡嘲笑善良，善良容不下邪惡，在善惡對立的世界中，總會出現最大多數的存在。

那就是「灰色」，既非善良也不是邪惡，只是依循狀況隨波逐流存在的群體。他們不相信善良，也自豪並非邪惡。儘管認同作惡，卻否定惡意。認為自己並非邪惡，宣稱自身為善人，卻能容許各種殘忍行為。

嘲笑著殺人、以汙衊殺人、因好玩而殺人，並拿無法克制自身為藉口——這就是人類，這就是世界。

啊啊——這世界無比醜陋，甚至不是為善，也並未墮落為惡，兩者皆非。不決定自身色彩，意志搖擺不定，只要充滿這類惡意與惡臭的屍體堆沒能消除——

世界想必會永遠散發著腐臭。

在有如從體內凍僵的黑暗之中被詛咒般的霧氣包圍。
某人得出如是結論。

第一章

第一章

忘我、虛脱、斷了聯繫。

底片隨處遭到剪斷，場景轉瞬間改變。

胸腔有著強烈痛楚，全身有著難以抗拒的無力。

「到底發生了什麼事，被做了些什麼」？搶在這些思考之前，必須最優先處理的狀況——就是要活下去。

要活下去所必要的乃治療行為——必須堵住傷口。但每過一秒就有劇烈的疼痛襲來，甚至無法在腦裡勾勒治癒魔術的術式。

因苦悶而呻吟，將手撫上胸口。

槍彈貫入心臟——每次送出血液，貫入的槍彈便帶來鮮明痛覺，所以首先要取出在體內翻攪的槍彈。

因無法使用治癒魔術，總之先透過產出魔力的方式強行促進新陳代謝，必須把自己的意識拉到可以正常勾勒術式的層級。

有害的霧氣也是不安的因素之一，它會加快原本就漸漸低落的體能消耗的速度吧。

明明刻不容緩，情緒倒是相對冷靜。魔力，需要魔力，透過呼吸獲取魔力吧。雖然肺部可能會潰爛，但現況並無法介意這個。

現在的重點就是盡可能收集魔力。彷彿頭骨裂開的痛楚襲來，甚至削減了想慘叫的氣力。

還要、還要更多魔力，不要緊，完全沒問題。這心臟流有龍血，我中了三發子彈？放心吧，這點小意思怎麼會死——！

「唔……！」

心肌發出嘎吱聲響排除異物，魔術回路活化，致使體內循環加速的魔力慢慢開始修補身體。

內心某處有個聲音問道：難道不覺得奇怪嗎？

先不論齊格菲的心臟本身非常強健。

也不論儘管承受如此痛楚，還能勉強維繫住快要斷絕的意識。

然而——即使如此，即使如此也一樣，這恢復能力太過「異常」了。雖說破壞力當然無法相比，但現在這個狀況和被「紅」劍兵斬殺時極為相似。

當時，儘管擁有這個心臟，自己還是死了一次。

那麼為何這次可以避免一死呢？

『——現在別想這麼多。』

反覆呼吸，積存魔力。好，只能站起來，敵人並沒有像變魔術把戲一樣消失，也沒有認為殺死了自己而大意。

因為對方正以蛇一般冷酷的目光——看著反覆吐血與呼吸的自己。

§§§

四處傳來痛苦慘叫，因為包圍整座托利法斯的霧氣導致鎮上陷入一片混亂。

儘管穿上鎧甲的裁決者急忙追著不聽制止衝出去的齊格，卻因為霧氣妨礙視野，導致她很快就跟丟了。

接著聽到某種類似敲打的清脆聲音，雖然與過去聽過的大砲聲有些接近，但沒有那麼沉重。

「槍聲……！」

裁決者很確定「黑（開膛手傑克）」刺客一定躲藏在這霧氣中的某處，但是，現在她更擔心齊格的安危。

對裁決者來說，「黑」刺客放出的霧氣除了影響她的視野之外，無法造成其他效果。她甚至連敏捷的層級都沒有降低，是因為擁有超越常識的反魔力吧。

「齊格小弟！」

「救……救我……」

回應呼喚的不是齊格，而是一個小孩。裁決者毫不猶豫地打算前往小孩身邊。

但——裁決者透過知覺發現「黑」刺客就在附近，所以她絲毫不敢大意，手握旗幟，探索聲音傳來的位置。

裁決者在朦朧的視野中摸索，立刻發現了小孩所在。小孩用頭頂著牆壁，痛苦地按著胸膛，臉上——看不見表情。

裁決者猶豫了一下，刺客的真名是「開膛手傑克（Jack the Ripper）」，是過往曾在英國聲名大噪的殺人魔——

怎麼可能會是這樣年幼的少女呢？不過，實際上也沒有人知道開膛手傑克的長相和真實身分。

難不成——裁決者並沒有拋下些許的可能性，慎重地碰了少女的肩膀。

……突然竄過一股安心與被逼急的情緒，裁決者一接觸就得知少女不是靈體（使役者），而是擁有肉體的活生生人類。

「媽……媽……」

「不用擔心，我馬上帶妳去找媽媽。」

裁決者這麼說，用召喚出來的聖骸布包住少女。只要裹在這塊可以保護其中物品的布裡，就暫時不會有事。

幸好少女看起來沒有受傷……

「咦————？」

「看起來沒有受傷」。

這狀況不會太不可思議了嗎？雖說人工生命體相對比較虛弱，但這是可以導致他們不消十分鐘就會死去或昏倒的霧氣，這樣普通的弱小孩子卻可以平安活下來？

運氣不好會立刻死亡，運氣好也應該無法避免重症。

「那個，妳……沒事嗎？」

「……嗯，已經不痛了。」

少女如此回答裁決者的問題，感覺好像有點牛頭不對馬嘴。

「妳原本有哪裡痛嗎？」

少女默默伸出腳，膝蓋的部分有粗暴的撕裂傷痕。那是跌倒受的傷……不對，而且當然也不是霧氣造成的傷害。

那是——被某種東西切開的傷痕，所以她才痛得尖叫。

惡寒貫穿全身，一股「殺意」撲了上來。

而且——

這是——

不是一般的殺意，就像黏稠的瀝青、燒到發白的五寸釘、發生突變的殺人病毒之類的東西，是強大又壓倒性的殺意。

而更惡質的是那股殺意不只針對裁決者——

『要是敢逃跑就殺了小孩。』

甚至針對了裁決者手中抱著的小孩。「黑」刺客似乎對下一擊抱持壓倒性的自信。

「好啊。」

裁決者發誓保護懷中少女，無論下一擊如何，只要手中握著這柄旗幟，裁決者絕對不會倒下。

若要說裁決者誤判了什麼——

就是她在這一瞬間將所有注意力集中在即將襲擊而來的「黑」刺客——她認定懷中的少女是該保護的對象。

少女張口——並將手伸進去，取出收在胃部的手術刀。

§§§

為了殺害真面目不明的使役者，「黑」刺客想盡各式各樣的手段。讓自己的主人（媽媽）六導玲霞去處置應是主人的少年。

但即使如此，這位使役者仍完全沒有陷入混亂，準備迎戰刺客。對方使役者可能擁有「單獨行動」技能，或者——她本身就是一個主人。

即使如此也沒問題。「黑」刺客毫不猶豫與留情，解放了自身寶具。

「此處為地獄，『我們』是火、雨、力——」

次元扭曲，「殺人案」開始運轉。受害者為女性，在「霧中」徘徊的「女性」會在「夜晚」被斬殺。

以上，三項條件皆已具備。少女（刺客）的一擊乃「解體聖母（Maria the Ripper）」，可以殺害幾乎所有「雌性」的絕對性寶具。

然後，現在在這裡，殺人事件（寶具）將會成立。

開膛手傑克至少殺害了五名娼婦——或許如此。

開膛手傑克擁有高水準醫療知識——或許如此。

開膛手傑克或許是男性，也可能是女性。

過去的歷史明明不會改變，但開膛手傑克就是如此「不明確」。

沒有人知道真面目，沒有人理解真面目，無論警察、偵探、詩人、教師、醫生、殺人（同類）魔、靈媒、科學家，甚至——連神也或許如此。

對於開膛手傑克，只知道一件事情。

開膛手傑克專殺雌性。

犧牲（女人）者的腹部將會爆裂。在啟用寶具的瞬間，所有狀況都會結束。

這是即使聖劍揮出的一刀、神槍的連刺都無法做到的——重現殺人現場。

犧牲者將死亡——遭到肢解、內臟被奪，失去血液，「最終」死亡。

「殺人」首先抵達，接著才是「死亡」，最後「道理」才姍姍來遲地完備，完全不容分說，無論迎戰、迴避、抵抗都毫無意義。

「黑」刺客確定。

得手了。毫無疑問殺害了這個使役者，同時打算扯出使役者的心臟。

使役者擁有龐大魔力，尤其作為靈核存在的心臟或腦部更不用說。「黑」刺客將透過吞噬少女魂魄獲得更強大的力量。

……若要說「黑」刺客誤判了什麼——

就是認為少女只是「一般的」使役者。確實，「解體聖母」是一擊必殺的無比強大寶具，且條件也完美齊備——「夜晚」、「霧裡」、「女性」。

然而，即使能扭曲因果關係強行讓狀況成立，也必須有使之得以成立的基礎，必須有原料。

以這個狀況來說，「解體聖母」的本質是「詛咒」——幾千、幾萬胎兒的怨氣才是這項可怕寶具的真面目。

因此，能對抗此一寶具的不是幸運或耐力，而是必須擁有能抵抗純然詛咒的抗性。

然後，身為對象的這名少女——裁決者，貞德·達魯克毫無疑問是聚集了世上信仰於一身的聖女，是這個世界上最能抵抗詛咒的使役者，遑論對「黑」刺客來說，還有非常致命的一點。

她的手中握著聖旗。

§§§

六導玲霞直直地看著自己扣下扳機的左輪手槍。這是一把槍管非常短，叫作犀牛的義大利製手槍，但其實玲霞不知道這把槍的名稱。傑克「吃掉」的羅馬尼亞黑幫坐擁成山成海的槍枝，而她只是選了其中看起來最輕、最小的罷了。

她心想：好神奇喔。這玩意兒明明只有自己的巴掌大，卻可以動一根手指就奪去人命。

生命難道不該是更寶貴、更堅強嗎？應該要是這樣吧。但即使過了一百年，人類還是會因為小小的鉛彈貫穿腦部或心臟而死去。

即使是魔術師，當然也不例外。

六導玲霞低頭看著屍體——對方看起來比自己年輕。但如果是魔術師，有可能用了返老還童之術。不過，他確實是想要幫助自己。

「可憐，真的很可憐。」

玲霞幾度襲擊了魔術師當作自家的場所，已經大致掌握到他們過著怎樣的生活。所謂的家，會表現出居住者的內心。比方有潔癖的人，很多家裡都意外地髒亂，這顯示了他們能夠容許自己髒亂，卻無法容忍他人髒亂。

而魔術師的家裡大多都非常簡單樸素，這恐怕意味著他們並不重視身為人類的日常生活吧。

玲霞知道有一種人也是類似的情況，就是工作狂……家只是用來睡覺、洗澡的地方，只要具備這些功能就夠了的類型。是那些沒有嗜好，只將人生一切都獻給工作的人用來休息的地方。

另一方面，魔術師通常會在地下或隱藏房間裡設置發揮個別巧思的工坊。看到那些工坊，玲霞有種理解魔術師本質的感覺。那裡充滿他們的熱情與人生，有怨懟和希望，同時也有絕望。

玲霞透過審問魔術師了解了他們的生存之道。為了窮究魔術的深奧，花上幾代又幾代的時間延續自家血緣、反覆累積，儘管深知永遠無法觸及——仍獻上人生一切。

玲霞認為這樣的生存之道實在太空虛了，但也就是這樣吧。

只不過，對六導玲霞來說眼前的對手只是妨礙，她心裡只有憐憫，沒有感傷。好了，事情如果順利，就能一口氣收拾掉主人和使役者。

只要傑克所說為真，在那戰場死亡的使役者約有兩到三位。

「來日方長呢。」

玲霞嘆口氣，打算悠哉地漫步在霧裡——

「哎呀。」

馬上停下腳步回頭，看到不僅胸口流血，嘴巴也吐著血的少年正在掙扎。他似乎還活著。

心臟應該直接挨了三發子彈，正常人類不可能在這種情況下存活。

但這應該就是所謂的魔術師。六導玲霞看到對方還活著，並未表現出驚嚇或慌張，只是接受了「啊啊，原來如此」這般事實罷了。

她以流暢的手法旋開犀牛左輪手槍的彈巢（Cylinder），捨棄三發空彈殼，再次重新裝填。

她的動作冷靜得可怕，絲毫沒有混亂與躊躇……甚至能以一句異常形容。

確實有不少人能冷酷地擊發子彈，但看到應該已經殺害的人還活著仍可保持冷靜的人就不多了。

遑論玲霞並不是什麼受過專業訓練的專家，在來到羅馬尼亞之前甚至連碰都沒碰過手槍。儘管如此，為了女兒（傑克），她仍能平靜地扣下扳機——她能平靜地殺害任何人。

「朝頭部開槍可以致命嗎？」

玲霞走近掙扎的少年，在離不到一公尺的位置舉槍，心想這樣應該不至於打不中。

少年仍垂著臉，用手按著疼痛的胸口，呼吸急促，甚至沒能理解玲霞正舉槍對著自己。

拜託，快點死吧。

玲霞心中如此祈禱，開槍。

手指力量從扳機傳遞到擊鎚，擊鎚打在雷管上促使火藥爆發，槍彈伴隨著強大威力射出。那是要破壞人體頭蓋綽綽有餘的能量。面對急衝而至的子彈，這位少年確實非常無力。

不……照理來說，應該很無力。

「理導(Straße)／開通(Gehen)。」

才覺得藍白色光芒閃過，就看到少年揮舞手臂彷彿要保護頭部，接著響起「砰」一聲某種東西爆開的尖銳聲音。

「……哎呀。」

原本應貫穿頭部的槍彈不知消失到何處。正確來說不是消失，而是破裂了。

玲霞毫不猶豫地再次扣下扳機——少年重複了一次方才那句話，在以手掌彈開子彈的同時使之消散。

「這樣子……行不通呢。」

少年漸漸調勻呼吸，原本跪著趴在地上的他以左手撐起身體，右腳紮實地踏在大地上。因為身處霧氣之中，看起來的確有承受相應損傷——但似乎也構成不了太大障礙。

「妳就是『黑』刺客的主人嗎？」

少年壓低聲音問道。

玲霞退後一步，心想——好了，這下該如何是好？

§§§

裁決者頸部稍稍淌血，眼神空虛的少女正以手術刀抵著她的脖子。少女的力量軟弱，手術刀也並非蘊含強大魔力，但少女的手臂卻變成了令人不忍卒睹的黑色。

死靈附身——這是低級靈附身時常見的現象。驅趕死靈其實並非太困難的工作，而少女使出的攻擊正常來說雖是一種奇襲，但應該也能輕易化解。

然而裁決者不僅抱著這位少女，同時將所有注意力都放在來襲的「黑」刺客身上。

所以這太出乎意料的攻擊讓她的思考停止了片刻，而停下思考的短暫時間才是「黑」刺客真正想要的結果——

『要來了……！』

『去吧……！』

「黑」刺客（開膛手傑克）——啟用寶具「解體聖母」。

裁決者——啟用寶具「吾神降臨此地（Luminosite Eternelle）」。

開膛手傑克安排的所有布局都非常完美。她準備了能最大限度活用自身寶具的狀況，並利用誘餌促使奇襲完全成立。

因此，「黑」刺客快了一步。

裁決者的寶具慢了一點點。

但即使如此，這些怨念仍無法傷及裁決者。

殺來的黑色怨念打算附在裁決者身上，同時將她開膛剖肚——但裁決者的寶具在那前一秒啟動了。

「唔……！」

強烈的衝擊閃過聖旗，再怎麼樣也無法吸收所有詛咒（疼痛），麻痺感竄過全身。這與「紅」（斯巴達克斯）狂戰士單純的能量洪水般的一招不同，是遵循某種法則的咒術式寶具。

若對象是一般使役者，則足以輕易將其肢解（殺害）。

裁決者發出苦悶的聲音，咳出變成一團黑的血。然而她甚至連單腳都沒有跪地，勉強撐住了。

「這————！」

發出驚嘆的是落地的「黑」刺客。她在萬全的態勢下啟用了毫無疑問是一擊必殺的寶具，卻連致命傷都沒有造成。

「『黑』刺客……妳能操控惡靈嗎？」

裁決者用單手制住躁動的少女，並碰了她的額頭使之昏厥，接著拿出口袋中的聖水灑在她身上，立刻驅除了附身的幽靈。染成一片黑的手臂隨即恢復原樣——凶惡的面孔也變回原本穩重的少女模樣。

「妳為什麼……沒死？」

刺客的聲音聽來有些奇怪，感覺像好幾個人同時發出聲音，似乎有雜音混在其中。

而更令人驚訝的是她看起來就像個年幼的少女。少女使役者本身就已經非常罕見，更遑論還是震驚全英國的連續殺人魔開膛手傑克，真是非常出乎意料。

裁決者沒有表露內心的驚訝，回應她：

「很不巧，我對詛咒擁有抗性。」

「……是那面旗子，對吧？」

「黑」刺客理解似的點點頭。那面旗子就像避雷針，吸收了「黑」刺客的一擊。但是在鎮上擄獲的小孩身上加諸的惡靈附身也並非毫無意義，確實奏效，致使她啟用寶具的時機慢了點。

而代價就是詛咒確實侵蝕了眼前的使役者——但她還活著。

「……姊姊，妳的職階是槍兵……？應該不是，因為這樣數目就對不起來了。是劍兵嗎？」

「不，都不是。我是裁決者，是這場聖杯大戰的裁判。」

「黑」刺客睜圓了眼。

「哦，裁決者……原來還有這種存在啊。」

刺客嘀咕：「我都不知道。」裁決者瞥了一眼昏倒在地的少女。如果讓她就那樣持續被惡靈附身，靈魂遲早會被汙染，變成如同活屍的存在吧。

裁決者挺出聖旗，威風凜凜的模樣讓刺客被震懾般退了一步。

「刺客，所謂的聖杯戰爭，原本應該是七個主人和使役者之間互相爭奪聖杯。像妳這樣連累毫無罪過的小孩是最糟糕的，我不會放過妳。」

「……哦，是這樣啊。」

裁決者這番話似乎觸動了「黑」刺客的某些部分，只見她瞥了躺在地上的少女一眼，並朝她擲出手術刀。

裁決者以長柄擊落手術刀——無法理解，這樣的行動毫無意義可言，裁決者只覺得這是一種遷怒。不，若這真的是遷怒——

「刺客……妳該不會——」

「小孩子什麼的，『隨便撿都有一大把』。如果這樣妳還想保護他們……就請妳加油了。」

刺客用手指夾住八把手術刀——微微露出笑容。

§§§

「紅（阿塔蘭塔）」弓兵在托利法斯的市政府屋頂上，愕然看著眼前慘狀。

「這是——」

托利法斯被霧氣包圍。儘管這是一座小市鎮，但整座城鎮都充滿霧氣還是太瘋狂了。如果是深夜，路上就不會有太多人煙，但現在可是太陽剛下山的傍晚時分，應該會連累許多準備返家的人潮。

實際上，城鎮四處傳來哀號。一開始是困惑，接著是慘叫，而慘叫之後只剩下乾啞的求助聲。

……無計可施。

……更重要的是不想做些什麼。

「你們運氣太差。」

「紅」弓兵平淡地低聲說。居民應該已經感受到這座城鎮的異常狀況，但在這種情況下還決定在晚上出門的也是他們。

雖然死亡事件的確與「黑」刺客有關，但害死自己的責任在居民身上，更重要的是

──他們的運氣背到極點。

……這種事情很常見。弱者因為運氣不好被強者吞噬，就連強者都會被「某事物」捉住。因此，「紅」弓兵並不打算出手相助。

雖然視野完全遭到遮蔽，但利用聽覺和感應使役者的氣息，仍可掌握各個使役者的大概位置。只有「黑」刺客無論如何都因為不清不楚而難以捉摸氣息，但裁決者的氣息很清楚。不管在怎樣深沉的黑夜裡，都是一道清廉閃耀的光之漩渦。

「紅」弓兵知道「黑」騎兵（阿斯托爾弗）和弓兵都在尋找自己，但他們似乎還沒能掌握到氣息，目前恐怕只有裁決者感應到自己了。

但裁決者現在在霧裡狂奔，正與「黑」刺客交手。也就是說，她沒有餘力注意「紅」弓兵的動向。

「話說回來……怎會連個刺客都拿不下？」

「紅」弓兵歪過頭。所謂刺客是正如其名，專長「暗殺」的職階。對他們來說，直接面對面交手的做法只是愚蠢至極的行為。

而面對這樣的刺客竟然拿不下，若非裁決者是個太過弱小的使役者，就是這場霧為刺客帶來非常有利的狀況──

無論如何，差不多到了「紅」弓兵該下決定的時間。

要衝進霧裡呢？還是要像這樣繼續觀望？

持續觀望雖是比較理想的戰術，但有一個問題……「黑」騎兵從剛剛就一直招搖地從空中偵察。「紅」弓兵有自信腳程不會輸給「紅」騎兵，但還是想避免被鷹馬跟蹤。

鷹馬是獅鷲與馬所產下，能飛翔空中的幻獸。不管自己能在大地上以多快的速度奔馳，只要從空中還是可以很容易看見。

若一舉衝進霧裡，好處就是可以逮到機會收拾裁決者。「紅」弓兵已經認定言峰四郎是主人，她不清楚他的「手段」是否正確，但是他的話語確實帶有真實感。

真實到會想相信。「紅」弓兵心裡懷抱著一項比任何事物都要優先的願望。

拯救世上所有小孩，且毫無例外地讓他們得到愛——能夠幸福的世界。惡意嘲笑著說這種事情不可能實現，世界是以彼此吞食殘殺構成。「紅」弓兵其實也理解這點。

「即使如此」——即使如此，她仍不得不祈願……阿塔蘭塔才剛出生就被丟棄在山裡。

『不需要女孩。』

父親這麼說，將她丟棄在山中。月女神（阿緹蜜思）見狀可憐她，於是差遣母熊前去養育她。

她在熊的守護下，於山林中成長。

除她之外，也有很多嬰孩被拋棄在山裡，他們不是被野獸吃掉就是餓死，這是大多數棄嬰會走上的結局。即使偶然存活下來，思考能力也只跟「野獸」同等，是被世界隔絕的無意義之生與無意義之死。

阿塔蘭塔多虧有母熊養育才得以存活下來，後來被獵人抱走了。

……她記得。

被拋棄時的狀況，她記得很清楚。自己不斷揮舞雙手，拚命懇求父母——但母親不在場，父親仍捨棄了自己。

她記得自己希望得救、希望有人來握住自己的手。

願望無法實現，只是不斷往恐懼之海沉潛——只能嚎啕大哭著一直伸出手。

被拋棄的心傷無法痊癒。

儘管她長大後出落得亭亭玉立，甚至成為出名的弓箭手——她仍維持孤獨之身。

她當然有朋友，有一群一起搭乘阿爾戈號、經歷了許多冒險的伙伴。但是，她沒有遇到即使賭上自己的人生也願意去愛的人，也沒打算去找這樣的對象。

在卡利敦狩獵之際，因為自己而引起紛爭之後，她變得更是孤僻。

但是——或許因為冒險致使她出名了，她姣好的外貌為眾人所知，甚至傳到了父親耳裡。

父親與阿塔蘭塔再會，告訴欣喜的她：

『誰都好，去結婚生下子嗣吧。』

對父親來說，與阿塔蘭塔再會值得高興，但那完全是基於她長成美女，可以用來當作結婚的籌碼。

……結果，從一開始到最後，父親從沒愛過這個女兒。

在那之後，她雖設下條件得以逃避婚姻，卻因被計略陷害而嫁給了希波墨尼斯。

——她只是想被愛。

她只是想知道無關肉體慾望、名譽和權力慾望的無償之愛是什麼。

甚至如果能認為愛根本不存在就好。這個世界是地獄，是一個父母食子、子食父母的羅剎世界——如果能這麼想該有多好。

不是。

世界上還是有疼愛孩子的父母，那就是無償、偉大的愛。有父母會為了孩子犧牲性命；有父母會為了孩子，讓自己的人生過得苦不堪言卻仍能一笑置之。

另一方面，也有虐待孩子、把自己生下的孩子當成廢棄物（破銅爛鐵）對待的父母。

阿塔蘭塔認為這樣是錯的。

阿塔蘭塔認為這個狀況必須糾正。

她明明理解自然的殘酷，卻仍祈願著。

之所以參加聖杯戰爭，是因為她心裡懷抱著微小的期待：說不定聖杯可以實現這個願望。

那是被「紅」刺客（塞彌拉彌斯）說過「不可能實現」的願望。

她自己也明白，這或許是超越聖杯可實現範疇的願望。

但言峰四郎打開了這條路，那個少年讓她看到了希望，找出了利用聖杯拯救世界、拯救孩子們的方法。

那麼，即使對方是裁決者，只要會構成妨礙就必須予以排除。

她非常清楚衝進霧裡的危險性，儘管非常清楚——

「為了他們（孩子），我在所不惜。」

「紅」（阿塔蘭塔）弓兵從市政府的屋頂往下一躍，衝進霧裡。

§§§

每呼吸一次就會產生劇痛，醜陋的傷痕擴散在染滿了血的胸膛上。槍彈的痕跡，三發子彈挖開胸肌，命中心臟。如果對方瞄準腦門，毫無疑問會致命。

但目前也絕對算不上是脫離險境——因為齊格被槍口指著。

只要命中腦袋就完了，然後眼前這位母親正以俐落的手法更換子彈。她的動作極為冷靜，完全沒有慌張的感覺。齊格推測……她應該習於殺人。

不用幾秒，這個女人就會朝齊格的腦袋開槍吧。

於是齊格為了不讓她得逞，令魔術回路運轉——將魔力集中在手掌上——他已經取得剛剛命中自己的槍彈情報——之後再想自己移動手臂的速度究竟能不能趕上槍彈的速度，並在接觸的瞬間使之粉碎——詠唱咒文——！

「喔喔喔喔喔喔喔！」

槍彈彈飛。

對方開了兩槍，他也彈開了兩發子彈。

右手臂嘎吱作響……骨頭毫無疑問出現異常，但他忍住，咬緊牙根瞪著對方。

尋求協助的母親、與女兒一同歡笑的母親，妳究竟是誰？是主人嗎？還是不同的某人？無論是誰，都不是可以放著不管的人。然而雖然齊格下定決心，女子卻沒有繼續扣下扳機，突然一個轉身甩動大衣逃跑了。

「慢……慢著！」

齊格沒想到對方會逃走，急忙準備追上去。這時巨大的破碎聲響傳來，下一秒，兩道影子衝了出來。

來者之一是裁決者，另一人則是穿著皮製緊身衣的纖細少女。裁決者以足以破壞石地板的氣勢奔馳，一隻手抱著一位人類少女。而緊身皮衣的少女則以明顯超乎人類的速度貼著建築物的牆壁移動。

「齊格小弟？」

「啊……！」

少女看見齊格的臉之後，眼睛稍稍睜大，露出驚訝的神色。

裁決者立刻揮舞旗幟──尖銳的聲音響起，扭曲的手術刀被旗幟擊落。

看來少女瞄準齊格射出手術刀，而刀子被裁決者打了下來。

「……你居然沒死，嚇我一跳。」

「刺客……妳似乎跟他有點關係，但現在妳的對手是我。」

看樣子那個少女就是「黑」刺客──也就是開膛手傑克。

「這玩笑真惡質。」

聽到齊格這麼嘀咕，裁決者同意般嘆氣，手中仍抱著失去意識的小孩。

「那孩子──記得是那位母親的女兒吧。」

「是的。是說齊格小弟，你找到母親了嗎？」

裁決者架起旗幟，慎重地觀察刺客的動靜並問。刺客仍緊貼著牆壁，手中握著兩把手術刀，一動也不動。齊格心想：這樣真像蜘蛛。

「……看來，那位母親是主人。」

「咦？你為什麼知道？」

齊格將手按在胸前不發一語，讓裁決者看到染滿胸膛的血跡。

「我被她開槍打了。」

「原來如此，被開槍打了啊…………你、你、你、你沒事嗎，齊格小弟？」

其實心臟中彈了根本不是說什麼有沒有事的狀況——但至少現在沒有太劇烈的痛楚與障礙。

「沒問題。比起這個，裁決者，為了能確實在這裡收拾掉『黑』刺客，我打算去追主人。」

「……不，別這樣比較好。」

裁決者這麼說完立刻揮舞旗幟——在齊格反問之前，清脆的金屬碰撞聲響起，遭到粉碎的手術刀散落在齊格周圍。

「我不會讓你對主人（媽媽）出手。」

刺客看起來毫無情感的臉上浮現殺意，齊格於是馬上理解如果自己離開裁決者身邊，她將毫無疑問攻過來。

當然裁決者會採取行動防止此事，但畢竟刺客在敏捷這方面甚至不輸屬於正統英雄的三騎士或騎兵。萬一刺客的動作搶先裁決者，她就會乾脆地殺掉齊格吧。

「抱歉，看來我成了扯後腿的。」

「不要緊……齊格小弟，沒問題，你不需要變，因為再等一下援軍就會抵達了。」

援軍。

……理解狀況的齊格於是改為澈底觀望的態勢。他原已下定決心，若要對峙就變身為劍兵，不過現在已經打消這個念頭。一旦變身，就等於踐踏了裁決者等人的好意，而對齊格來說，這個部分更是重要。

齊格從配在腰際的劍鞘抽出以魔力創造出的細劍，這是以前「黑」騎兵（阿斯托爾弗）親手交給他的東西。使役者的武器是以靈體的形式存在，照理說若不是騎兵便無法以魔力創造出來。

但大概是因為騎兵出於自身意志將此劍交給齊格，再加上齊格本人是一種極為接近使役者的存在，所以可以藉由與活化魔術回路同樣的方法讓這把劍實際現形。

「我覺得你不要那樣做比較好喔。」

淺淺笑著的「黑」刺客吹了個口哨，周遭傳來無數「喀、喀」的腳步聲——裁決者的臉色瞬間發白。

孩子。

「刺客，妳該不會……！」

裁決者迫切的聲音讓齊格戒備，環顧周遭。在一片大霧中朦朧浮現的，是無數手中握著手術刀的小孩，其中甚至能看到依稀有些印象的身影——是白天在鎮上玩耍的那些孩子。

孩子們帶著空虛的表情張著嘴，全身痙攣抽搐，握著手術刀的手臂變成可怕的黑色……「黑」刺客是怨靈集合體，那些怨靈似乎附在孩子身上了。雖然都是只要身為聖女的裁決者吟唱聖言就能輕鬆超渡的存在，但刺客並非把他們當成戰力，而是當成會動的人質看待。就因為裁決者是聖女，不可能不出面保護孩子……刺客是這樣判斷的。

「嗯，那麼裁決者，還有那邊的……主人？『記得要每個都保護好喔』。」

「齊格小弟！」

不用她說，齊格已經採取行動。他彈開射過來的手術刀，同時想辦法放倒撲上來的小孩們。小孩們並非出於自身意志攻擊齊格，基本上都是被附身的怨靈操控。但因為原本就已失去意識，就算打昏也沒有意義，只能藉由放倒這個方式爭取時間。

不過，刺客的手術刀會看準齊格努力應付小孩的時機射來，而且還毫不留情地都瞄準這些孩子。

「唔……！」

射過來的手術刀刺中齊格的左手臂。要一邊撥開撲過來的小孩，一邊防範不知何時會射來的手術刀，實在超過齊格的能力負荷。

儘管裁決者可以擊落手術刀，卻無法接近只要她上前一步就往後退開一步的刺客。要是大意一舉貼近，刺客應該會毫不留情地以手術刀招呼小孩們吧。

裁決者瞬間閃過使用令咒的念頭，但一心想逃離的刺客主人將是問題關鍵。從刺客的態度來看，她與主人之間的關係比起主從，更像母女，因此主人也不會有因為狀況而不願使用令咒的想法吧。如果裁決者用令咒對刺客下令自殘或進行干擾，很有可能會被主人立刻用令咒取消。

目前陷入澈底的膠著狀態，但齊格的損耗正漸漸加快，等於要跟時間賽跑。不知究竟是騎兵衝進霧裡發現他們，投入作戰的速度比較快，還是刺客收拾掉齊格的速度比較快了。

刺客認為即使處理不了裁決者，也能輕易收拾齊格。雖然目前已是幾乎不可能奇襲的狀況，仍能輕鬆找出他的破綻。

刺客擲出手術刀，開始拆散裁決者與齊格。說是這樣說，其實只要把齊格逼到裁決者跨出一步也無法接觸的距離便可。

利用怨靈操控小孩，慢慢拆散裁決者與齊格。刺客一邊投擲手術刀，一邊移動到可以一擊收拾齊格的位置。

裁決者接連淨化被怨靈附身的小孩。

但小孩人數實在太多，而且即使淨化了附身的怨靈，這些小孩仍沒有失去作為人質的功用，只是變得比較容易保護而已。

就在這樣的的狀況下，裁決者發現了。

「齊格小弟！回來這邊！」

聽到這聲音，齊格也總算發現自己因為來襲的孩子而與裁決者完全分開了。

即使裁決者想防範刺客的攻擊保護齊格，一旦有十個以上的小孩形成人牆擋在兩人之間，裁決者就無法在轉瞬間保護齊格。

「太慢了──────！」

刺客一蹬牆壁，朝齊格直衝而去，雙手握著切肉刀，準備取下齊格的首級。

確定自己絕對會勝利。

帶來絕望性敗北的音色。

但是，還有一樣東西比齊格下定決心變身；比刺客取下齊格的首級更快速。

神級弓兵——「黑」弓兵（凱隆）射出的箭有如凶猛的鯊魚，撕開覆蓋整座城鎮的霧氣。

等察覺時已經太遲了。灌注魔力的箭如榴彈爆炸，威力大得連齊格都被餘波炸飛。承受直擊的刺客身體有一大塊被「挖穿」了。

「嗚、唔嗚嗚嗚嗚嗚……！」

刺客痛苦地呻吟，但仍高高躍起，從建築物跳上另外的建築物，打算逃跑。

然後——

「——休想逃！」

裁決者勢如流星飛來。

或許因為刺客一心一意想逃跑，於是裁決者看準小孩們的動作變單調，朝在牆壁上急馳的「黑」刺客（開膛手傑克）揮舞聖旗。

儘管「黑」刺客勉強以雙手的切肉刀擋下直擊，但畢竟聖旗並沒有開鋒。那是以金屬長柄化解攻擊，並以此毆打對手的武器。

遑論聖女貞德的旗幟總是與她同在戰場，現在更是已經成為她的象徵的寶物。

開膛手傑克的小刀是恐怖的象徵——儘管如此，仍無法勝過在戰場上聲名遠播的聖旗。

「黑」刺客失敗了。足以在石板地上挖出一個坑的強大攻擊，使她幾乎陷入無法戰鬥的狀態。

暗殺者（刺客）這個職階的可悲之處就在於，她根本沒有能與三騎士或裁決者正面抗衡的耐力。

「唔……嗚、嗚、嗚嗚嗚嗚……！」

儘管如此，「黑」刺客還是動著身體想逃跑。裁決者瞥了齊格一眼，原本被怨靈附身的小孩們幾乎都像失了魂那樣接連倒地。

裁決者認為孩子們會這樣應該是「黑」刺客受傷之故，而她也沒有判斷錯誤，因為「黑」刺客已經虛弱得不得不把附在孩子身上的怨靈召回。

作為她寶具的霧氣也慢慢散去。

「媽……媽（主人）……媽媽（主人）、媽媽（主人）……！」

「黑」刺客趴在地上，以雙手匍匐打算逃跑，嘴裡呼喊著母親。裁決者看著她的樣子，心中湧出一股難以言喻的憐憫。

若要說她究竟是加害人還是被害人，她毫無疑問是加害人。但她之所以成為加害人，應該也是因為她是被害人。

看看她的模樣、聽聽她的聲音，就能猜測到。

但是——即使如此，她仍是邪惡的。如果就這樣放著不管，冠上「開膛手傑克」之名的現象將會無法控制在使役者這樣的框架內。

那是特異、異常，存在於領域之外的怪物。

裁決者打算以洗禮詠唱超渡，於是來到「黑」刺客跟前，將手撫上她的臉。

『主原諒一切不義、一切災厄。並自墓穴拯救其命，給予慈悲、憐憫——』

刺客或許察覺了什麼，冰藍色的雙眼因恐懼而睜大。

「不、要……」

裁決者沒有回應這句話，繼續吟唱。

「不要……不要啊……不要、不要、不要……！住口！住口、住口、住口！媽媽……！媽媽，救我……！」

咬緊牙根，打算繼續吟唱的裁決者突然察覺到龐大魔力。

「這是──令咒？」

「媽媽──────────────────！」

「黑」刺客瞬間消失，是主人察覺到使役者的危機而使用了令咒嗎？主人似乎就躲在某處監視刺客的狀況。或許沒有隱蔽自身的犯案行為根本不配當一個魔術師，但看來對方非常理解聖杯戰爭的系統。

裁決者稍稍感受到「黑」刺客的氣息，應該還躲在這座城鎮中的某處吧。既然現在霧氣已經散去，應該很容易搜索，不能在這個時間點放過她們。

「齊格小弟，我們追！」

齊格點點頭，追在裁決者身後跑了起來。

§§§

六導玲霞之所以使用令咒，是因為她發現霧氣散去了。霧氣散去就代表她(傑克)的力量明顯衰退，不難想像應該陷入非常危急的狀況。

「媽……媽……」

玲霞輕鬆抱起因痛楚而蜷縮著的「黑」刺客。雖然刺客是使役者，但也只有符合她少女外形的體重。玲霞甚至覺得刺客非常輕，簡直像身體是空心的。

「對不……」

「妳不用說話喔。好了，睡吧。」

玲霞說完迅速邁開腳步。現在只能撤退了，幸好藏身處離這裡不遠。

「媽媽(主人)……之後該怎麼辦……」

「先治好傷勢再想吧，現在妳需要好好休息。」

玲霞這麼說著並思考，雖然想獲得聖杯，但在獲得聖杯的路上他們是障礙，而且今後將會更難排除。或許該認定這會是一場長期抗戰，並先撤出托利法斯比較好。

幸運的是，只要有魔術師，要獲得情報並非難事。無論聖杯在世界的哪裡，一定有辦法追蹤到。

「……欸欸，媽媽（主人），我還想聽妳彈鋼琴……」

玲霞聽到刺客突然脫口而出的孩子氣要求，不禁嘻嘻笑了。傷勢明明應該很痛，她卻微笑著說出可愛的任性要求。

「我知道了，我會想辦法彈給妳聽。」

比起考慮戰略，對玲霞來說實現她的要求更是重要。

看到傑克儘管痛苦仍能露出笑容，讓玲霞安心了不少。霧氣如字面所述，早已煙消霧散，動作若不快點又會被發現——

玲霞快步走在只能讓一輛車通過的狹小路上，雖然隨處可見倒在地上的人，但她完全無視他們。她不覺得心痛，只認定這些人運氣太差，更重要的是，現在必須優先讓揹著的女兒靜養才是。

重新點亮的路燈光芒忽地照亮了面向街道的店面窗戶玻璃。

反射的光線讓玲霞偶然看到了「那個」。一道身上穿著明顯與現代不同風格奇裝異服的人影，正拉著弓瞄準了這邊——那毫無疑問是敵人，而對方的目標就是背上揹著的傑克和自己。

玲霞被迫做出選擇。如果就這樣下去，那枝箭無疑會貫穿自己與傑克。先不論傑克會有什麼下場，但自己毫無疑問會當場死亡吧，無法祈禱會出現什麼幸運的結果。

無法逃走，也很難出面交戰，更不可能期望對方產生慈悲之心。

也就是說，沒有手段可以抗衡。所以，「接下來要做的事情毫無意義」。

「……嗯，真的別無他法了。」

雖然或許真的沒有意義，但六導玲霞認為自己必須這麼做。

上述思考在轉瞬之間結束。

玲霞一個轉身回頭，雙手放開傑克，傑克自然一屁股跌在石板地上。突然被丟下的少女一臉茫然地看著玲霞——整個人僵住。

「媽、媽（主人）……？」

刺痛的感覺一瞬閃過，即使如此還是能靠直覺掌握。

「自己沒救了」。

——原本就是沒什麼勝算的戰鬥。刺客的特性就是要在求生戰中才能發揮最大價值，因此無論她怎麼掙扎，都無法堂堂正正地挑戰並得勝。

就算想殺害主人，但只要對方躲在城堡裡面不出來就很難得手。再加上主人玲霞並不是魔術師，無法從她身上補充使役者力量來源的魔力。

更重要的，是她們的起跑點就輸給了別人一大截。如果知道營運這場大戰的人是誰，甚至是會想衝去抗議的程度。

不過，玲霞壓根不在乎這些。

她也不在乎殺人。雖然殺了一些罪惡深重的人，也殺了一些完全無辜的人，即使如此她仍不覺得煎熬——雖然多少有些同情，但也僅只如此。

重要的點只有兩個。

開膛手傑克救了六導玲霞，並實現了她想活下去的願望。

然後，相處的時間雖短暫，但與她同在的日子是那麼快樂。

無論多麼血腥、多麼殘酷——

六導玲霞仍打從心底覺得快樂。

——媽媽（主人）。

有一位少女會以純真的聲音呼喚自己，無論她的真面目是什麼都無所謂。只是這樣就值得高興，只是這樣就能度過美妙的每一天。

快樂的夢境要結束了。

雖然有很多遺憾——但懊悔這些遺憾也無濟於事。

這是一場快樂的夢。

趁著思考還沒朦朧之前，玲霞迅速在腦中編織文章。

傑克急忙靠近仰躺倒下的玲霞。

「媽媽（主人）……！」

伸手撫摸臉頰——還有餘力做到這個。微笑——勉強做得到。道別——這沒辦法，比起道別，還有更重要的事情要做。

打算送給她的話有兩句。

「我以兩道令咒命令妳。『就算我不在了』『妳也不會有事』……傑克。」

握有這種東西也只是浪費。

儘管玲霞依然不懂魔術，她還是消耗了最後兩道令咒，稍微提高傑克的存活機率。

就是因為不懂，才把這個當成一種祝福。就像母親為了讓害怕的女兒安心那樣，玲霞使用了令咒。

「不、不行，媽媽（主人），不可以！不行、不行、不行……！」

玲霞心想，她是個聰明的孩子。

意識漸漸遠離，感覺正要離開世界——閉上雙眼，連聽覺也變得不靈光，甚至無法回握那握著自己的手。

已經再也無法感受、思考了。

六導玲霞只是不經意地露出了符合現狀的表情……微笑了。

§§§

「紅」（阿塔蘭塔）弓兵收拾了「黑」（開膛手傑克）刺客的主人。雖說放著不管也無所謂，甚至該說刺客陣營若能助長局面混亂會更好。他們是殺人魔，他們的行為太過脫離聖杯大戰規範，會覺得頭痛的是那些魔術師。對「紅」弓兵來說，並沒有任何影響。

不過——「黑」刺客連累了孩子們。

在這個時間點，對「紅」弓兵來說，刺客與其主人便成為了敵人，尤其她根本不打算原諒主人。刺客雖然是小孩，但主人是成人——主人默許了自己的使役者連累無辜的孩子們。

原本她搭起箭，打算連同刺客一起收拾掉，但令人驚訝的是刺客的主人不知是否為了保護刺客，竟回頭看了過來。

兩人的視線偶然交會。

那主人看起來不像狠毒的魔術師，只是個穿著現代風格服裝——隨處可見的女性。

女性露出虛渺憂愁的笑容，毫無抵抗地等著弓兵放箭。不，不是這樣，看樣子她似乎想保護刺客。

——那明明就是毫無意義的行為。

「紅」弓兵不會猶豫，如果能讓她好好瞄準，那是更好。她心態中庸，完全不帶任何情緒地放箭。

這一箭要殺害一個人類綽綽有餘。射出的箭貫穿女子胸膛，這樣的手感讓「紅」弓兵確實感受到自己收拾了「黑」刺客的主人。

「媽媽（主人）……！媽媽（主人）、媽媽（主人）、媽媽（主人）……！」

刺客的主人將手撫在拚命呼喊的少女臉上，低聲說了些什麼之後就斷氣了。

雖然一股類似罪惡感的感傷揪了一下心，但弓兵並未因此所動。雖然還是個孩子，但刺客是使役者，使役者就是為了在聖杯戰爭中取勝而被召喚出來的存在。

即使外觀是小孩的樣子，那也只是這個使役者全盛時期的姿態罷了。

……雖然有些奇特，但就是這麼回事吧。

「黑」刺客只是茫然地看著主人的屍體。雖然這樣放著，她也遲早會消失，但不能保證其他主人不會出現。

弓兵心想還是收拾乾淨點，於是又搭起了箭。刺客仍然蹲在屍體旁邊動也不動，或許甚至沒有理解弓兵即將放箭吧。

弓兵心想：這樣就好，就這樣丟下一切吧。無論遺憾、希望、絕望，只要消失之後都沒有影響了。

這一箭貫穿心臟。刺客只做出了抽搐一下的反應，甚至沒有發出慘叫。

「紅」弓兵疑惑地接近過去。箭應當確實破壞了「黑」刺客的靈核，但她對此卻沒有表現出任何反應。

沒有表現痛楚，也沒有消失，這景象有些異常，刺客只是仰望著天空。空虛的表情明確地讓人知道，她早已不是能夠作戰的存在。

儘管如此，「紅」弓兵仍覺得背後竄過一陣寒氣，感覺自己開始害怕了起來。

英靈必須克服各式各樣恐怖成為勇者後才能成為英靈。阿塔蘭塔既然已身為英靈，她當然很了解這件事情。

她不怕漆黑的森林、不怕神所釋放出來的巨大神豬。

即使身處瞬間大意便會招致死亡的戰場，她也能笑著克服。即使在聖杯大戰之中，這一點也理應不會改變。

現狀無須恐懼。她已殺死了敵人，即使沒有殺害，對方也已經瀕臨死亡。這裡雖然是敵方陣地之中，但她有自信憑自己的腳程能夠順利逃脫。就算所有事情都往最壞的方向發展，最終導致自己死在這裡，她雖會覺得有些悔恨，但仍能接受。

這就是面對戰爭時所需背負的業。身為英靈，每個人理應都有這般覺悟。

然而……

「紅」弓兵退後了一步。現在面對的這份恐懼與那些有著決定性的不同。

如果繼續留在這裡，「一切都將結束」的感覺。

有什麼值得這麼害怕？「黑」刺客已經無法反擊了啊。

主人已死，無法使用寶具的使役者究竟有什麼威脅可言？

她應該無法構成威脅才對——

「黑」刺客的頭像玩偶般一舉轉了過來，面向「紅」弓兵。那空虛的雙眼讓弓兵覺得有如藍水晶般美麗。

「黑」刺客開口。

「為什麼？」

只說了這句話的「黑」刺客口中噴出土石流般的漆黑團塊。

「紅」弓兵急忙往後退開，但以她來說這反應卻致命地慢了。

「這是……？」

作為刺客被召喚出來的開膛手傑克是怨靈的集合體，只是在白教堂被拋棄的大量胎兒以少女的形體暫時現形罷了。

就在剛剛，「紅」弓兵的箭將她從「開膛手傑克」這個框架解放了。

如濃霧的怨靈們撲向附近活人（弓兵）——立即包圍她。

——這一瞬間，「紅」弓兵看到了地獄。

問：地獄是什麼？

答：永遠持續的拷打。

答：永遠反覆的殺戮。

答：永不停止的絕望。

原來如此，確實上述都很符合地獄的殘酷。

但是，這世界上其實有很多種地獄。

霧都（倫敦）白教堂——對特定的人來說，這裡毫無疑問是地獄。只是要活著都無比困難，遑論是帶著尊嚴的人生更是不可能。

一個九歲少女必須賣身的世界哪有什麼尊嚴可言，揉皮工廠和肉類處理場的惡臭無時無刻飄散，老鼠、蟑螂活得可快活了。這裡沒有強者，只有悽慘的弱者、可悲的受害人與殘忍的加害人。

沒錯，地獄。

這裡是地獄，「這才是」地獄。小孩，有小孩，有很多小孩。

眼神死的小孩，理解這世界上沒有愛的小孩。不，不是這樣，世界上有愛，確實存在，即使如此卻無法呼喚她們，想出手幫助，想幫助妳們，身體卻動彈不得。

小孩們一齊看向她。

——我救妳們！我會救妳們！我以前曾經像妳們這樣差點墮落，但我獲救了！希望這樣的喜悅、這樣的歡欣可以讓妳們也——

即使說不出話，「紅」弓兵(阿塔蘭塔)仍不斷用心傾訴。小孩們則默默地走近這樣的她。

小孩們身上沒有喜悅、悲傷與憎恨，空泛的雙眼像鯊魚那樣。

足以令人發毛的可怖讓「紅」弓兵不禁想退後，但一個小孩就在此時抓住了她的手臂。

小孩們一同開口。

「陪我們。」

接著「竄進」皮膚內。另外一個小孩抓住她的腳——一樣鑽進她的血管。一個鑽進神經、一個鑽進骨頭、一個鑽進內臟、一個鑽進肌肉、一個鑽進腦髓。

「紅」弓兵慘叫。

不是因為恐懼，而是她們的絕望徹底傷透了她的心——

§§§

打算追蹤「黑」（開膛手傑克）刺客的齊格和裁決者也被「那個」連累了。

兩人跑在馬路上，突然一陣黑霧撲了過來，連逃跑的時間都沒有，就被整個扯了進去。全身被泥巴般的東西纏上，感官彷彿要睡著那樣被截斷。

回過神來，齊格發現自己站在一個奇妙的地方。

「這裡是……」

那是一座格外寒冷、充滿著霧氣的城鎮。四周散發著噁心的臭氣，感覺是肉的臭味、內臟的臭味和嘔吐物的臭味……

齊格判斷這裡並非托利法斯，因為建物的建造工法完全不同，而且路上看得到行人。霧氣雖然帶著些許嗆鼻的氣味，卻不至於招致痛苦。

他發現自己全身的感覺都有些遲鈍，以及走在路上的行人全都無視自己的存在。

他邁步而出，感覺不到雙腳踩在大地上的回饋，簡直就像薄薄的塑膠袋那樣，非常危險。

齊格判斷自己——身處幻覺，而且是惡夢內部。

問題在於這是誰的惡夢。這不是齊格的夢境，他完全沒有看過這樣的景色；應該也不是裁決者，因為齊格已經知道她的真名，無論怎麼想，都不覺得眼前景象和她生存的時代相符。

刺骨的寒風吹著，皺成一團的報紙飄落齊格腳邊。

他看了看上頭的文字——理解了狀況。

『來自地獄(from hell)』——『開膛手傑克』。

這裡似乎是開膛手傑克……也就是「黑」刺客的惡夢之中，但關鍵的刺客人在哪裡？她……不，他嗎？哪一邊呢？好奇怪，應該不至於忘記這個……

「可惡，情報又被消除了嗎？」

無論怎麼追、怎麼查，都可以鑽過空檔順利逃脫的結果反而令人欽佩，但這次絕對不會再讓刺客逃走了。

齊格為了追蹤開膛手傑克而踏出腳步——這時視野突然扭曲，場景瞬間切換。

——直到這個時候為止，齊格仍不否認自己對人類抱持著幻想。

——他的自我意志是在短短幾天前覺醒，儘管擁有知識卻沒有任何經驗的他，實在很難說理解人類的惡行有多麼嚴重。

——更重要的是，他很幸運，身邊的人都是英靈、英雄，也帶來很大影響。

——世界很美麗。為了說出這句話，人們究竟犧牲了多少？齊格還沒有理解到這一點。

笑啊、笑啊、笑吧。

這裡是世界最底層，除了地獄深處（悲嘆河）之外什麼也不是。當然，沒人知道地獄是什麼樣子，甚至連地獄是不是存在都不得而知。

參觀者只會知道一件事，就是「這裡毫無疑問是地獄」。霧都（倫敦）／白教堂，偉大的人體處理場，一旦落入就絕對不可能逃脫的女蜘蛛巢穴。

除了希望以外，這裡裝滿了潘朵拉盒子的一切。各式各樣災難、各式各樣絕望流入、集約，如汙泥不斷灑落。

無論內外都有如怪物的娼婦們販賣自己的性，並利用販賣性獲得的金錢，招死因為這樣的行為而誕生的生命。

捏爛捏碎。

反覆重複。

捏爛捏碎。

處理處理。

血肉流入河川，反正工廠也在排放廢水，就算再多增加一點蛋白質也無所謂吧。

確實無所謂，完全沒問題。從世界這條大河的角度來看，這點東西不過是些許汙泥罷了。

而怪物就從這堆汙泥之中伸出手，於焉誕生。

所以這裡是地獄、煉獄，是非人的禽獸所居住的惡德都市（巴比倫）。

齊格親眼看到了。

看到未成年少女為了生存而被毛茸茸大漢侵犯的樣子。看到為了搶奪那個少女手中的麵包，於是拿棍棒毆打少女的少年。看到少年賭命搶來的麵包又被使用惡劣手段的大人搶走，最後那麵包到了毫無意義的人手中。

看到胎兒，看到在無節操性交下產下的生命遭到世界廢棄的樣子。

在這地獄裡，小孩不是被殺害，是被消費掉。

就這樣，小孩們眼中的光芒漸漸黯淡，世界就像絲綢那樣纏繞住他們，讓他們動彈不得地被蛇吞下。

醜陋。

太醜陋了。

如果有邪惡的存在那還好說，若有一個超級大壞蛋——並且是由他支配這一切，那麼齊格還能夠投身於幻想之中。然而，這是「系統」，是人類打造城鎮、加以發展的途中產生的不良債權，或者可說是膿瘍。

沒有人能彈劾這一點，沒有人能拯救他們。不，根本不可能出手拯救，系統本身並沒有認知到拯救這個行為的存在。

「住手。」

齊格發抖蜷縮著。至今雖然幾度面臨死亡，但那些都是肉體的死。眼前的景象正在殘殺齊格的心靈。

「住手……拜託，算我求你了，住手啊！」

幻想遭到汙染，原本應該美麗的光景漸漸褪色。

「──對，就是這樣。」

當他回神，發現景象又改變了。霧氣變濃，月光無法照亮地面……是一個略顯寒冷的夜晚。剛剛聽到的聲音是什麼呢──齊格看了看周圍，發現了。

他自己孤單地站在一條馬路上。

「……什麼『就是這樣』？」

齊格明確地出聲，接著看到小巷裡一道影子蠢動，他於是毫不猶豫地追了過去。

一個穿著襤褸的少女佇立在死巷裡。

齊格不經意地理解──她就是開膛手傑克。

「我再問一次，什麼『就是這樣』？」

少女以奇特的詭異聲音回答：

「世界很醜陋。」

齊格聽到「沙沙」一聲回頭——眼前也是一位穿著襤褸的少女。少女開口道：

「所以，才想回去。」

「……想回到哪裡？」

再次傳來聲音，這次是從頭上傳來——是一個衣著破爛、泰然走在牆壁上的少女。

「回到媽媽的肚子裡。」

又出現了。不知道從哪裡出現的她們以空蕩蕩的雙眼看著齊格。

「想回去。」

「想回去啊。」

「只是想回去媽媽的肚子裡而已。」

「為什麼？為什麼大家都要欺負我？」

「只是希望能得救而已，為什麼沒人救我？」

「是我們不好嗎？」

「是討厭我們嗎？」

齊格無法針對這些問題給出理想答案，想活下去這個前提並不存在於她們身上。

少女們抓住齊格的手臂，臉上帶著又哭又笑的表情溶解，滲透到齊格體內。

「世界——非常醜陋，『我們』知道這點。即使如此，你還是想活下去嗎？」

這句話在仍不理解世界的少年心中，劃出難以抹滅的致命傷痕。

§§§

裁決者也被少女們（傑克）的惡夢纏上，她走在充滿生物腐敗般臭氣的大馬路上。

「這裡是……英國嗎？」

方才還在的托利法斯建築物雖然保留了中世紀風格，街道仍維持著乾淨衛生，不過這裡完全相反。建築物雖然有著蕾蒂希雅記憶中所熟悉的近代樣式，卻帶著難以言喻的不祥感與不衛生。

這是開膛手傑克誕生的都市，有著冷到足以令人凍僵的霧與黑漆漆的夜晚。裁決者在馬路上邁開腳步。

這時她發現自己已經褪下了鎧甲，應該握在手中的聖旗也不見了。但是，她跟內心不踏實這種情緒無緣，光明正大地直直向前走。

裁決者大致上猜測得到這片幻影是什麼，也知道該怎麼樣逃離這裡——不，應該說該怎麼做才能打倒對手。

……這是一件可悲的事。即使結局是幸福的，仍必須有人背負起過程中的痛苦。

無罪的人們、無罪的小孩，有如無瑕結晶（Innocence）般的存在。

「——即使如此，若不將之打倒，就什麼也沒得商量。」

獨自嘀咕著的裁決者眼神充滿強大的意志，如刀刃般銳利、如鋼鐵般堅固的意志。

小巷裡面有小孩，用充滿絕望的雙眼瞪著聖女貞德·達魯克。來自弱者的殺意——不過裁決者沒有怯懦，瞪了回去。這樣的殺意不該由身為英雄的人投射到一個身為絕望被害人的小孩身上。

小孩驚訝地退後一步，裁決者以冷漠的語氣問道：

「怎麼了，『黑』（開膛手傑克）刺客……不，應該說原為『黑』刺客的少女，擁有了開膛手傑克名號的無名少女，妳想逃嗎？」

「……妳為什麼不怕？」

「怕？我為什麼要覺得妳們可怕呢？妳們明明只是可悲的犧牲者啊。」

這句話說完，無數小孩立刻竄出，她們的長相雖然天差地遠，卻有著某種統一的感覺。每個人身上都髒兮兮，眼神充滿昏沉的黯淡光芒。

這才毫無疑問是人間地獄，她們體現了所謂人間地獄為何。

無論怎樣無情的人，被丟到這裡都會感到困惑、恐懼、戰慄吧，這才是作為開膛手傑克起點的內在世界(Inner Space)。是臨死之際的她讓人所見，充滿人類醜陋一面的漆黑箱庭。

「聖女。」

「天使。」

「拯救可憐、無比可憐的我們(傑克)吧。拯救、拯救、救救我們，握起我們的手，拜託、拜託、拜託——」

包圍裁決者的孩子們帶著拚死的表情抓住她。

聖女一定會拯救她們，如果是聖女一定可以給予她們救贖。不，現在這個狀況即使不是聖女，只要是正常的人也一定會有所感受。

然而被包圍在中央的她卻不為所動——甚至臉上完全不見絲毫動搖、同情與憐憫。

聖女嚴厲地宣告：

「——我做不到。我可以拯救迷途的孩子們，也可以藉由祈禱淨化有所遺憾的靈魂，但是，『只有開膛手傑克無法拯救』。」

孩子們僵住了。

「妳們已經被嵌入『他』的傳說之中，名為開膛手傑克的殺人魔已經變成『是任何人也不是任何人了』。妳們能確定妳們所殺害的人就是開膛手傑克的犧牲者嗎？妳們不知道對方的姓名、長相，只是因為想追求母親的影子就殺害了對方，不是嗎？」

開膛手傑克至少殺害了五位娼婦——

開膛手傑克挖出了受害者的內臟——

開膛手傑克寄信到報社——

開膛手傑克是醫生。

開膛手傑克是皇室成員。

開膛手傑克是畫家。

開膛手傑克是隨處可見的普通人類。

全部是謊言，也全部是真相。各式各樣八卦、傳聞、推理錯綜複雜的現在，要掌握他，不，她的真面目是困難到超乎想像的行為。

誰也是，誰也不是。誰也不是，誰也是。

問題在──可能性幾乎是無限地存在。一旦事情變成這樣，身為反英靈的開膛手傑克就會包含了這世界上的所有可能性。

聖杯恐怕也是打算召喚出各式各樣型態的「開膛手傑克」吧。

「沒錯，妳們被『開膛手傑克』吸收了，或許是被吸收了……所以變成即使能夠打倒妳們，也無法拯救妳們了。」

「──怎麼會？」

「不要啊──」

「我們、我們是──」

孩子們出現動搖之情。儘管尋求救贖，卻將來到此處的人類悉數汙染的他們，果然屬於惡靈之類。儘管不明確，但他們也多少理解了自身會走上的結局為何。

聖女的祈禱並非救贖——

「……你們應該明白吧，我會從現在開始消滅你們。」

那是完全消滅其存在的洗禮詠唱。

『主的恩惠無比深，慈悲永不滅。』

「為什麼……怎麼這樣，為什麼……？」

「因為這是自然的道理……你們應該已經知道了，因為膨脹的憎恨與殺害掉的人們的絕望讓你們變質了。現在你們所有人，都無法擺脫『開膛手傑克』這個概念了。」

『你住在無人荒野，不知前往生存之處的道路。』

他們以群體的形式形成單一個體的「開膛手傑克」。

每個個體甚至沒有名字，世界並沒有認知他們為獨立存在的個體。

『飢餓、口渴，靈魂衰弱。』

「不是！不是這樣，我們、我們是——！」

「那麼，你們每個人都有屬於自己的名字嗎？」

小孩們停止呼吸。這是禁忌的問題，在胎兒狀態遭到拋棄的他們沒有名字。即使人類可以擁有名字，但不會給細胞取名字的。

『唱頌其名，獲得救贖吧。唱頌引導你至生存之處者之名。』

「那麼——」

裁決者緩緩伸出右手，這時一道吶喊從某處傳來。

「住手……裁決者，妳住手啊……！」

「『紅（阿塔蘭塔）』弓兵……？」

「紅」弓兵拉弓搭箭，瞪著驚愕的裁決者。弓兵的右手已經染黑，明顯遭到惡靈附身了。

「弓兵，妳這是在做什麼！妳的右手——」

弓兵彷彿要打斷裁決者的話般放箭。

「閉嘴！妳才是想做什麼？『他們只是孩子啊』！他們是孩子，只是無害的靈體，『甚至不屬於惡』！他們是犧牲者，是被世界的架構（系統）捏碎的可憐靈魂啊！妳為什麼忍心滅了他們？」

惡靈們對「紅」弓兵的話做出反應，一舉繞到她的身後，應該是感受到她會庇護自己的強烈意識吧。

裁決者手中沒有武器，而且這裡本來就是幻影世界，無論怎樣交戰都不會有結果，弓兵搭在弓上的箭也沒有效力。

……那副弓箭代表「紅」弓兵的意志，如果妳想殺了這些孩子們，那我就會殺了妳的報復意志。

裁決者心裡應該是有些同情地瞪了過去——被弓兵瞪回來。

「弓兵，妳也是英靈，應該是理解的吧。『那些孩子沒救了』。所謂他們活著，就只是增加自身的同伴而已。說起來，讓這些孩子——靈魂回歸安寧之處才是慈悲啊。」

「紅」弓兵毫不猶豫地再次放箭，鋼鐵箭鏃貫穿石地板。直截了當到甚至可悲，錯得要命。

「這是哪門子慈悲！『拯救才是妳聖女的職責』！奧爾良的聖女，妳是為何在戰場不拔劍，只管揮舞旗幟呢？不就是因為不想殺人嘛！為了不讓妳的雙手染血——」

「——『紅』弓兵，妳是這麼認為的嗎？」

裁決者以冷漠的聲音告知。那是甚至能讓經歷許多戰亂的獵人都瞬間被壓制，如刀刃般銳利的聲音。

「因為沒有用劍，所以我的雙手是乾淨的？『怎麼可能』——我投入了那場戰爭，決定作戰，從那個瞬間開始我的雙手就等於染滿了鮮血。妳不要太瞧不起我，我對於要滅了她們可是沒有絲毫猶豫！」

這句話讓「紅」弓兵打從心底憤怒，咬牙切齒吼道：

「那麼、那麼，妳根本不是聖女……！」

「『紅』弓兵，妳說得沒錯，正是如此。每個人都稱我為聖女，但『只有我自己』

從來不這樣認為。」

「紅」弓兵臉上浮現愕然的表情。或許她認為如果裁決者是聖女，就有可能拯救她們吧。

「這裡是她們記憶中的世界，只是殘留思念生出的幻影，妳打算讓她們永遠在這曖昧的世界裡承受痛苦嗎？好了，快退開。」

「紅」弓兵儘管苦悶，仍堅持阻擋在前。

「……！……我……拒絕……！如果、如果我捨棄了這些孩子，還有誰會愛她們？裁決者，妳剛說要讓她們的靈魂回歸吧？那是一種昇華，只是單純的殺害吧！我——」

弓兵和裁決者都停止了說話，一個躲在弓兵背後的少女來到裁決者跟前，臉上帶著茫然的表情——裁決者心想，簡直就像被丟到荒郊野外的小狗。

「欸。」

裁決者回應對方呼喚，用手撐著膝蓋，將視線拉到與對方齊高的程度。無論怎麼說，她接下來要做的事情都毫無疑問是一種「罪」，所以起碼不該視而不見。

「嗯，有什麼事呢？」

「妳……即使殺了我們，也覺得無所謂嗎？」

這句話化為利劍刺進裁決者胸膛，她咬著牙——忍耐。

如果救得了早就出手拯救了，如果能幫助早就出手幫助了。但是，她辦不到，裁決者很清楚，那就是辦不到的事情。

「即使如此——即使如此，我們還是得繼續向前邁進。」

咬緊的嘴唇流出鮮血。看到這個的瞬間，「開膛手傑克（小孩們）」的動搖和恐懼消失了。

「別……別，別去……妳們別去啊……！」

躲在「紅」弓兵身後的小孩們接連來到裁決者跟前，「紅」弓兵雖想拉回她們——但孩子們拒絕般從她的臂彎鑽了出來。

「——這也沒辦法呢。」

「嗯，這沒辦法。願你們得到安寧。」

他們就像體悟結束到來的貓那樣，沒有逃跑，接納了裁決者的手。「紅」弓兵理解到已經「無計可施」了。她們必然會死，這是無法顛覆的事實。

更重要的是孩子們拒絕了她——所以她不行動。在這幻影的世界裡，只能以第三者身分旁觀一切發展。

『填滿乾渴的靈魂，以良品滿足飢餓的靈魂。』

詠唱非常莊嚴，且迅速地消滅他們的存在。這並非反覆的死亡，而是如字面所述的消滅。他們將排除於輪迴之外，無論是怎樣的聖杯戰爭，都不會再以「開膛手傑克」的身分召喚出來。

這看起來很像救贖，但其實並非救贖。成為使役者，即代表獲得第二人生，但這樣的第二人生對他們來說等於是第一段人生。

他們很自然地牽起彼此的手，直直地看向裁決者。

『拯救在深邃的黑暗之中，受痛苦與鐵束縛者吧。』

消失而去。那不是昇天，也不是墮入黑暗，只是像霧氣那樣溶解於世界之中。

「啊啊——」

在這之間，裁決者完全不改嚴肅的神色。如果她哭了，孩子們就會知道她因自身之死而悲傷，因此留下遺憾於世。所以，裁決者像鋼鐵般佇立當場。

『現在，打破枷鎖，由深邃黑暗中拯救出。』

「真不想死呢——」

差點要因為孩子的低語而跪地——但不可以倒下，她沒有表現出任何動搖，只是淡漠地持續「處理」他們。

『給予為罪行所困、因不義煩惱者救贖。』

小孩一個接著一個消失的同時，惡夢般的霧都(倫敦)也漸漸消失。這是基於他們的記憶重現的場所，一旦他們消失，自然不容許繼續存在。

就這樣，在黑暗之中，只留下最後一位少女。她以純潔的雙眼凝視著聖女。

「我們會消失嗎？」

「嗯，因為這是自然的道理。」

「這樣啊，果然是這樣。我們哪裡也回不去，哪裡也去不了呢。只能一直繞圈、一直漫無目的地走著，卻哪裡也抵達不了。」

這麼低語完，少女笑著問道：

「——傷心嗎？」

「……不會，你們只是往該去的地方去而已，這並非值得悲傷的事情。」

聖女以僵硬的聲音回應。

「所以妳才不哭啊。」

聖女不哭泣。她以厚重的殼覆蓋自己的心，冷酷地踐踏孩子們，所以沒有權利悲傷。不是制裁罪惡，只是無法容許孩子們存在的她——自然不被允許悼念他們。

『給正義之士歡喜之歌，給不義之士沉默。』

聖言持續紡織。

少女沒有笑、沒有傷悲，只是以空虛的眼接納這一切。

『——願逝去靈魂（Pax exeuntibus）得到安息。』

「……妳真可憐。」

最後少女留下憐憫聖女的話語消滅——霧氣於是散去。不屈膝、不頹喪、不哭泣、不嗚咽，她絕對不憐憫這些連出生都不被允許的孩子們。

同情只會招來犧牲者，一旦被纏上，一切都將徒勞無功。

她親手消滅了哭著表示只想回家的犧牲者，這是沒人可怪罪、無人能彈劾，只是犯下罪過的殺人行為。

咬緊的嘴唇淌出了血。

裁決者現在親身體驗了何謂人類造的孽。

『「即使如此」——』

即使如此，她仍不受挫。裁決者並未大意地盯著「紅」（阿塔蘭塔）弓兵。雖然她也擔心跟自己一樣被帶進那個世界的齊格安危——但她相信，只要稍微沒有注意弓兵，就會陷入致命的狀況之中。

回歸現實的「紅」弓兵蜷縮著身體顫抖著，裁決者覺得她就像一隻受傷的野獸。無論怎麼看，她都確實喪失了自我理智。

……目前還沒有確定她是敵人。當時在我方離開之後，「紅」弓兵、槍兵、騎兵到底選擇了「哪邊」，確實還沒有確認。

但是，從剛剛的樣子來看——

「裁決者……妳殺了她們對吧？」

空虛的聲音迴盪在夜路上。聽到這聲音，裁決者理解了。

「對，殺了她們的確實是我。」

她是敵人，絕對無法與自己相容——

搖搖晃晃站起身的她因殺意而不斷顫抖著怒吼。

「是嗎，妳也是切割的那一方啊？那些孩子只是想活下去，而妳也是踐踏她們的那一方嗎？」

淚水伴隨深沉殺意從眼裡滲出，嘴脣激動得幾乎要淌血了。

雖然只有幾句，但裁決者跟她在戰場上對話過——現在完全看不到當時她那悠然的態度。

並非因為敵我之間的立場，而是裁決者傷害了幾乎等於她靈魂的事物。

英雄都有不可觸及的傷。對「紅」弓兵來說，那就是孩子們。既然沒有拯救孩子們（開膛手傑克），那麼對「紅」弓兵來說，裁決者就澈底是敵人了。

即使他們是絕對無法得救的存在，「紅」弓兵也會掙扎著想救他們吧，無論經歷怎樣的苦悶與絕望也絕不放棄。

「……『紅』弓兵，無論我說什麼，妳都不會接受吧。」

「——她們是可以獲救的。」

「無法，不管怎樣那些孩子們都是惡靈，那些孩子沒有獲救的概念，所以不管她們怎樣追求溫暖——一定會『毀了』給予她們溫暖的對象。」

「紅」弓兵一拳搥在旁邊的石造建築物上，牆壁伴隨劇烈的破碎聲無力地崩塌。

「妳閉嘴！可以救……可以救的！即使我的力量辦不到，『聖杯的力量』也應該可以救助她們！」

她說了聖杯的力量，那就是要讓聖杯實現自己的願望。

但現在聖杯應該處於言峰四郎的支配之下。

「紅」弓兵彷彿表態無須廢話般，對仍想發問的裁決者拉起弓。但是，因為霧氣散去而得以看見兩人的「黑（凱隆）」弓兵稍稍搶先了一步，在建築物上瞄準了「紅（阿塔蘭塔）」。

「——其凶猛如神之鐵槌（αστραπηχειμων）。」

射出的箭有三支，每一支都灌注了滿滿的魔力大放送。如果是騎兵或劍兵還不好說，但「紅」弓兵身上可沒有能防範如此強大破壞力箭支的庇佑，一旦命中，幾乎毫無疑問會當場死亡吧。

但是，重點在於要能——命中。

石地板破裂，挖出一個大坑。但如同猛獸般怒吼一聲的「紅」弓兵，以駭人的敏捷動作悉數躲開三支箭。那以四肢活動的猛獸般動作，令「黑」弓兵一臉苦悶地不得不佩服她不愧是在野外生長的獵人。

但是，「紅」弓兵完全不在乎方才的掃射，也沒看「黑」弓兵的方向一眼，像隻野獸般呼出銳利吐息——她對著裁決者，彷彿吐血般吐露怨憤並怒吼：

「——絕不饒妳！裁決者！我絕對不原諒妳那充滿欺騙的人生！虛偽的聖女啊，沒有拯救孩子，而選擇殺害他們的妳——我絕不寬容！如果想要聖杯就來搶啊，我阿塔蘭塔會一個也不留地射穿你們所有人！」

「紅」弓兵苦悶地喘著氣，瞪著敵人(裁決者)，迅速後退。

生前，為阿塔蘭塔美貌吸引的男人們必須通過一項考驗，就是跟她賽跑並勝過她，而跑輸的人只能死。即使如此，仍有不死心的男人陸續挑戰這項考驗——然後每個都失敗了。

能夠跟她比腳程的人，大概只有「紅」騎兵(阿基里斯)吧。即使是希臘的大賢者凱隆，在單純較量奔跑能力上也絕對追不到她。

「——『紅』弓兵，妳想逃嗎？」

「黑」弓兵以為刺激「紅」弓兵的自尊心，她就會轉而迎戰，於是拋出了這番話。但「紅」弓兵連看都不看「黑」弓兵一眼，迅速逃進黑夜之中。

「……看樣子是追不上了。」

裁決者也能察覺。她在轉瞬間脫離戰鬥區域，接著在不到一分鐘的時間內就會衝出這座城鎮了吧。她恐怕是來擔任斥候，因此儘管機會難得，但會為了收拾「黑」刺客(開膛手傑克)而行動，仍屬特例。

她應該是想拯救那些孩子，但她的箭卻釋放了「黑」刺客身上的某些東西。原本應當會破壞靈核——或者因為主人死亡，切斷使役者與這個世界的聯繫，最終消失。

但事情沒有這樣發展，以結果來說，「黑」刺客重現了那個地獄……

裁決者搖搖頭，先拋開這該思考的事情。既然已確保了這塊區域的安全，那就該找出齊格——

「齊格小弟！」

裁決者喝叱糾結慘叫的內心，開始尋找周圍。齊格應該也一起被扯進那片霧裡，雖說自己承受住了，但內心只能用純潔無暇形容的那個少年受得了嗎——？

之後，裁決者發現如胎兒蜷縮著的齊格。她抱起他並呼喚：

「振作……齊格小弟，你振作點啊！」

齊格虛弱地顫抖著醒來，裁決者還來不及安心，他就揪住裁決者的胸口問道：

「裁決者，那是什麼？」

「齊格小弟……請你冷靜下來。」

但齊格卻以被逼到極限、混亂無比的表情逼問裁決者：

「那是『普通』人類嗎？不是魔術師，而是普通的人類也會弄出那樣的地獄嗎？」

齊格受到相當大的打擊。使役者因為擁有超乎規格的力量，才會是不屬於這個世界的存在；魔術師儘管是人類，卻偏離了人類常理。

而除了人工生命體，他遇見過的人類屈指可數，只有逃跑抵達的村莊裡的老人，和今天在鎮上遇到的人類而已吧。

當然，他也沒有要在人類身上追求完全的善。

但是——他應該相信人類並非惡，應該認為人類不會主動想要打造出這般地獄。

該怎麼告訴現在快哭出來的他呢？該說他們也不是想搞出這樣的地獄嗎？還是該說人類的生存本能就是能容許惡的存在？不對，他想相信「人類是善良的存在」。

不過裁決者知道這是錯的。

「……我想我也看到了你看到的東西。」

齊格驚訝地看向裁決者。

「齊格小弟，你聽好了，你的問題連我都無法回答。利用各式各樣藉口掩飾無可容許的殘忍行徑，這樣純粹的殘酷確實存在於人類心中。」

貞德．達魯克本人就體驗過，遭到背叛、生命與尊嚴被以各種手段蹂躪，那當然不可能不邪惡。然後，做出那些蹂躪行為的並非打從出生以來就是壞人，也不是被當成惡徒養大，只是與貞德．達魯克處於敵對立場的平凡人類。

而貞德本身也是這樣，為了拯救故國，不讓主繼續嘆息——她相信這點，作惡。

因此，聖女理解人類不是墮落為惡，而是本身就會作惡。

即使單一個體為善，但她知道整體來說就是邪惡的。

儘管如此——

裁決者抓住齊格雙手緊緊握住並垂下臉，不讓他看見表情。

「儘管如此，還是請你不要放棄。拜託、拜託你……」

請不要放棄人類。

請別當成這就是這麼回事而死心。要放棄人類很簡單，要憎恨人類更簡單，但要持續愛著人類卻很困難。

「妳——」

齊格開口。裁決者沒有抬頭，只是聽他說話。

「妳還沒放棄嗎？」

不承認人性本惡。

不承認人類是醜陋又邪惡的存在嗎？

即使在「儘管如此」——之後抱持著無法接續任何話語的失望，也一樣嗎？

聖女（妳）仍愛著人類嗎？

抬起頭，少女的笑容充滿崇高之氣。

「嗯，我不放棄。」

這自豪般的話語在危急之際壓制了齊格的混亂與厭惡，因為齊格也很清楚聖女貞德的過去。

即使那樣慘死的少女都說了還不放棄，那麼，像自己這樣的小菜鳥更不可以放棄。

自己還沒看遍這個世界，下結論還太早了。

當然，光是回想起那光景就厭惡得想吐。雖然裁決者說還沒放棄……也就是說，讓這個裁決者必須打定主意仍不放棄地——

世上充滿著不定形的惡。

齊格壓下陰鬱的情感，勉強站了起來。

「看來結束了。」

齊格回過頭，看到「黑」弓兵（凱隆）優雅地從空中落下，以羽毛般輕巧的身段安靜無聲地落地。

「嗯，需要治療被連累的人們嗎？我多少也可以——」

「昏倒的人們雖然都受了重傷，但不至於致命。主人已經都安排好了。」

「那麼小孩們——」

見裁決者一臉不安，「黑」弓兵為了使她放心而露出笑容。

「似乎是刻意被排除在『霧氣』外了，應該只在兩位交手之際受到一點擦傷吧。」

「這樣啊，太好了……」

少女撫著胸口放下心。「黑」弓兵報告完畢後立刻化為靈體，準備回到主人身邊。

「這樣就結束了嗎？」

「嗯，至少跟『黑』刺客有關的問題已經解決……一切都結束了。」

齊格茫然地回想起在霧裡瞥見的那景象——說得正確點，是想起那些聲音。

充滿殺意彈劾的「紅（阿塔蘭塔）」弓兵，還有以冷酷聲色應對的裁決者。

「紅」弓兵逼問了裁決者好幾次，說「妳是不是殺害了孩子們」。倒在地上的齊格原本愕然地以為是我方從「黑」刺客手中保護下來的小孩，但看來「紅」弓兵指的是那些在幻影世界中出現的孩子。

先不論一般常識如何，齊格原則上理解那些小孩是怎樣的存在。

為了讓使役者「黑」刺客得以成立的孩子們……也就是說，是成為「開膛手傑克」

基礎的存在，當然早已死亡。

話雖如此，若放著不管很可能會附到無力的人類身上。這麼一來，「獲得人類肉體」的「開膛手傑克」就有很大可能性現身了。

當然，那是低級的惡靈，頂多因為興趣嗜好殺人，並不會持有任何魔術方面的力量吧。

即使如此，仍無疑會出現犧牲者，所以裁決者才殺了那些孩子——利用洗禮詠唱的術式淨化他們。齊格能判斷這樣做是正確的，毫無疑問可以用正義之舉來稱呼。

然而，為何「紅」弓兵要責怪裁決者呢？而為何裁決者又認同了這一點呢？

這不合理，這太不合理了。明明是生前締造了許多成果的英靈，難道不覺得這樣太沒道理嗎？

齊格詢問裁決者，只見她眉宇之間帶著淡淡的憂愁低聲說：

「——恐怕是『紅』弓兵沒有看過那樣的邪惡吧。」

「沒有……看過？」

「地獄有著各式各樣的面貌，阿塔蘭塔可能看過被魔性的存在屠殺的村莊，也可能看過殘忍無比的國王施行的暴政。」

但是那樣的地獄跟這些都不同，有著致命性的差異。在那白教堂裡沒有正義可言，正義不存在於任何地方。

但是——「也並非邪惡」。無論女王、醫生、警官、罪犯、娼婦、孤兒，全都並非邪惡，也非正義。只是天空很沉重，那片太過沉重的灰色天空彷彿要把他們全都壓扁。

沒錯，「開膛手傑克」算是邪惡吧，但她卻是因那些遭到捨棄的孩子——只是想要回歸安息之處的渺小願望而生。

「……所以妳才致歉嗎？」

「對。齊格小弟，請你記得。」

回頭——那是一個受到朦朧的瓦斯燈照耀的虛幻笑容。

「正義與邪惡的立場非常複雜，而且可以隨意切換。至少對『紅』弓兵來說，我毫無疑問是明確的『惡』。」

「妳是惡……？」

「是的，誠如『紅』弓兵所說，我自己也是這麼認為，我——根本不是聖女。」

裁決者說自己不是聖女。

那等於是否定自己，也是欺騙了仰慕她的所有人。齊格甚是驚訝地凝視著少女——

裁決者別開了目光。

「好了，齊格小弟，我們回去吧。若繼續在這裡磨蹭，你的使役者又要生氣了。」

裁決者閃爍其辭般笑著邁開腳步，齊格則乖乖地跟在她身後，看著她的背影，回想起那由平凡人類打造出來的邪惡地獄。

他相信自己今後會幾次想起那光景，也相信每次都會讓自己動搖，會讓自己無法相信人類這種生物。

他或許能夠喜歡個別的人，但或許那只是被壓倒性的惡給壓迫、隨波逐流的小小善性罷了——

齊格思考起人類與人類所交織出的世界。

總有一天，自己能得出結論嗎？

人性本善／人性本惡。

或者將是兩者皆非，以未知的概念來認定人類呢？齊格不確定。對於剛出生沒多久的人工生命體來說，這負擔太沉重了。

剛誕生的感情產生的混亂、狀況過於異常帶來的混亂、至今仍看不見的自身將來。

腦海中一片混亂，能夠相信的大概只剩下自己的使役者，還有她（裁決者）的笑容了——

『我根本不是聖女。』

齊格認為方才的告白非常重要，是絕對不可以忘記的事情。但是，他不懂這番話的意義。

他搞不清楚所有人都認同的聖女竟然自嘲說自己是惡，甚至還說自己不是聖女的理由到底在哪裡。

如果質問她，她會回答嗎？

「……不，不能這樣。」

齊格立刻捨棄自己的念頭。不可以碰到事情就詢問，不可以不管什麼事情都想藉此獲得答案。必須自己思考、自己去理解才行。

即使那可能是永遠也想不出答案的問題，或者答案其實埋藏於黑暗之中——也不能停止尋找這些答案的行為。

§§§

「紅」弓兵抵達收納大聖杯的神殿寶具「虛榮的空中花園（Hanging gardens of Babylon）」，平靜地對主人四郎報告已經打倒「黑」刺客（開膛手傑克）一事。

「如果可以，是希望『黑』刺客能多在後方擾亂對方一下的。」

悠然地坐在王座上的「紅」刺客（塞彌拉彌斯）一副覺得很無趣的樣子說道：

「無所謂吧。無論如何，那些傢伙毫無疑問會追蹤咱們，既然將演變成全面對抗，有小渣滓額外搞事反而麻煩。」

「是這樣沒錯……啊啊，弓兵，話說妳知道『黑』刺客究竟是什麼人嗎？」

「紅」弓兵顯得有氣無力，覺得很無聊似的回話：

「都已經滅了的對象不重要吧。」

「……嗯，確實，妳說得沒錯。」

四郎的目光顯得有些疑惑，「紅」弓兵一臉覺得麻煩的表情沒有搭理。比起這個，她滿腦子都是現在該思考的事情——那個該憎恨的對象。

「我累了……就報告到這裡。」

她這麼說完，就退出了謁見廳。身為主人的四郎歪頭，似乎覺得看到奇怪的現象。

「主人，怎麼著？」

「……不，就有些在意『紅』弓兵的狀況。」

「吾看起來跟平常沒什麼不同啊。」

「紅」弓兵基本上屬於冷淡的類型。雖然不到漠不關心的程度，但即使有人死在她眼前，她應該也不為所動吧。

因為她遵循極為嚴苛的自然界道理生存下來，所以她在面對生死時，抱持著非常冷酷的的清晰思緒——即使在面對自身的生死時也是一樣。

因此不管殺害的對象是誰都無法改變已死的事實，所以無所謂。

確實，如果從這個層面去思考，她的態度跟以往沒什麼差別。但是，四郎卻感受到一種難以抹去的不協調。

……然後才發現她說「我累了」。堂堂阿塔蘭塔，怎麼可能會因為執行斥候任務就疲勞呢？

在轉身過去之前，四郎看到了「紅(阿塔蘭塔)」弓兵的側臉。

受到許多男人追求的那張美麗臉龐上充滿著無法隱瞞、針對某人的憎恨與憤怒。

「紅」弓兵默默走在花園裡，她踏著急促腳步，彷彿想要甩掉刻在記憶之中的那光景。這時一位男子出現在她面前。

「……術士，滾。」

弓兵不悅地瞥了術士一眼，但術士則露出一如往常，給人感覺像海底般深沉混濁的笑容說道：

「『白天的好事開始委靡，打瞌睡；黑夜的黑爪牙起來要撲食生物了』（Good things of day begin to droop and drowse; While night's black agents to their preys do rouse.）……擁有尊絕飛毛腿的獵人啊，妳是否被黑夜囚禁了呢？」

弓兵一副厭煩術士的態度揪起他的衣領——一把推去牆壁。

「我累了，非常疲倦，所以給我閉嘴，小丑。」

但是小丑（術士）並沒有安靜下來。

「只是執行斥候任務，妳怎麼可能疲倦呢！因此妳不是疲倦，而是膽怯了吧？就跟聽到幽靈城堡的故事而無法以睡眠逃避的小孩一樣！」

「閉嘴！」

弓兵的目光泛出殺意，正以雙眼宣告「你要是再鬼扯，我就會殺了你」。儘管如此——術士仍帶著笑容問她：

「——妳看到了什麼？妳察覺到了什麼？愚蠢。不管妳看到了什麼，那早已『僅是過去的殘渣』。我們是過去的亡靈，一旦亡靈悔恨過去，就只會變成單純的怨靈了。」

什麼都不知道的小丑發言正深深地掏出弓兵的心底。

「你這傢伙……！」

突然，術士的肉體洩了氣。轉眼之間，弓兵揪住的男人就變成了一尊木偶。

這是身為作家的術士使用的魔術……與其這麼說，更像是因為他的超高知名度與神祕的經歷所產生的奇術一類。

「——為了委身於未知的世界之中，我們本來就不得不活在未來。弓兵，妳想看看對吧？『想看看所有小孩都能受到疼愛的世界』！」

術士不知何時來到弓兵身後。聽到自己的願望被抖出來，她原本想要再次揪住術士，但是停手了，因為她覺得眼前這個他應該也只是一尊人偶。

「紅」（莎士比亞）術士輕輕地笑，閉上一隻眼。

「因此，我等無論如何都得啟動大聖杯。」

「……你真的相信願望可以實現嗎？」

「妳聽我等的主人說過了吧？那大聖杯確實可以實現主人和妳的願望。」

這答案讓「紅」弓兵的臉上堆滿了苦澀，因為這句話就是惡魔的呢喃。

「我——不知道，確實若是他的願望，或許有機會連同我的願望一同實現。但是……但是，這樣真的好嗎？那樣的願望真的……是正確的嗎？」

「這個嘛，吾輩也不知道。不，這麼說吧，如果沒有保證，妳就無法下定決心嗎？『生存還是毀滅（to be or not to be）』——那麼，小丑就只能笑了！」

弓兵瞪了術士一會兒——眼中恢復些許生氣，默默地離開他。

術士對著弓兵的背影說道：

「話說弓兵閣下，結果妳看到了什麼樣的地獄？」

弓兵維持背對著他的狀態低語：

「……世界機制的一環。那裡沒有神、英雄、魔獸、惡王，什麼都『沒有』。」

如果有魔性存在作惡，將之打退便可。

若有神失控狂暴，就想想該怎麼安撫。

但世界機制不屬於這些。就是因為彼此配合的程度甚至堪稱完美，所以世界機制才會完全齊備了把弱者當成食物的系統。

要打破這樣系統的手段，只剩下一個。

就是啟動大聖杯，實現願望。這就是現在弓兵的希望。

「憑我的力量無法拯救那些……那個女人或許能夠做到，但她切割了。」

拳頭因憤怒而顫抖——「紅」術士儘管理解這個問題是地雷，卻無法壓抑好奇心而問道：

「『那個女人』？」

因這問題而回過頭的「紅」弓兵眼中充滿著讓人甚至害怕的喜悅。

「貞德．達魯克，我會殺了那個女人。會用箭射死她，若無法射死就用利爪撕裂她，若利爪無用就用尖牙將她扯至粉碎。」

「哎呀，靠妳的美麗爪子和牙齒可以辦到嗎？」

眼中依然充滿瘋狂的「紅」弓兵打從心底愉快地笑了：

「當然可能。如果是為了殺死那個女人，『我可以變成怪物』。」

術士目送弓兵離去，而「紅」騎兵（阿基里斯）在不知不覺中站在目送的術士身後。

「嘴巴太會胡扯也真是難搞。」

這尖酸的聲音讓術士回頭——接著笑了出來。

「哈哈哈，畢竟說到吾輩的武器，大概就只有這銳利的話鋒（Speak Daggers）了啊！」

騎兵壓根不認為這個男人會基於親切給煩惱的弓兵建議，術士的說詞明顯話中有話，問題在於他無法得知那些背後的含意到底是什麼。

說得極端一點，只是單純覺得利用話語迷惑他人很好玩……這種情況也是有可能發生的。

「話說，騎兵閣下你才是，去安慰一下弓兵閣下如何？」

術士說得對，確實現在去安撫有些危險的「紅」弓兵很重要，但還有一件事情必須更優先處理。就是關於眼前這個術士。

「哼，我回頭會去安慰大姊，倒是我介意的是——」

「我們究竟在等什麼，是嗎？」

「沒錯，不是說要準備嗎？到底是在準備什麼……『黑』那幫傢伙遲早會殺來，目前看起來也沒有安排對應的策略啊。」

「當然。說起來，這準備應該是刺客——女王閣下該負責處理吧。」

「想也知道啊。」

這座空中花園是寶具，而主人是那個很不討喜的「紅」(塞彌拉彌斯)刺客。

應對襲擊的策略八成早就安排好了。那麼，這個應該連魔術都不太會用的「紅」術士到底都在幹些什麼？

「儘管不會魔術，但身為術士的吾輩擁有紡織『奇蹟』的招式，而現在就是正在準備那個。」

「奇蹟啊——」

這應該就是指寶具了吧。跟這座空中花園一樣，不是所需物品還沒齊聚，或者就是要花時間。

無論如何，騎兵推測那應該不是用在戰鬥上，而是可以打破現狀的玩意兒。

「那麼吾輩就此告辭——喔，請稍等，話說騎兵閣下，據說『黑』(凱隆)弓兵是你的師父凱隆是嗎？」

「……那又怎樣呢？」

「不，只是在想雖說成為了使役者，但落入必須與過往師父交手的狀況，你會怎麼打算。」

「你想知道？」

術士點點頭說「請務必」。「紅」騎兵毫不猶豫立刻變出愛槍抵向術士。

「你一百年也不會懂。」

嚴厲的目光明顯透露出敵意，「紅」騎兵絕對不是什麼有耐性的人。無論現況如何，要是再繼續消遣下去，術士恐怕小命不保吧。

然後不知道有沒有認知現況，術士滿不在乎地聳聳肩說：

「這樣嗎？原來如此，高尚戰士的榮耀與靈魂並非該以言語道出。你的意思就是這之中充滿與高手交戰的歡喜與悲哀，無論如何都無法用一句話表達吧！」

「你根本沒在聽人說話吧！」

——而且可恨的是，若要以言語來形容這種難以言表的複雜感情，反而會變得單純明快。

「可惡，搞不過。」

騎兵煩躁地搔了搔頭髮，收起了槍，接著轉身背對術士，想說去找槍兵抱怨一下吧——結果又被搭話。

「有朝一日也寫下你的故事吧。這邊有個問題，你希望寫成悲劇還是喜劇呢？」

騎兵大概覺得再拿槍威嚇他也麻煩，於是乾脆地回答。

「我經歷過的是我的人生，隨你愛怎樣解釋都行。不過呢——」

瞬間，過去經歷閃現騎兵心中。為英雄與女神所生，小時候與母親離別、學習、戰鬥、愛上人、憎恨人，然後戰死。

這些應該都能用言語表達吧。透過莎士比亞寫下的各種話語，甚至能代言騎兵的內心情緒，將這一切都表露出來吧。

然而，這樣依然只不過是一段故事。

無論怎樣用精確的言語表現，自己的人生都是屬於自己，所以無論是喜劇或悲劇，其實都是一樣的。

這麼一來，就剩下騎兵的個人喜好問題。

「寫成喜劇吧，寫成讀了這篇故事的人會笑著說這故事有夠蠢的那種。實際上，只有腳跟還維持人類的狀態，然後被一箭射穿致命，真的是智障到爆炸啊！」

騎兵爽快地笑看自己的人生。術士見他如此，斂起笑容，深深鞠躬。

「遵命。」

儘管有發生一些問題，但騎兵相信自己是幸運的。

至少這第二段人生不全都是壞事，過去想要超越的那道背影出現在眼前，身為許多英雄的師長，擁有各式各樣武藝、各式各樣智慧的大賢者。

有一位英雄想過：投入戰鬥，總有一天可以超越他吧。

而在置身戰場之後，曾幾何時遺忘了這個願望。但是——現在實現了。既然實現了，就當作這是一種幸運吧。

不過——「紅」騎兵至今仍猶豫，無法確定天草四郎（言峰四郎）時貞的願望究竟是否足夠拯救世界。

道理確實說得通，甚至可以說完美無缺。非常理解人類業障的騎兵，現在仍認為他提出來的方案確實足以讓自己放下槍。

然而……他還是會猶豫，那個方案基本上就是對人類這樣的物種提出革命，根本無法預測世界究竟會變成什麼樣子。

不過，他至少是相信主人的。這是他花了幾十年歲月得出的結論，應該早就已經評估過騎兵想得到的疑慮點了吧。

這是一個連英靈都無法判斷究竟是做得太慢，還是根本已經來不及的問題。

……天草四郎時貞應該看到了地獄，他確實看過了各式各樣的人被殘殺的光景。然後即使如此，他仍冀望著拯救全人類。

所以「紅」騎兵才決心可以認他作為主人。

他認為這判斷沒有錯。雖然沒錯——

還是留下了些許猶豫。而騎兵也確定直到他自己確認這想法能確實拯救人類為止，這樣的猶豫都不會消失。

§§§

「紅」陣營的各個使役者在「虛榮的空中花園」擁有各自的房間。當然，只要靈體化就沒有問題，但喜歡持續實體化的使役者還是占多數。遑論目前沒有魔力供應方面的問題，就更是明顯了。

話雖如此，這些房間的裝潢都很簡素。對不需要進食與睡覺的使役者來說，自己的房間只具有保護自身隱私的意義存在。而所謂的隱私，從他們被召喚到這個世界後所必須擔任的角色來看，也幾乎是無用的長物吧。

不過，對現在的「紅（阿塔蘭塔）」弓兵來說，她需要一個人靜一靜。

坐在床上，脫下皮製護手——看著變色的右手臂，上面纏繞了許多黑蛇般的瘀青。

這些瘀青不會痛，也沒有任何不良現象。但弓兵知道，這些是非常純正的「詛咒」，應該是在殺害「黑」刺客（開膛手傑克）的主人時纏上自己的「那些東西」。

那是「黑」刺客駭人的過往，是大量小孩、胎兒的怨念，應該是在「黑」刺客死亡後擴散之前，纏到自己身上的吧。

當然，要切割掉是很容易。儘管弓兵不懂解除詛咒的方法，但我方可是有持有術士能力的刺客，不然也還有身為主人同時是使役者的言峰四郎在。

只要請兩人幫忙，這條右手臂應該可以輕易恢復吧。

不過——弓兵無論如何都無法選擇這麼做。她理所當然不想借助刺客的力量，就算開玩笑也不可能讓那個女人抓到自己的把柄。

言峰四郎原本就是刺客的主人，所以弓兵也當然會有些抗拒要去依賴他。

……不，弓兵知道，這些全都是藉口，自己必須承受這些詛咒。這些詛咒，是她比什麼都更加疼愛的孩子們發出的怨嘆。

幸好那都是些低級靈，因此不會給她帶來多大痛苦。

即使這些詛咒會給自己帶來毀滅也無妨，這是報應，是她必須接受的報應。

她用繃帶纏起散發腐臭的右手臂，就這樣不管了。

但弓兵沒有發現一件事。附在她右手臂上的確實是低級怨靈，並不會給她本人造成任何影響，因為她畢竟算是能成為使役者的最強英雄分靈。

說起來弓兵其實可以拒絕被附身，當她被纏上的時候，甚至可以不冒任何危險地將那些怨靈吞噬，作為自身養分。

然而，她卻沒有這麼做，也就是說「她們」期望保有自身意志。當然，那些怨靈沒有什麼高等智能，她們只會持續不斷地低語著自身的願望。

『想回去、想回去、想回去啊。想回去媽媽的肚子裡。』

這些是只能細語、幾乎完全無害的怨靈。但這樣的細語卻讓「紅」弓兵覺得羞愧，起了憐憫之心。

那是對於只會高聲訴說最終願望的怨靈所不該抱持的感情，憐憫會擾亂情緒，接著變成憎恨起明明可以拯救怨靈卻捨棄了她們的聖女。

「我才不管。」

但「紅」弓兵毫不猶豫地接納了這份憎恨，瞬時且破滅的這份情感讓她覺得無比可貴。

愈是憎恨自己、憎恨那個女人——就愈能夠證明自身的愛。

所以現在為了殺害聖女，「紅」弓兵只需磨尖利牙，持續養育自身的憎恨情緒。

§§§

「紅」術士（莎士比亞）目送騎兵離去，轉向自己的書房。術士使役者擁有職階技能「設置陣地」。陣地可因術士的能力、由來或者職業變更層級。如果是有名的魔術師，甚至可以形成超越工坊的神殿。

另一方面，不是魔術師……比方像作家這類人就不需要神殿或工坊，只需要可以寫作的書房便可。

「紅」術士建構的書房裡面有堆積如山的書本，打字機（已經被他丟去一邊了），還有四郎幫他準備的一套個人電腦（這也被他丟去一邊了）——書桌上放了紙筆。

這裡看起來跟「術士」這個職階名相去甚遠，真的澈澈底底就是一間書房。當然，若考慮堆在垃圾桶裡面的大量紙屑全都是「莎士比亞的新作品」，這裡某種意義上也是一間魔法房間就是了。

「紅」術士從書架取出一本書，書名是《威廉．莎士比亞先生的喜劇、歷史劇和悲劇》——也就是俗稱「第一對開本(First Folio)」的劇本合集。

……說是這麼說，但這本書並非莎士比亞自己出版，而是他朋友在他死後整理了他的作品出版罷了。說起來，裡面並不存在他親手寫下的原稿。

術士收起這本書，接著取出旁邊的厚重皮革精裝書。這本書不僅沒有書名，上面甚至沒有作者的名字。

現在他手中的這本書與前一本書不同，這才是他真正的著作。但——這本書只寫到一半，尚未完成。

他的手指憐惜地滑過寫到一半的文章。

「——好了，到這邊為止，毫無疑問已走上傑作道路。」

主角必須經歷許多苦難。如果是從開始到結束都順利度過的人生，交給隨便一個凡人就好了。作品裡面必須有戲劇化的發展，無論那是悲劇、喜劇，或者除此之外的任何劇，特別的人都有其相應的人生要過。

在這樣的意義上，言峰四郎非常接近他（術士）的理想。無論四郎的願望實現與否，他在最後都能導出相當有看頭的結局吧。

這裡收容了所有跟這場聖杯大戰相關人士的書籍。

包括已經失敗消失的人，以及遭到隨意殺害的所有人。當然，也有那個村姑——貞德·達魯克的書。術士覺得自己生前把她當成英國之敵而澈底鄙視的態度其實不對，稍稍反省了。

她不是什麼可憐又瘋狂的村姑，「可憐又瘋狂的村姑還比較好」。她是理解自身罪過，儘管如此仍不停止扮演一位聖女——是一位與絕望搏鬥的少女。

「如果要分類什麼樣的人才是聖人，那些拯救他人，並且不是為了個人願望，而是與邪惡的的世間絕望一戰的人應該算是聖人吧。那麼，無論結果如何，那兩個人都毫無疑問是聖人。」

為了拯救民眾、為了拯救祖國，無論規模大小，他們都挺身而出了。

「但是兩人卻走上了不同道路。為了拯救全人類而採取行動的我等主人，與為了阻止他而行動的聖杯守護者。善意竟是彼此惡意的反面，真是悲劇一場啊！

『光榮的路子是很狹窄的，只能容一個人前進（honour travels in a strait so narrow, Where one but goes abreast.）』。」

兩人的對立無可避免，而這樣的構圖實在太誘人。儘管兩人都希望能夠拯救世人，卻是「不得不互相殘殺」的對手。

「雖然希望最終是這兩人對峙——」

他闔上書，抽出另一本書。這本書與方才的豪華裝訂書本不同，是一本白而簡約粗糙的產物。

這是那位人工生命體的書。他應該幼小、拙劣且平凡。不，現在也尚未脫離平凡的領域，但他之所以特異，純粹是因為他被賦予的力量。只是周遭的選擇強行讓他變得特異。

不過……不過呢——

儘管如此，他仍在這場聖杯大戰中持續存活了下來。儘管生命短暫，仍選擇繼續戰鬥並掙扎求生。在稱之為人生顯得太過短暫的日子裡過得極為充實。當然，所謂人工生命體是一出生就會得到一定程度的知識——應該說，其實懷抱著知識誕生的人工生命體之中，絕大多數都是無趣且大致相同的量產型（沒意思）。

所以才能說，這個人工生命體的異常性格外顯著。

他並不無趣，也不是與其他個體大致相同。只不過使役者的異常性遠超過他，所以他在這場聖杯大戰並未如此醒目——仍相當誇張。

他不是英雄，但也不是平凡存在，雖然是個受到命運擺布的可悲少年，卻又不把這樣的狀況當成己身苦難。

那麼，他在這場聖杯大戰的任務為何？

是成為聖女的慰勞嗎？作為一個主人或使役者的戰力嗎？或者是說——他才是該與這場戰爭的中心人物言峰四郎——也就是天草四郎時貞對峙的存在呢？

「……嗯，這應該是不太可能吧。」

能與天草四郎時貞並列的是聖女貞德．達魯克，這樣的認知不會改變，恐怕到了決戰之際，他倆又會再次對峙。

這之間沒有人工生命體能介入的餘地……不，或許有可能將他視為戰力投入戰場，但他應該不可能介入這場大戰的骨幹部分。

但是，這樣的可能性也快要消滅了。

主人再過不久就要開始救贖人類。言峰四郎是否真能成為救世主？抑或是——會成為再次於拯救世人之前挫折的可悲小丑呢？無論如何，無論是悲劇、是喜劇，對術士來說都是無比愉快的故事。

§§§

「紅」槍兵（迦爾納）在五位「前」主人——洛特威爾．貝金斯欽、琴．蘭姆、潘泰爾兄弟、費恩德．沃．賽伯倫等人休憩的房裡。

五人以等距繞著圓桌坐著，雖然他們並沒有被綑綁，但仍只是仰望著天花板，一臉呆滯地對話。

「話說，據我聽到的消息指出，阿特拉斯院似乎發生政變——」

「看，寫在這張卷軸上的術式多麼精密。雖然價格昂貴，但應該有其價值吧——」

「嗯，是啊。是，嗯，沒錯——」

「啊啊，我等不及去拍賣會場了，飛機到底要讓我等多久啊——」

「差不多開始依序繼承刻印了，但我兒子實在不成，缺乏身為魔術師的霸氣。」

五人的話題已經沒有對在一起，這是正常與瘋狂的雙重構造。如果他們全都還正常，也都處於同樣狀況之下，一定會出現相同反應，說出同樣的話吧。

但是，這裡是給他們使用的一間房，在召喚使役者之前服下「紅」刺客（塞彌拉彌斯）準備的毒藥，在正常的狀態下被帶入瘋狂的世界。

他們習得的精神防禦在「紅」刺客看來，根本就是紙糊的裝甲。不殺害這些人——但也不給他們自由，只是讓他們在這裡繼續活下去。

「——閣下又到這裡來了啊？」

「紅」刺客朦朧浮現，但這騙不過槍兵雙眼，她只是將意念傳送給槍兵罷了，眼前佇立的她不過是幻影。

「言峰四郎的命令是保護這座花園，不過現階段沒有敵人要來襲的感覺，推測應該是明天晚上才會攻來。在那之前若沒有收到前任主人的其他命令，我就會待在這裡。」

「紅」槍兵這番話讓女王不悅地繃起臉。

三位使役者之中，只有這個「紅」槍兵沒有認同四郎為主人。當騎兵和弓兵都看破主人手腳並與其切割的這個狀況下，只有槍兵仍以「是主人召喚自己出來」為由保護著他們。

這其實無所謂，無論如何以結果來論，「紅」槍兵也是我方陣營手中的一個棋子。

但是，問題在於這五位主人。服下毒藥的他們精神已經在另一個世界徘徊——但他們的精神還是正常的。為了不讓使役者們察覺到主人的異常並推進事態，四郎並沒有直接做出任何加害他們行為。

即使是世界上最古老的暗殺者塞彌拉彌斯，在條件這樣不利的狀況下也是很難做出令人滿意的成果。也就是說，目前無法確定這些主人們何時會清醒。

騎兵和弓兵不可能到了這步田地還吃回頭草，但槍兵就難說了。

他從未與主人交談過，甚至到了現在這個主人權已經讓渡給他人的狀況下，他仍持續擔任一位忠實的使役者。

也難怪「紅」刺客會愈發不信任槍兵。如果他的主人清醒過來，並下達指示，無論在什麼樣的狀況之下，槍兵都會毫無疑問地背叛吧。

於是，「紅」刺客從某個時間點就開始盤算要收拾掉目前已經沒有人在乎的這五個人。這不是什麼大不了的事情，頂多就是把髒亂的垃圾清掃乾淨的程度罷了。

但這個槍兵就在此時介入了。

「隨你們高興要怎樣看待他們，但既然我的主人在此，就不許亂來。」

他淡淡地表態要守護這五人。在那之後，儘管他接受保護空中花園這項極其無聊的任務，也依然持續阻礙著「紅」刺客的盤算。

當然，要強行突破很簡單，在這座空中花園裡，「紅」刺客正是所謂的絕對權威，她甚至只需要用上一隻手就能壓制「紅」槍兵，並且殺了這五人。但是，這樣就不算是背地裡暗殺，而只是單純的戰鬥行為了。

……也就是說，很可能被主人或其他使役者發現。雖說這不是太嚴重的事，但也不是能讓人撞見的光景。因此每當槍兵出面阻撓，「紅」刺客就只能不情不願地退下。

而一旦這樣的狀況反覆太多次，「紅」刺客大概也是覺得不耐煩了，因此說道：

「槍兵，你還是死心吧。他們不會在這場戰爭期間清醒過來，你也不可能有機會聽到他們下達命令吧。」

她的聲音裡面充滿了尖刺。騎兵、弓兵兩人比較好理解，他們就是典型的英雄，高調地炫耀自身的力量、技術以及誇張的名譽和榮耀到令人不悅、無法忍受的程度，馳騁沙場的愚蠢勇者們。

但是——「紅」槍兵迦爾納跟他們有所區別。無論出身、經歷等一切都理應是完美英雄的他，卻與塞彌拉彌斯所知的許多英雄們有著一線之隔。

「主人和使役者之間的關係不是講道理，而是一種契約與羈絆。刺客啊，妳也不是基於道理才協助言峰四郎吧。」

「正是，吾與那傢伙之間也是締結了主人與使役者間的契約。但是槍兵啊，你的主人是四郎，並不是這傢伙。」

刺客這麼說，指了指原本應為「紅」槍兵主人的男子。

她發出了隱含了嘲弄，如果是一般英雄別說絕對無法忍受，甚至會怒火中燒撲上來的笑來挑釁對方。但槍兵沒有表現出因這樣的笑而不快的態度，只是以嚴肅，或者應該說無比認真的態度點頭同意。

「刺客，妳說得確實沒錯。在我方陣營裡面，只有你們擁有再正當不過的主人與使役者關係。主人利用妳，妳也利用主人，但那之中有著彼此的奉獻與信賴。妳無法背叛他，頂多就是在想像中背叛他吧。」

「——」

槍兵這番話讓刺客啞口無言，這個英靈是不是一派輕鬆地點出了自己（塞彌拉彌斯）內心最深處的「某事物」啊？

沉默片刻之後，「紅」刺客才緩緩開口。

「……你、剛剛、說了什麼？」

「也沒什麼，就是妳無法背叛主人，而妳的主人也信任妳，所以我的意圖是稱讚你倆是理想的主人和使役者。」

「紅」刺客瞪了槍兵一眼，槍兵則一副覺得冤枉的態度歪了歪頭。他確實在稱讚，應該說他「認為」這是稱讚吧，只不過——

「你……說什麼傻話？」

「這不是傻話，從主人和使役者的關係來看非常理想。主人也不會背叛妳，並不是因為妳會祭出最嚴厲的懲罰報復叛徒，而是他知道作為一種最理想的手段，不背叛有多麼重要。」

——他不會背叛。

不禁讓人覺得這句話有多麼崇高。

槍兵也不管刺客多麼動搖，繼續說道：

「所以刺客，我不要求妳理解，但能不能請妳接受呢？弱肉強食乃世界真理——話雖如此，我們並非獸類，心裡應該有可以壓過本能的倫理道德觀。而只要有一百個人，就會有一百種倫理存在……我的倫理使我不會背叛主人，我就是這樣『成形』的。」

槍兵澈底理解「紅」刺客那甚至不需要的警戒，以及「紅」弓兵（阿塔蘭塔）那太過冷酷的論調，這麼說：

「我會在這裡保護他們，我要說的就是這些。」

刺客的幻影彷彿反應了在王座上的本尊所受到的衝擊般搖晃了一下。

「……這樣啊，好吧，隨你高興。」

「刺客，感謝妳。」

幻影在即將消失的前一秒回過頭詢問槍兵：

「——哎，閣下真的認為吾不會背叛？」

「……傻問題。刺客，難道妳是會想殺害愛慕對象的偏執狂（Paranoia）嗎？」

這句話讓幻影極其慌亂地消失了。

「紅」（迦爾納）槍兵「嗯哼」地哼了一聲安下心，這麼一來刺客八成不會再想加害他們了。

「——看來，我的任務已經結束了。主人，雖然無法與你交談，但祝你幸運。」

「聽好了？咖啡好喝的祕訣在於……」

槍兵以眼睛對看著別處與虛構的人物交談的主人示意行禮後，化為靈體消失了。

而「紅」（塞彌拉彌斯）刺客則獨自在王座上發呆。

——「妳無法背叛他」，頂多就是在想像中背叛他吧。

說什麼傻話，遲來的憤怒情感直到現在才在體內翻攪。

血液彷彿要沸騰般炙熱。

「說吾無法背叛？吾塞彌拉彌斯——」

太可笑了。之所以沒有背叛，僅只是因為目的相同罷了。那傢伙想拯救人類，自己（塞彌拉彌斯）則能成為統領受到救贖人類的存在。

登上王位的只有一個人，其他全是她的「家畜」。她並不打算欺凌這些人，只會進行管理與支配。只要能夠道成肉身，這個願望就能輕易實現，而且只要大聖杯還在這座花園裡，就不必考慮魔力用盡的問題。

剩下就是跟「黑」那幫傢伙輕鬆做個了斷。待一切結束之後，她就很有可能背叛主人了。

臭槍兵，不要笑死人了。背叛什麼的當然做得到，只是不需要背叛罷了。

不然現在就立刻背叛也行，消除那男人的意志，剝奪他的主人權力，將之變成傀儡可是很簡單的。

沒錯，沒必要順著那個少年(小孩)耍任性，奪走就是了。一如既往、如同做過好幾次那樣，利用話語和指尖的甜美毒藥讓一切成為吾囊中之物吧——

想像一下遭到背叛的他會露出什麼樣的表情，或許會驚訝到如同呆滯，漸漸理解事實之後，接著將因憤怒而扭曲吧。然後就這樣悲傷地哭泣怨嘆——

「……不，不對，那傢伙不會像這樣表露悲傷。」

大概只會因為驚訝而稍稍瞪大眼睛吧，然後他(主人)——一定會笑著說。

「沒辦法這麼順利，自己白費了六十年」。

然而，他並不會因此後悔，因為言峰四郎已經把後悔留在四百年前了。在他原諒一切、發誓要拯救一切的那個時候起，他就放下了一切。

他不會因為背叛而憤怒，只會認為需要對應背叛行為，加以處理。

這是一種很悲哀的生存之道。背叛總會伴隨嘲笑，每當他遭到一次背叛，他就會被嘲笑，至今累積的事物被一腳踢飛。但即使這種事情反覆發生，少年只會重新從頭開始累積一切吧。

就算背叛了，遭到背叛的那方也無動於衷。早已捨棄絕望的少年，將拋下叛徒，逕自向前。

從背後捅刀的暗殺者(刺客)，絕對追不上他。

只能看著他的背影。

沒有悲傷、悔恨這類激情——只會懷抱著如薄雲般曖昧的寂寥。

第二章

第二章

「黑」陣營，千界樹的主人與其使役者們再度聚集於會議室內。

儘管過程曲折，但總算成功討滅「黑」刺客（開膛手傑克），消除了後顧之憂。至於霧氣造成的損害，交給族人處理也不會有問題，被刺客控制的孩子們全都平安則是不幸中的大幸。

「明天中午，我們要從托利法斯前往首都布加勒斯特，在那裡轉搭飛機，空襲『虛榮的空中花園』。」

——所以，菲歐蕾這番話應該也沒什麼好值得驚訝。

「姊姊，空襲是從空中襲擊地面，所以我想嚴格來說不能用在這個狀況耶。」

「唔，這、這無所謂吧。卡雷斯，你也要做好準備啊。」

「我是會準備，但結果我們還是要很平常地從空中攻過去？」

菲歐蕾皺起眉頭點頭應允。

「因為不管怎麼想，對方都不可能不出面迎擊吧？那麼用最簡便的方式，並盡可能做好魚目混珠的準備才最有效率。」

「有有——！飛機！我會開飛機喔！」

「黑」騎兵（阿斯托爾弗）興奮地舉手——但菲歐蕾搖搖頭。

「我們會安排魔像操縱飛機，怎樣也不能讓使役者為了駕駛而騰不出空來吧。」

「可是我的騎術技能層級有Ａ＋喔。當然會想讓大家見識一下除了鷹馬之外，我什麼都能操控的本事嘛。」

「呵呵，如果你的動機這麼膚淺，那當然更不可以答應了……而且若遇到什麼緊急狀況，但你卻不能駕馭鷹馬，那麼你不就不能保護主人了嗎？」

「唔唔，話是這樣說沒錯……」

「前往空中花園的成員是『黑』弓兵（凱隆）、『黑』騎兵、裁決者，還有身為『黑』劍兵（齊格菲）的他……和我。」

「可是主人——」

「黑」弓兵雖然打算反駁，但菲歐蕾以就她而言相當淡漠的態度拒絕他反駁。

「弓兵，你很煩。我也是有身為千界樹族長的尊嚴，我不可能讓你在戰鬥途中發生魔力短缺的現象。」

弓兵默默退下，似乎從菲歐蕾頑固的表情看出自己怎樣也勸不動吧。她彷彿要說給在場所有人聽一般說道：

「……我最起碼得上飛機，我背負著身為千界樹族長的使命，再加上這次與一般聖杯戰爭不同，一共召喚出了十四位使役者，有可能造成主人與使役者間的管道弱化。太過遠離彼此實在不是什麼好做法。」

在聖杯戰爭中，主人與使役者之間的關係，說穿了跟魔術師和使魔之間的關係相同。使魔與魔術師之間透過因果線（Line）連結，基本上距離不會造成任何影響。但主人和使役者之間的魔力管道是召喚之際弄出的模擬連線，因此菲歐蕾推測在某種距離之內雖然可以接通因果線，但若離得太遠就有可能切斷。尤其一旦要離開千界樹家族魔術基礎的羅馬尼亞，更有可能發生這樣狀況。

這也就會等於該使役者並沒有主人，若沒有「單獨行動」這項技能，甚至撐不過一天吧。

「姊姊，我也——」

菲歐蕾迅速地像是要制止他般說道：

「卡雷斯，你留下來……佛爾韋奇家的繼承人是你，我不能讓你遭遇危險。」

「——這可不行。」

聽到卡雷斯的回覆，菲歐蕾用冰冷的眼神瞪了過去。那不是作為一個姊姊，而是身為一個魔術師的眼神。

但平常總是會在這個階段收回意見的卡雷斯也沒有退縮，瞪了回去。

「……卡雷斯，這個我們回頭再談。」

裁決者有如要排解場面尷尬般詢問：

「飛機啊……雖然我覺得速度方面沒有問題，但是在接近之後將成為對手理想靶子的問題有找到應對措施嗎？」

菲歐蕾皺起眉頭，一副覺得非常困擾的態度按著頭。

「原則上我是想到了三個方法。那麼我要說了，首先——」

菲歐蕾將與弓兵思考的作戰策略全盤托出。他們想到的三種方法之中，有兩種是任何人都想得到，很普通的方案。

問題在於剩下的那個方法。

雖然有些蠻橫，但挺不錯——「黑」騎兵如是判斷；齊格也認為這樣可以稍稍提高抵達花園的機率；「黑」弓兵則是在聽到提議的時候覺得滿意，這麼一來就可以稍稍消除在空中會產生的不利因素。

而只有一個人，就是理解人世一般常識的裁決者臉色鐵青。

「……裁決者，怎麼了嗎？」

菲歐蕾歪著頭詢問，裁決者嘆了口氣，搖搖頭。

「不，沒什麼。只是到現在更加深痛體會魔術師與人類之間的鴻溝有多麼深。」

話雖如此，這樣就有機會逼近「紅（塞彌拉彌斯）」刺客的大寶具「虛榮的空中花園」了。

「但這樣怎麼說都還是不夠，還需要一計。」

菲歐蕾的發言讓齊格沉吟，覺得有困難。

首先光是先決條件就很嚴苛了。畢竟對面是一座難攻不落的要塞，加上坐擁阿塔蘭塔、迦爾納、阿基里斯、塞彌拉彌斯等——每一位都是最強層級的使役者。

這已經不是論勝負，而要從怎麼接近那座空中要塞開始討論起——

裁決者舉手，先清了清嗓之後，所有人都看向她。

「準備不同於我們搭乘的另一架飛機祝聖後承載炸彈，然後使之從超高空往空中花園墜落如何？」

經歷過許多戰場的裁決者提議的戰術相當狠辣。

「……您、您真大膽呢。」

菲歐蕾的臉抽搐，「黑」騎兵則「哦——」地表示佩服並鼓掌。

「可是空中花園乃是能夠自行移動的城堡，包含統管此一寶具的『紅』刺客在內，恐怕屬於此次聖杯大戰中數一數二的神祕。儘管經過祝聖，但普通的炸彈究竟能起到多少作用……」

「可是，如果不能多少折損那座要塞，我們就無法潛入其中。這次的狀況跟上次差太多了，對手想必會全力迎擊。」

裁決者所言甚是。搶奪大聖杯之際比較接近地面，也不是使役者們有出馬迎戰的狀態。說起來，那是四郎有意將「黑」使役者與裁決者引誘到花園造成的結果。

但這次不一樣，這次的「紅」陣營會傾注全力排除「黑」陣營吧。

「即使採用了這個方案，也還是少一招。」

雖然「黑」弓兵這番話促成使役者、主人，以及待命的人工生命體提出了各式各樣的意見，卻沒有一個能令大家滿意。

「不用飛機，換成戰略轟炸機……唔唔，無論如何，我們需要具破壞力的武器……飛彈……碉堡剋星炸彈……不，雖然名稱很不敬，但索性搬出『神杖』之類……」

裁決者嘀咕的這些東西，菲歐蕾連一半也聽不懂，只有戈爾德很害怕地說：「這個聖女是想終結這個世界嗎……」

「嗯？既然這樣這個人工——」

卡雷斯像是突然想到一樣正準備手指齊格（人工生命體）的瞬間，裁決者就瞪了過來，他只能急忙收手。

齊格正經八百地舉手之後才發言：

「要我以『黑』劍兵的身分使用寶具是無所謂……但是如果與那座空中花園的防衛機制——也就是『紅』刺客的魔術衝突的時候，儘管不會敗下陣，但我覺得被對面熬過去的可能性很高。」

齊格很正確地算出裁決者以聖旗擋下的那些魔術威力。如果只有那樣，他有信心「黑」劍兵的幻想大劍（巴爾蒙克）可以壓過去。

但是按照「黑」騎兵的說法，空中花園備有十一種迎擊術式，如果將打在裁決者身上的那些魔術當成是一，單純來看就是有十一倍。

雖然即使如此還是不至於敗退，但齊格也沒自信可以戰勝，最可能發生的狀況是彼此抗衡——雙方都傾住全力拉緊韁繩，導致雙方以疲憊作收的結果。

而這樣姑且不論「紅」陣營，對「黑」陣營來說是最糟糕的。

「一旦陷入抗衡，就只是白白浪費『黑』劍兵的力量，這不是什麼好方法。」

裁決者也同意「黑」弓兵這番話，雖然她希望盡量不要動用到齊格的力量，但若是為了抵達空中花園能發揮功用，當然就也希望齊格能幫忙。

只不過，若結果是落得抗衡的機率很高，那就沒辦法了。

作戰計畫本身沒有缺陷，確實沒有——但要抵達花園就必須衝過「紅」槍兵、騎兵、弓兵的迎擊。再加上，花園本身也具備防衛機制，綜合以上——

「……存活的機率果然偏低啊。」

齊格這句直截了當的話讓會議室裡充滿陰沉的氣氛。誠如他所說，就算做了這麼多，機率也是偏低。飛機只不過是一團可以飛翔空中的鐵塊，應該會被弓兵的箭、槍兵的槍和騎兵的馬車輕易貫穿吧。

「——是啊，原因都出在只能想出這些方法的我太無能。只不過，能對抗空中要塞的手段實在太侷限了。」

雖然名稱叫作花園，但那個早就是一座要塞了，花了幾百年蓋出來的千界城堡在那玩意兒之前，根本和氣球沒兩樣。

「紅」刺客——塞彌拉彌斯。女神得耳刻托和人類之間產下的傳說女皇。被鴿子們養大，成長之後出落為絕世美女的她，有時候會被視為伊絲塔的化身。

若論及神祕層面的強，或許可以跟「紅」槍兵迦爾納互別苗頭。空中花園作為這樣的她所擁有的寶具，即使是在聖杯大戰期間才能存在的暫時性奇蹟，也不是現代科學技術結晶的飛機可以比擬的玩意兒。

「別擔心別擔心！我好歹可以保護主人及額外一個人！」

「黑」騎兵（阿斯托爾弗）彷彿想打破這消沉的氣氛，以爽朗的聲音說道，而且他的聲音當中完全沒有任何逞強的意圖。那是充滿自信，只有英雄才能喊出來的話語。

「鷹馬嗎？」

「嗯！上次作戰沒能發揮本事，但這次真的要好好表現了！畢竟主人是你啊！」

騎兵「啊哈哈」地笑著拍拍齊格的背，裁決者感受到會議室的氣氛瞬間翻轉，儘管大家半是傻眼，仍然變得明快許多。雖然這發言實在太輕鬆、太悠哉了，但也因為如此，才是發自內心的真誠話語。那並不是要強行炒熱氣氛，而是有一個真的打從心底這麼想的戰士。光是這樣，就可以改變氣氛。

「而且啊，我完全不在乎魔術效果什麼的！畢竟我手握只要屬於魔術範圍，無論怎樣的東西都可以成功攻略的書本啊！」

更重要的是「黑」騎兵很可靠，他手中擁有可以大大補強本身實力的豐富寶具。

「不過我忘了它真正的名稱，無法發揮出真本事就是了。」

沒錯，即使忘了真正名稱，無法發揮寶具真正的能力——

「不，請等一下。騎兵，你剛剛說什麼？」

包含齊格在內，所有人的目光都集中到「黑」騎兵身上。騎兵睜圓了眼歪過頭——

「呃，所以說就是我忘了持有的書本寶具真名，正困擾呢。」

「黑」騎兵一副完全不像在困擾的樣子爽朗說道。

——「黑」騎兵「啪唰」一聲，將不知從何取出的書本放在會議室的桌子上。菲歐蕾、卡雷斯、戈爾德等魔術師們都吞了吞口水。

「這就是阿斯托爾弗的寶具……」

跟騎兵操使的幻馬（鷹馬）與長槍等不太有關連的東西不同，魔導書對他們來說也是常見的存在。

然後就因為常見，所以能夠理解，這本書中蘊含了多麼龐大的魔力。

「……原來如此，就是因為有這個，妳的反魔力才能來到僅次於我的層級啊。」

裁決者理解般點點頭。說來確實是不可思議的現象，騎兵這個職階的反魔力基本上來說其實不算太高，何況也沒聽說阿斯托爾弗這個英雄有這類傳說。

但這本據說是善良魔女賜給阿斯托爾弗，可以抵銷所有魔術的書本已經成為傳說的一環。原來如此，若平常總是將這本書帶在身上，大部分的魔術根本無法傷他分毫。

「哎呀——真的很方便呢，因為只要帶著就可以了啊。」

「……呃，騎兵，可以聽一下嗎？」

菲歐蕾邊深呼吸邊指出：

「只要能夠詠唱真名，這本書應該就會啟動原有的功能。依照傳說，這確實是一本可以抵銷所有魔術的魔導書對吧？你……忘了真名嗎？」

「不，其實就快想起來了——」

「拜託你想起來！或許能夠攻略那座花園的關鍵就握在你手中啊！」

菲歐蕾以穿在身上的連接強化型魔術禮裝（Bronzelink Manipulator）抓住騎兵的雙肩猛搖。

「哇、哇、哇哇、哇哇哇！等等等等！我會想！我會想起來！應該說我已經想起來了！真的真的！」

「真的嗎？」

不僅菲歐蕾，弓兵和裁決者等人一舉湊了上來，就連騎兵都不禁感受到壓力，冒著汗後退了一步。

「呃，就是呢，我想起來的不是它的真名，而是回想起它真名的條件就是了……」

「條件……是嗎？」

「嗯，條件是——『沒有月亮的夜晚』。只要在那一天，我就能確實啟動這本魔導書的真名。」

這番話讓所有人面面相覷。

「沒有月亮——就是新月之夜嗎？」

菲歐蕾的使役者「黑」弓兵同意她的發言。

「月亮自古以來就被視為瘋狂的引路指標。若騎兵的理性之所以蒸發是瘋狂導致，那麼沒有月亮的日子，就是騎兵可以找回理性的時候了吧。」

「新月是……從今天起五天後啊，千界樹，該怎麼辦？」

齊格問道。本來是隔天應該出發的狀況，但若等到新月，騎兵就可以解放寶具。

等愈久，空中花園就會離羅馬尼亞愈遠。一旦遠離羅馬尼亞，大聖杯的擁有權就會產生問題。若奪回大聖杯的地點在羅馬尼亞之外，就會因為不處於我方魔術基礎的土地上，而很難連接上靈脈。

千界樹族長，達尼克過去曾利用納粹的力量運送大聖杯，但現在的千界樹沒有這種能力。

千界樹的權勢在羅馬尼亞內外有著天壤之別。如果在羅馬尼亞之內，可以召集殘存的族人，有必要甚至有可能動用羅馬尼亞政府的力量，將大聖杯拉回千界城堡。

然而一旦踏出國外，千界樹的「力量」就很薄弱，基本上不可能運送大聖杯。而魔術協會這邊即使在聖杯大戰中失利，也不代表他們會放棄大聖杯。

也就是說會變成怎樣呢——即使打贏聖杯大戰，大聖杯也不會回到千界樹手中。

但不等這五天，就必須背負額外的風險。

菲歐蕾被迫做出決斷。

……以魔術師的立場而言，即使必須忽略「黑」騎兵的寶具效用，也該去奪取大聖杯。

抵達根源，讓世間體會千界樹的實力，為了這些，啟用大聖杯是絕對必要的行為。

如果眼睜睜看著大聖杯被帶走會怎樣？千界樹等於玩完了，至少大聖杯被奪走後，身為魔術師的命脈就幾乎斷了。

以千界樹的族長而言，這絕對——

「……抱歉，讓我跟姊姊談談。使役者和齊格你們今晚就先去休息，明天會給出結論。」

卡雷斯應該是察覺姊姊的思緒卡住了，所以舉手這麼說。戈爾德一副既然卡雷斯開口了，那就不是自己該插嘴的態度，率先離去。

「黑」騎兵雖然想對佛爾韋奇姊弟說些什麼，但齊格和裁決者一起抓住了他的肩膀，強行將之帶走。

最後「黑」弓兵（凱隆）看了看苦惱的菲歐蕾——接著看了看卡雷斯。弓兵看到他默默地點點頭後，安心地微笑後不發一語退場。

然後，會議室只剩下兩個人。

菲歐蕾移動輪椅，從窗戶往外看向什麼都沒有的一片黑暗——簡直像在逃避。

「好了，姊姊，該怎麼辦？」

冷漠的口氣聽起來非常不像卡雷斯，很有魔術師的感覺。菲歐蕾的臉映在窗戶玻璃上，回話：

「我覺得該背負一些風險，我們(千界樹)無論如何都得奪回大聖杯——」

「我認為，這裡就是分水嶺了。」

卡雷斯沒有聽她說完，插嘴道。

「分水嶺是指……什麼？」

「老姊要當一個魔術師，還是當一個人類的分歧點。」

——這句話讓菲歐蕾陣陣發寒。

「……你在說什麼？」

「按照裁決者所說的大聖杯前進方向，那幫人毫無疑問正往黑海前進。雖然不知道他們之後到底要去哪裡，究竟是要往北還是向南，或者已經確定了目標地點——總而言之，我們若不在明天之內追上，大聖杯就會變成不屬於任何人。」

「這我知道。」

「達尼克．普雷斯頓．千界樹將一切都獻給了這場叛亂，無論血緣、魔力、財產，把擁有的一切都當作賭注加碼了上去。如果在這裡失敗了，一切都會泡湯。一日過了五天，『即使能提高勝率也是徒然』。」

「這我也知道。」

「所以若想要大聖杯，就必須在明天之內出發。」

「就說了我都知道！卡雷斯，你到底想說什麼？」

菲歐蕾似乎是真的不耐煩了，回過頭來瞪向卡雷斯——但她的怒氣立刻煙消雲散。

因為卡雷斯的眼神昏暗到讓人聯想起無比深沉的海底。

「但是，那是身為魔術師的選擇。」

「……魔術師的？」

當然吧，這是一切的前提。因為菲歐蕾・佛爾韋奇・千界樹是個魔術師。

「那大聖杯不可以被邪惡存在利用，所以我們必須獲勝，為此必須盡量增加獲勝的可能性，比起冒風險，應該追求勝率……即使無法獲得大聖杯。」

卡雷斯極其平常地這麼說。

「不值得考慮，千界樹會——」

「千界樹怎樣不重要，不要管老姊是族長什麼的。這是老姊要不要繼續當魔術師的問題。」

菲歐蕾理解了這番話的含意之後，臉色蒼白地後退了一些。怒氣已消失，取而代之的是覺得眼前的弟弟有如變成怪物般可怖。

「……你要我不要繼續當魔術師？」

「這是老姊要做出選擇。」

「這還用問，我──」

我要繼續當一個魔術師，「不能不繼續下去」。因為不就是這樣嗎，父母和親戚都期待我這樣，我也必須統整一族。如果能用大聖杯實現治癒雙腳的願望──

「……妳記得那隻狗嗎？」

──呼吸停止，深深沒於水底的記憶突然浮起。

狗的表皮「毫無窒礙」地被扯下，發出痛苦慘叫，彷彿訴說著「為什麼？」的黑色眼眸──以及喀啦喀啦的骨頭折斷聲。

光是想起來就有股想吐的感覺。

「……我記得，不可能忘記。」

菲歐蕾緊緊握住輪椅扶手，彷彿吐血般回覆。她好幾次、好幾次都想著要忘記，但每次都發誓絕對不可以忘記，不斷忍受瞬間重歷其境。

「這樣啊……如果是這樣，老姊果然還是不適合當魔術師。那種東西『快點』忘記就好了啊。」

過去的回憶很重要。

但那應該當作可以讓身為魔術師的自己成長的因素。不過菲歐蕾的記憶並沒有任何益處，甚至只是心靈創傷。到現在這個時候提高低級靈的降靈機率是有什麼幫助呢？那是理所當然要成功的事，即使失敗也可以找出一百種對應措施。她以魔術師身分一路鍛鍊的魔術回路本身將會抗拒無聊的附身現象。

……所以這段記憶沒有任何意義。既然是悲傷、難過、足以讓人暈眩的不快記憶，就算忘了也沒問題。

——只有一個，除了連那些與狗一同度過的平穩日子也將會忘記的事實之外。

「不應該忘記吧。」

「為什麼？」

如此詢問的卡雷斯聲音非常平穩，菲歐蕾也忘了要抗拒，只是老實地回答。

「因為要是忘了牠，牠該去哪裡好呢？」

在這個世上還記得那條狗的——恐怕只剩下自己跟弟弟了。

一旦忘記，那條狗就會在那個瞬間消失，能確認其存在過的認知就會消失。

人為了不要忘記死去的人們而建造墳墓，每次看到墳墓，就會想起那個人仍存在的過往時日。

證明一條生命「曾經活著」與活著幾乎同等重要。

所以一旦自己忘記——

那條狗就哪兒也去不了——

「這不就是最偏離魔術師合理性的感情嗎……老姊，所以才不行啊。」

「不行」兩字讓菲歐蕾停下呼吸一瞬——接著頷首。

「……是啊，不行，我似乎太猶豫了一點。」

應該要忘記，但即使不忘記也不會有什麼阻礙。藉由自己的才能掩飾該唾棄的不上不下態度，假裝自己一直表現得像個魔術師。

然而，這也結束了。幼年期早已過去，她必須決定要在樓梯往上走還是往下去。

……該要往上走吧，該要繼續當個魔術師吧。

這是正確的行為，沒有任何錯誤，也是合理的判斷吧。

啊啊，然而——

在夕陽之下挖了墳墓，現在暴露於風吹雨打之下，甚至已經不知道埋在哪裡了吧。即使如此，自己和弟弟仍為牠挖了個墳。

悼念那條狗，為那條狗的死而悲傷。自己沒有能消除這些心情，一臉平常地說自己是魔術師的勇氣。

沒錯，就是這樣，自己「沒有勇氣」。膽小、謹慎，總是一直想太多，這就是自己的真面目。

心裡充滿某種溫暖。

明明覺得不是無法再登上階梯，而是希望絕對不要忘記那條狗的自己愚蠢到無藥可救又軟弱——卻無法因此後悔。

「——我不會再往上了。」

「……這樣啊。嗯，我也覺得老姊這樣比較好。」

到極限了。

卡雷斯這番話讓菲歐蕾弓起背開始痛哭。

菲歐蕾．佛爾韋奇．千界樹決心退出戰爭。不是要退出聖杯大戰，而是決定不要繼續走在魔術師這條路上。

「……我們等五天吧。如果騎兵能夠發揮那本書真正的價值，就可以降低被迎擊的風險。」

「這樣啊，那老姊就負責留守——」

卡雷斯安心似的摸摸胸口，但菲歐蕾歪了歪頭說：

「你在說什麼？這怎麼可能，我當然也要去。」

「啥？妳不是要退出了嗎？」

「卡雷斯，你才是在說什麼啊。」

剛剛痛哭的樣子彷彿騙人的，菲歐蕾一臉平常地告訴弟弟。

「身為魔術師的菲歐蕾．佛爾韋奇．千界樹確實退下了，但我被選為聖杯大戰主人的責任還在啊。」

「唔，這……」

卡雷斯呻吟。確實如她所說，無論是不是魔術師，都另有身為主人的責任在。

何況「黑」弓兵還活著，需要供應他魔力。

於是菲歐蕾不能在這時候退出聖杯大戰，這和是不是魔術師無關，作為一個主人的尊嚴使她必須繼續戰下去。

「卡雷斯，你聽好了，我也會上飛機，你和戈爾德叔叔留在這裡。當事情有個萬一，一切都交給你們了。」

「……不，我去，我也要去，跟姊姊一樣。身為一個存活下來的主人，我也有使命在身。」

沒錯，卡雷斯目前仍是主人，他提供了一小部分魔力給「黑」弓兵。但這只能算是備用程度，原本他只是個早該要退出聖杯大戰的主人。

「狂戰士已經不在了喔。」

卡雷斯直直看著菲歐蕾，回答這悲傷的問題。

「即使狂戰士不在、即使令咒全部消失，一道也不剩，但我仍是主人。而更重要的是，我是千界樹的魔術師，既然有這樣的責任在身，我就得去。」

這句話讓菲歐蕾抽了一口氣。

千界樹的魔術師——菲歐蕾領悟了此話代表的含意。這等於是宣告離別，也是一種表態之語。

兩人之間暫時陷入沉默。

「………這樣啊，卡雷斯要去『那邊』啊。」

菲歐蕾寂寞地低聲說，卡雷斯則處之泰然地聳聳肩。

「我其實哪邊都可以，但老姊如果去『那邊』，我留在這邊比較好。」

卡雷斯並不是順從自身願望，只是配合菲歐蕾的行動。但他對此沒有任何後悔。

原本就像是徬徨走著的人生，不管當人類還是魔術師都可以的不上不下存在，但如果這樣的自己，能在姊姊確立人生這方面有所幫助——那就好吧。

「你不跟我來嗎……？」

「我有必要跟著妳嗎？」

卡雷斯毫不留情地甩開菲歐蕾的求情，他認為這樣就好，菲歐蕾只是憂心會寂寞，擔心卡雷斯會不在身邊，但那都是遲早能重新振作起來的離別罷了。

她已經決定了前進方向，並不知道將來有什麼等著自己，只是決定了。

她失去了非常多，畢竟拋下了身為魔術師的榮耀、人生，這也是理所當然。即使如此——菲歐蕾還是希望到那一邊。

並不是用正確與否選擇，而是一種飽含後悔的決心。

「……我會覺得寂寞。」

「這可難說，也有可能在五天後，我們兩個人都戰死呢。」

「——是啊，這樣的未來當然有可能。」

或許因為頭昏了吧，菲歐蕾發現自己完全忘了這個比未來存活下來的可能性還高得多的狀況——察覺之後，菲歐蕾不禁笑了出來。

卡雷斯也跟著一起開始笑，兩人因為彼此的臉太好笑而笑得東倒西歪。

卡雷斯抹去眼角淚水說道：

「這是最後一戰了，老姊，皮要繃緊點啊。」

菲歐蕾回話：

「沒問題，我有——弓兵保護我。」

§§§

閃亮繁星高掛天空。

時而吹來的風儘管寒冷，卻不至於讓人發抖。從千界城堡瞭望台俯瞰的托利法斯，總算找回了原有的平靜。

魔術師們四處奔波，對一般人使用催眠以控制恐慌狀態，化身醫師進行醫療，同時化身為警察發表這是自然產生的毒氣。身為代理族長的菲歐蕾很快與政府方面交涉，將整個緊急狀況安頓下來，並將狀況帶到連續殺人魔一案也獲得解決的方向。

「黑」弓兵仰望星空，感受到一股奇妙的斷絕。這並不是發生了什麼異常，而是一種突然湧上心頭的感覺。

「──只過了兩千年，天上繁星不會改變嗎？」

原本以為過去在希臘所見的星空會與在這托利法斯看到的星空不一樣，但其實差別不大。

弓兵覺得人類的生活變了，歷史持續轉動，然而世界本身卻沒什麼改變。

交戰、相愛、思考、下達指示——雖然所謂的王已經滅絕，但其行動本身與弓兵仍活著的時代沒麼差別。

……這也是沒辦法的事。

人類能夠培養智慧，傳遞知識，但並不代表紮根於體內的本能會跟著改變。

若說改變了，那就已經不是人類，而是別種生物了。

儘管如此——人還是會以在人類之上的什麼為目標。

「……怎麼可能。」

不禁吐出的嘀咕被站在身後的人反問：

「弓兵？」

這道清澄的聲音令弓兵回頭。

「啊，是齊格啊，怎麼了嗎？」

弓兵尋找應該有很高機率在他身後的騎兵或裁決者，察覺到弓兵視線的齊格有些不滿地說：

「你的主人正在跟他們倆說話，我只是來傳話的。」

「傳話？」

「嗯……目前定在五天後開始追蹤，詳情似乎之後會由本人告訴你。」

「——這樣子啊。」

弓兵非常能理解這番話的意義，那就是身為非凡魔術師的她決定轉變成一個平凡人類。

但她仍做出了選擇，即使會失去很多，還是選擇了。

無論怎樣平凡的人類，都會隨時被迫做出選擇，做出人生的選擇、該前進的路。

不後悔、不迷惘的人極其稀少，然而弓兵知道不迷惘並不代表就是正確。

不，即使迷惘之後還犯錯也無所謂。

「弓兵，我想向聰慧的你詢問一件事。」

弓兵應該以為齊格傳話完之後就會馬上離開，因此對他還留在這裡有些驚訝。

「好的，是什麼呢？」

齊格那張漂亮人偶般端整的臉上閃過絲絲憂愁。

「我不懂。」

低語出的聲音很快溶解在星空中。

「所謂不懂，是指？」

「……『黑』刺客（開膛手傑克）讓我看到了某種景象。」

少年（齊格）說道。

那裡有壓榨他人的人、被壓榨的人，最後結果就只是不斷不斷被剝奪的無瑕生命。

作為一種機制完成，沒有人不好，但也沒有任何正義。

那是一種簡直像地獄的光景。

「確實，那或許不能代表人類的一切……不過，我發現了，若人類『總體上』不斷犧牲少數，那就只是不容易發現，但世界其實跟那樣的地獄也沒什麼差別，不是嗎？」

齊格用笨拙的話語彈劾世界。

世界一點也不美麗，世界很醜陋——這之中包含了一定真相。

「……當然，我根本不知道世界是怎樣，所以對你來說這或許是很無聊的想法。」

他有些鬧彆扭般說道，弓兵覺得這樣挺可愛的。

好了……要否定他的說詞很簡單，要用言語表達也很簡單。弓兵可以用十句話戳破他的論點，說上百句話就很容易說服他，更重要的是，齊格本人希望自己的結論被否定，他想要相信裁決者所說，「世界很美麗」的這句話。

然而，弓兵拒絕這麼做。

「……或許吧。齊格，我在大地上奔馳已是兩千多年前的事。現在人類增加了，他們克服災難和戰爭，持續繁榮下去。在地球的漫長歷史中，能繁榮至此的種族也只有人類了吧。然而，人類在這兩千年間並沒有什麼變化，就本質的意義來說是沒變的。」

齊格以驚訝的表情看著弓兵的臉，弓兵彷彿覺得很心痛般搖搖頭。

「我養育的人類不下百人，其中被稱為英雄者更是數不清，當然那都是因為本人的才能與努力才獲得的成就，我只是從背後推了他們一把而已——」

儘管如此，他還是以自己教出的學生為榮。

作為醫術之神受到崇敬的阿斯克勒庇俄斯、聲名遠播的英雄海克力斯、卡斯托耳，以及作為「紅」騎兵出現的阿基里斯。無論是歷史留名，還是默默無聞，他們都是出色的人。

「明明有那麼多英雄，但世界仍未改變。這是理所當然的。無論怎樣的人類，都無法改變本能。」

無論怎樣鍛鍊，人類都不可能不會肚子餓，如果真的能做到不會覺得飢餓，那應該已經類似詛咒了。

人類擁有智慧，也具有本能。只有智慧無法生存，僅有本能則就只是野獸。

增加知識將可使智慧更發達，也能增加控制本能的方式。但是──絕對無法抹消本能。

「不過，在歷史這條大河面前，一切事物都會被沖走。這是無可奈何的，雖然無可奈何……不過當我像這樣處在兩千年後的世界，我也會想『我這個人真的有意義嗎？』之類無聊的事。」

真的很無聊。

「黑」弓兵（凱隆）立刻否認湧上來的想法。沒有任何一條生命是懷抱著存在於這個世界上的意義而誕生，也不可以有。

存在的價值、存在的意義都必須是要由自我產生而出。

「……意義還是有吧，畢竟你在歷史上留名，化為星星閃耀，大名甚至流傳到兩千年之後，我其實還滿羨慕的。」

齊格嘟著嘴這麼嘀咕，看在弓兵眼裡甚是可愛。

「齊格，謝謝你。好了，我無法回答你的問題，但是如果可以，請讓我給你一個建議。你心裡其實已經有答案了，真相有時候就是看不見、察覺不到，你必須去思考。我不知道現在你究竟想要為善還是成惡，但請順從你心之引導去思考，接受建議雖然有意義，但請不要照著他人的建議去做。」

「……結果還是只能去想嗎？」

「你覺得這樣很麻煩嗎？」

齊格默默搖頭，思考絕不是麻煩的事，只不過有種想太多好像會原地踏步的感覺。

「說得也是，只是想就會陷入兜圈子的窘境。」

「……要採取行動嗎？」

弓兵頷首同意齊格發言。

「沒錯，採取行動，然後做出判斷。現在的你，是能夠以雙腳立足於這片大地上的生物。」

「……我知道了。弓兵，活著真是一件辛苦的事。連我都活得這麼累了，我想像你們這樣的英雄應該更是吃力吧。」

弓兵否定齊格發言。

「確實，活著或多或少都有辛苦的地方，但也沒有你想像的那麼誇張……反而該說，你的起跑點更是嚴峻得多。」

在魔力供應槽中產生自我意志，說起來光是會產生想脫離那裡的想法就夠異常了。或許在理解自身狀況後陷入絕望，也可能不知所措，即使如此，他仍選擇了向前。

……這不是所有人都做得到，大多數英雄都擁有與生俱來的力量、才幹，以及來自諸神的祝福。

但他沒有這些，而且在沒有的情況下──像這樣，在聖杯大戰這麼嚴酷的狀況下持續奮戰。若說人類擁有無限可能，那麼無比接近人類的人工生命體──或許也擁有無限可能吧。

「……我只是拚了命做而已。」

但他本人似乎沒有自覺。

「只要有那種拚命的念頭，你的煩惱遲早會獲得解決。」

「這樣啊……弓兵，謝謝你。」

齊格老實地道謝，接著邊思考邊踏出腳步。他似乎忠實地實踐弓兵的建議，繼續思考下去。

「思考是好事，但走路要小心喔。」

「我知道……喔。」

話才說完就絆到了。從傳來小小的「呀」一聲判斷，應該是跟弓兵的主人擦肩而過了。

「抱歉。」

「不會，沒關係。」

在兩人這樣互動後，弓兵的主人菲歐蕾來到瞭望台上。因為坐輪椅無法爬樓梯，所以她穿上了連接強化型魔術禮裝。

「你有聽到那個人工生命體帶來的傳話了嗎？」

「是的……定在五天之後是吧。」

「黑」弓兵理解這之中代表的意義。

「大聖杯會——」

「嗯，我明白。弓兵，我有幾件事情要跟你說，你願意聽聽嗎？」

「那是當然，主人，要去裡面嗎？」

「……不，在這裡就好。」

菲歐蕾這麼說完仰望天空，弓兵看著受到城堡燈火微微照亮的少女側臉——上頭留有些許淚痕。

「雖然有可能實現願望，但應該很難取回大聖杯吧，恐怕會被魔術協會回收。」

說起來大聖杯究竟能不能實現願望也很尷尬，目前無法得知被奪走的大聖杯是什麼狀況，但起碼應該不至於遭到破壞。不過這也只是我方的推測罷了。

畢竟對手是個整整六十年都在覬覦大聖杯的東方小英雄，肚子裡究竟有何盤算——

「這對千界樹來說不太好呢。」

「黑」弓兵以平靜的聲色直指事實。沒錯，若是五天之後才要襲擊，就幾乎等於宣告戰敗。

族人遲早會知道這件事情吧，這麼一來，菲歐蕾就會一舉落入困境之中。

「嗯，所以，我要負起這個責任……不，應該說為了『不要負起責任』，打算放棄魔術。」

「……」

一片沉默。雖然心知肚明，但弓兵還是尷尬地不說話。

魔術師放下魔術——那代表的不只是捨棄自己的人生，同時捨棄了一族一路下來的漫長歷史。

這絕對會帶來超乎想像的痛苦與恐怖吧，因為要破壞掉一點一滴累積起來的寶貴事物。

「弓兵，別露出那樣的表情……這樣就好。我也總算理解了，弓兵，你其實已經發現我沒資格當魔術師對吧？」

「不，這——」

平穩的笑容不容許弓兵說謊。

「……非常抱歉。自我被召喚而出以來，就多少從主人的話語之中察覺到了。主人，妳擁有太過卓越的魔術才能，這點至今仍是不爭的事實。」

弓兵以誠懇的表情謝罪，菲歐蕾空靈地笑了笑，接受了弓兵的謝罪。

「謝謝，很高興你這麼說。不過——我沒有身為魔術師的才能，無法合理思考，將一切奉獻在鑽研魔術上。」

「我曾想過，如果主人是個孤傲的魔術師，起碼還有點救。」

這麼一來，就不會被聖杯大戰連累，也不需要接管千界樹族長的地位了。

魔術師原本就不是自願戰鬥，只是因為有事情不能退讓，所以才要戰鬥。如果孤傲，至少比較不危險，或許可以活用魔術才能，一輩子都不被發現是一位魔術師，將後續託付給下一代。

但這一切都只是空虛的假設。

作為佛爾韋奇家長女出生，並以千界樹一族族長候選人的身分備受期待。直到有一天，自己發現了，或者是說有人發現了。

這恐怕是怎樣阻止也阻止不了的致命狀況，誠如卡雷斯所說，這裡確實是分水嶺。

「可是，這可能有些出言不遜——但我就是因為這樣才覺得高興。」

「弓兵……？」

「妳不是以魔術師身分，而是一個人的立場對待我。並不是把我當成名為使役者的必殺兵器，而是當作共同作戰的伙伴對待。不，或許就是因為這樣善良的妳，才能夠召喚出我吧。」

這在聖杯戰爭之中是非常不需要的情緒，因為與使役者之間最終只有離別一途。

無論怎樣交心，這點都不會改變。

遲早有一天會結束的交流，那麼乾脆一開始彼此都這樣認定就好。主人把使役者當兵器看，使役者把主人當燃料看待。

其實只是這樣就好了。

「沒這回事，我只是害怕被弓兵討厭而已……」

這答案怎麼會這麼有人情味呢？弓兵不禁苦笑。

菲歐蕾自己可能也察覺了這點，害羞地臉紅了。

「我還有一件事情想問。弓兵，你要跟『紅』騎兵（阿基里斯）交戰……真的好嗎？」

「……這是什麼意思呢？」

「我夢到你和阿基里斯，看到年幼的他，以及負責養育他的你。」

菲歐蕾說起自己作過的夢。年幼的阿基里斯是那麼尊敬凱隆並敬愛他。而凱隆對他也視如己出——同時培養成一位英雄。

家人……沒錯，那景象看起來就是家人。

「弓兵，對你來說騎兵是愛徒吧？我無論如何都無法認為你跟他交手是好的……」

菲歐蕾基於很有人情味的情感說出很有人情味的答案。

「黑」弓兵不禁笑開，心想她真是一個很棒的主人。不過，她的話語中有誤會，那不是錯，只是——也算不上正確。

「主人，確實如妳所說，對於彼此的對立，我心裡或許多少有些難過的部分。然而，對於我來說，這之中的喜悅更勝難過。」

「喜悅……？」

「阿基里斯離開我身邊，是在他差不多十歲的時候。雖然如同預言，他以英雄的身分行動、以英雄的身分作戰，直到死去的瞬間都一直是個英雄。光是想到我在他這麼偉大的成績中有些許幫助，就讓我無比喜悅。以及——」

弓兵露出得意的笑握拳。

「我想與他比劃比劃。過去的他拳頭是那麼小又軟弱，根本無法想像他能打擊我，但現在的他或許能貫穿我了。他原本拙劣的槍術甚至進化到能化解我的箭。」

這就是身為戰士的本能。活在這個世界上，修習武藝的所有人都會萌生出鬥志這種任性妄為又純粹的慾望。只要是強者，即使是親兄弟，也會想比劃一番的單純思考。

「我想和那個『紅』騎兵交手……這是我毫無虛假的本意。」

「那麼，並不是基於使役者身分，而是身為一個戰士想與他交手？」

「……這個嘛，當然我身為使役者，自然有必要排除他，這點毫無疑問。」

「——是嗎？弓兵啊，雖然我可能是個失敗的魔術師，但說不定你其實也是個失敗的使役者喔。」

菲歐蕾「嘻嘻」笑出聲。

見弓兵反芻自己的話語，一臉認真地點著頭，菲歐蕾笑得更大聲了。

「……妳會覺得捨棄魔術很可惜嗎？」

弓兵突然問道。菲歐蕾露出略顯悲傷的表情低下頭並低語：

「這當然是有如切身之痛。對我來說，魔術是很重要的，是捨不得丟下，很痛、痛到想哭的程度。」

這段對話結束之後，菲歐蕾多半會哭泣吧。

然後，將刻印移植給卡雷斯的時候，應該也會哭泣吧。

應該會有好一段時間，都忍不住因那種把自己千刀萬剮般的痛而嘆息吧。

「——真是太好了呢，主人。」

菲歐蕾接納了這非常不合宜的回應。

「……是的，我的人生絕對沒有白費。魔術對於我的人生如此重要，甚至到了我必須做出選擇，並體驗喪失之痛。」

正因如此──

正因如此，為了走上另一條道路，非得捨棄不可。

這是一件難過且悔恨的事，然而能夠擁有這麼寶貴事物的人生可不是隨便就能有──因此，也有喜悅。

「弓兵，謝謝你。」

「我什麼事都沒做。妳是基於自身意志選擇將來的道路，然後卡雷斯閣下推了妳一把。」

菲歐蕾聞言搖搖頭。若是凱隆以外的人當她的使役者，她實在無法做出這個選擇。因為有如深邃森林般穩重的這位青年只是在背後守護自己，所以才能選擇。

「我的使役者是你，真的太好了。」

「我的主人是妳，真的是不可求的幸運。」

「五天後，請你不要介意我，儘管盡力發揮你的本事。這麼做也等於是保護了我和卡雷斯。」

只靠普通的飛機無法突破抵達空中花園前的障礙，因此想出了幾種（應該說，真的就是靠蠻力硬闖的戰術）對策。

主人（菲歐蕾）與使役者（凱隆）分別行動也是對策之一，使役者是負責保護主人的人，而若弓兵一直滯留在同一個地方，也等於暴露了主人所在之處。

因此，弓兵要忘了主人，自由地行動。

「話雖如此，緊急時我仍會呼應使用令咒的召喚。若有什麼狀況，請務必呼叫我。我或許是個不成材的使役者——但我賭上射手座之名，一定會守護妳。」

弓兵捧起菲歐蕾的手跪下，臉頰略略泛紅的菲歐蕾接受了弓兵在自己手背上一吻。

「這是在我生活的時代所沒有的禮儀表現方式，如果做得不好還請見諒。」

「才沒有……做不好呢。」

菲歐蕾邊這麼說，邊像是收到寶貝的東西般交疊雙手。

離別時刻已近，且確實將到來。使役者只是分靈，即使在下一次聖杯戰爭能召喚出凱隆，那也絕對不是在此次的聖杯大戰中召喚出來的「黑」弓兵。

「弓兵，願你獲得勝利。」

什麼算是勝利、什麼算是敗北早已變得曖昧不清，然而菲歐蕾仍如此祈願，只能將心願託付話語。

弓兵沒說什麼，只是露出穩重的笑容點點頭。

§§§

齊格與「黑」騎兵（阿斯托爾弗）離開托利法斯，往布加勒斯特前去。因為菲歐蕾表示可以提供藏身處，希望兩人先行前往。

……似乎是因為他們要在城堡內舉行不得讓外人知道的儀式。身為使役者的「黑」騎兵先姑且不論，菲歐蕾希望能將今後很有機會存活下去的人工生命體，盡量轉移到遠處安置。

雖然不明白即將舉行什麼儀式，但齊格能理解如果自己會造成妨礙，被支開也是無可奈何。菲歐蕾甚至表示可以提供勞動用人工生命體，但被齊格鄭重婉拒了。

「我也會馬上追過去。」

裁決者握著齊格的雙手，看著他的眼神無比認真。裁決者為了處理齊格和菲歐蕾交辦的兩項工作，會繼續留在千界城堡。簡單來說，目前最保險的安全閥並不存在。

「聽好了，拜託你要注意控制好騎兵別闖禍。這不僅是我，而是包含千界樹與『黑』弓兵在內，所有人的請求。」

連身後的人工生命體們都一同嗯嗯有聲地點頭稱是。

「……我知道了，我會盡可能控制住『黑』騎兵。」

齊格下定決心般握拳。

「喂——我說你們，差不多該意識到其實我也在這裡了吧？不，我想你們知道吧？就是知道還故意這樣對吧？可惡，連主人都這樣找我碴是嗎？你們這些小渾球！」

在旁看著兩人互動的「黑」騎兵氣呼呼，不過也不能怪菲歐蕾等人會擔心，畢竟他可是傳說中理性蒸發的阿斯托爾弗，光是在這托利法斯就惹出了大大小小不少禍端。

而最大的禍端沒有別的，就是「他（齊格）」。

「哎，請先冷靜下來，我相信騎兵的。」

「黑」弓兵（凱隆）以穩重的聲音說道，拍了拍騎兵的肩膀。

「弓兵……嗚嗚，只剩下你相信我了。」

騎兵淚眼汪汪，但這時卡雷斯瞇著眼嘀咕。

「你明明到最後還在煩惱要不要盯著騎兵耶。」

「叛徒——！」

「黑」騎兵猛搥弓兵胸膛，這時齊格出面安撫。菲歐蕾以溫柔的目光看著兩人，告訴齊格：

「待我們前去會合之後就要立刻準備前往空中花園。想和人工生命體們道別的話，趁現在快點完成比較好喔。」

——道別。

這句話彷彿出乎齊格意料，使他整個人僵住，菲歐蕾的話儘管理所當然，卻仍讓他直到現在才有了實際感受。齊格必須與這些伙伴們道別。

「我知道了，騎兵，你等我一下。」

「嗯，儘管去好好道別吧。」

「齊格小弟，離別是寂寞的，一定要好好刻劃在你的記憶中喔。」

齊格點頭回應裁決者，向人工生命體們道別。

大多數人工生命體僅是稍稍點頭或者拍拍他的肩、摸摸他的頭，回應他的道別。再見、加油、保重、我會寂寞、別死、別認輸、祝你順利、好好愛惜身體——全都是很普通，但很寶貴的話語。

齊格細細品味每一句話，最後來到身為統領的人工生命體圖兒身邊。

「……你要去嗎？」

她因為那場霧而受到很大創傷，還無法下床。雖然意識清醒，但體力似乎還沒有恢復到可以站起來做事的程度。按戈爾德評估，大概再過個三天就可以恢復原狀——

「嗯，無論勝敗，我應該都不會回來這裡了。」

一旦失敗，自己恐怕會死，而即使勝利，或者殘存了，也不會回到托利法斯。

……齊格不知道到時候自己會變成怎樣，會認為人性本惡而疏離呢？還是相信人性本善呢？

「這樣啊，我想這樣就好……去吧，你是擁有將來的。」

圖兒輕輕握住齊格的手，並溫柔地拍了拍。齊格露出正經的表情點點頭。

「真的很感謝。」

「……嗯？我認為是我才該道謝啊。」

圖兒聽到齊格的發言歪了歪頭，齊格嘆口氣——心想該怎麼說明才對。他只是覺得她們活著是令人開心的事。

見齊格猶豫該如何以言語表達，圖兒嘻嘻笑著說：

「哎，這道別很有你的風格……如果是你，無論在哪裡都能活下去，畢竟你是我們的希望。你一定可以做到不得了的大事，在這裡的人工生命體們都如此相信。」

不得了，是嗎？

齊格有自覺，從現況來看自己確實是「不得了」的存在。話雖如此，那也只是轉瞬間的奇蹟，一旦聖杯大戰結束，就會作為一個是任何人也不是任何人的平凡生物度過一生吧——

「不是這樣，你一定會做出不得了的大事。」

圖兒打從心底覺得愉快似的嗤嗤笑著，但這樣的笑卻轉化成發作般的咳嗽，齊格只好讓她喝點水然後離開房間。

接著他跟從未交流過，以及一些不只交流過一次，甚至兩、三次的對象們道別。

即使同樣是道別，但其中其實有些微不同，有人表示悲傷，有人顯得喜悅，有人覺得寂寞，也有人懷抱期待——

雖然有些許不同，但這都代表著他們每個人的特質吧，無論培育成怎樣相同的存在，即使第三者沒有察覺，但齊格仍認為那都是很寶貴的。

……珍重再見，這樣珍重的感情本身就是很寶貴的，肯定是。

向所有人道別之後，齊格與在門前等待的「黑」騎兵會合。

「都道別過了？」

「……嗯，大致上。」

「這樣啊。好，加油吧！」

騎兵用力握住了齊格的手，他的堅強如此可靠，令人高興，同時讓齊格思考。

總有一天也會跟騎兵……不，不是「總有一天」，而是離別肯定會到來。

到那時候，自己會哭泣嗎？會笑嗎？還是沒有任何感覺呢？如果可以，齊格希望自己還是能夠有點感受。

從托利法斯搭乘巴士，在過了傍晚的時間總算抵達布加勒斯特。兩人看著地圖走著，途中雖然被大塊頭男子們包圍，但幸好雙方都沒有受傷。應該是「黑」騎兵以過去曾經拖著巨人走的臂力，徒手折彎一旁標示的行為奏效了吧。

「好了，我們走吧。」

騎兵一臉平常地邁步而出……齊格認為剛剛的狀況若騎兵沒有出手，應該反而會把事情鬧大，所以這樣處理還比較好吧。

作為藏身處提供的房子是一幢以紅磚打造，典型的封閉式「魔力滯留型建築物」。

齊格利用事先被告知的暗號與鑰匙打開以魔力上鎖的門，再過不久就是晚上了，夜晚的布加勒斯特相當不平靜……以齊格和騎兵的狀況來說，只會是「不平靜」而已，但找上他倆麻煩的那些人類就不是這麼好過了吧。如果只是挨揍那還好說，但要是騎兵一個不小心忘了手下留情，那些人很有可能被他折斷頸骨，化為成堆屍體。

兩人入內，一樓有客廳和廚房，二樓則有寢室，包含客房在內，總共備有四張床。這裡不愧是千界樹家族的隱密藏身處，各種用品的品質堪稱一流，包括高級皮沙發、波斯地毯、鬱金香造型的水晶吊燈——但是關於騎兵因為太興奮，所以一抵達就毀了一部分的吊燈這點，齊格只能裝作沒看到。

至於類似魔術師工坊的設施，比方地下室或閣樓房間這類的則沒有，不過如果仔細端詳內側的牆壁，就可以發現施加了幾道警報類術式。若是牆壁遭到破壞，或者感應到周遭有什麼使用魔術的跡象，就會與床鋪連動，強行驚醒睡在上面的人。

冰箱裡面備有食物，所以齊格決定今天不再出門。騎兵則一如往常沒有化為靈體，開心地到處轉著。

幸好騎兵造成的損害只有因為他抓著垂吊，而導致吊燈的金屬部分扭曲變形；跳了三下而把一張客房床的床腳跳斷；以及幫忙洗碗打破了三個盤子和兩個杯子而已。如果沒有危急外部，而只是損壞家裡面的用品而已，魔術師(千界樹)們也不至於發火吧。

時間來到晚上，騎兵沖完戰鬥澡之後，馬上上床準備睡覺。另一方面，齊格則在窗邊仰望著星空的柔和微光，回想起「黑」弓兵(凱隆)和裁決者說的話。

思考，行動。

說起來很單純，但這是非常非常困難的事。畢竟連人們尊崇、信奉的裁決者或弓兵都有煩惱的時候，如果只是要存在於這個世界上很簡單——有呼吸、吃飯、排泄、睡覺就夠了，只要能重複這些行為，基本上就可以算是「活著」吧。

如果是這樣，齊格確實算是「生存著」。

然而，一旦有其他人介入之中，事情的複雜程度就會三級跳。要與他人怎樣互動，這些他人是邪惡還是正義……還有自己究竟是正義，還是邪惡。

齊格認為，「黑」刺客(開膛手傑克)讓自己看到的，那產生惡的城鎮並非正確……然而，說不定在那座城鎮裡生活的他們和她們也不認為這樣正確。

那麼，該怎麼做才好呢？

該怎麼做才能解決呢？該怎麼做才能不犧牲任何人，沒有人作惡，讓一切都獲得幸福呢？

「……不知道。」

齊格心想，恐怕連「黑」弓兵那樣的賢者、「黑」騎兵（阿斯托爾弗）那樣天真無邪的英雄、裁決者那樣的聖人都無法解決這個問題吧。

他的想法沒錯。

只要發現惡的存在，出面挑戰將之討伐才是英雄。

不過，說起來那座城鎮並沒有所謂的惡。在那裡所需要的，是救濟貧困、控制犯罪，以及更重要的是在那裡所有人的幸福。

這不可能辦到，那麼放置不管就是正確的嗎？不，這也不對。所以只要「選擇」看得到的對象予以拯救就好了嗎——怎麼可能這樣就好。

「拯救……人類啊。」

……這麼一說，對面的裁決者天草四郎時貞，似乎宣告過要拯救人類。

齊格真誠地認為這樣很棒，他自己也調查過關於天草四郎時貞的事蹟，儘管沒有被認定為聖人，但他賭上性命所做出的一切，無論在誰看來都是屬於「義」舉吧。

反抗暴政，給予不被當成人看待的人們作為一個人的尊嚴，這些——齊格實在做不到，是非常了不起的事情。

雖然目前與他對立，也認為他的方法恐怕是錯的……但若救贖人類為真，那他真的很出色。然後若他沒有用錯方法，大家就可以忘記遺恨，同心協力——

「……唔？」

齊格歪過頭，心中出現些許不協調的感覺。

但不管怎麼想，都無法掌握那不協調感的真相，加上因為夜更深了，齊格只能放棄思考，乖乖去睡。

翌日，齊格等人為了用餐（情非得已）而外出，但也因為這樣導致惹上麻煩的機率倍增。「黑」騎兵一旦沐浴到陽光，原本總是很興奮的情緒就會變得更加亢奮，如果對手是罪犯或者算不上罪犯的小混混一類，那還好說。

最糟糕的狀況，就是他介入一對夫妻爭吵的時候。

「不顧一切大吵一架之後，再好好去散個心不就得了！」

「黑」騎兵出面調解兩人爭吵時所說的話是這句，而這真的是個糟糕透頂的結論。

以結論而言，這場爭吵演變成在噴水池旁一邊潑對方水一邊拳打腳踢的全武行，最終是妻子送出右勾拳命中丈夫下巴後獲得勝利。

……雖說這對夫妻最後還是向騎兵道謝後，肩並肩笑著離開，但得到這個結果所付出的代價實在太大——咖啡廳的窗戶玻璃碎裂、衣服因為被水潑到而濕透、遭到掀翻的桌子損毀、放在桌上的餐盤直接命中齊格臉部，盤子裡面還沒用完的義大利麵醬汁弄得齊格滿臉油膩膩。

然後不知為何還是齊格和騎兵得負責賠償，千界樹交給齊格的資金有一半以上都拿來付這筆錢了。

齊格無可奈何，只能在每次騎兵因為看到什麼而停下腳步的時候強行拖走他，而騎兵又常常停下腳步，比方看到街頭藝人會停下來、看到兩小無猜的小情侶會停下來，也會毫不猶豫幫助過馬路比較緩慢的老人。

「你真的很會惹麻煩耶。」

「嗯！因為惹麻煩很好玩，加上我喜歡人類嘛！」

見騎兵滿臉笑容這樣說，齊格也知道這沒救了。騎兵確實喜歡人類吧，他只是走在路上看著再平凡不過的人類，也真的會打從心底開心地笑。

「你為什麼喜歡人類？」

「嗯——我也不知道，那我反問你喔，要怎樣才會討厭人類？」

齊格被這樣一問，變得很困擾了。騎兵笑著凝視的對象無關善惡，就只是原原本本的人類們。

這之中沒有善意與惡意，只是單純的布景——雖然比喻不太恰當，但對齊格來說就是這樣的存在。

「沒錯，布景、布景、布景，那些人想必跟我們沒有任何瓜葛地活著。會做壞事，也會做好事，要偏向哪一邊全都看他們自己怎麼選擇，不過——只要我介入，說不定就會有什麼改變，我覺得這樣很有趣！」

「黑」騎兵笑著這麼說，揮舞著雙手，興奮地大喊：

「晚上出沒的小混混因為被我教訓之後，或許會走回正途！剛剛那對吵架的夫婦生下小孩，然後他們的小孩說不定會有什麼驚人的大發現！或者也有可能沒有任何變化！

嗯，所以我才喜歡人類，喜歡任何可能性！」

騎兵在大馬路中央轉圈圈跳著舞，看他快活的樣子，路上行人一半覺得麻煩、一半覺得可愛似的躲開他。

「這樣啊……嗯，這個……我大概可以理解。」

齊格看著騎兵心想，不管有沒有看到那地獄景象，或者甚至看到比那更慘烈的地獄，騎兵一定都能輕易地認定一碼歸一碼吧。

只要人類存在，就會持續與人類有牽扯，並祈禱著會有好玩的事情發生——

「啊，喂喂，那邊的！不可以扒我的錢包喔！喂喂，亂揮小刀很危險耶——來，我折！」

齊格嘆口氣，為了盡可能和平地處理這些麻煩事而邁開腳步奔跑。

「我很清楚你喜歡人類了，但麻煩你好歹不要把麻煩事鬧大好嗎？」

「堆餔機……」

面對齊格訓斥，就算是騎兵也不得不愧疚地低頭致歉。

「總之，已經過中午了，我們快快吃完午飯回去吧——」

正當齊格這麼說的時候，騎兵的表情突然繃緊起來，齊格原本心想：難道又有什麼麻煩了？但騎兵的表情實在太過嚴肅。

「……騎兵？」

騎兵不管疑惑的齊格，突然奔了出去。

「這氣息……有使役者在……！」

齊格急忙追了過去，從大馬路轉進小路內。周遭的人訝異地讓開，齊格一瞬間心想——說不定又要連累這些人了，但這只是他杞人憂天。

全力狂奔的騎兵臉上，充滿著只有在夜晚才能看到、身為勇敢騎士的威嚴。一般人都會猶豫要不要出聲搭話吧。

奔跑——騎兵的腳程很快，齊格放棄追上他，光是跟著魔力前進避免跟丟，就已經是齊格的極限了。從亂七八糟繞來繞去的路線來看，可以得知騎兵腦子裡只想著要追上對手。

「騎兵！」

「再一下下就會追到……！」

騎兵越過途中在路上玩耍的小孩，並逼走貓咪跑在圍牆上，甚至闖入一間老舊公寓裡面，並從公寓的窗戶一躍而出。

「有了！」

衝在前面的騎兵叫聲，讓齊格全身緊張起來。確實，有「黑」劍兵（齊格菲）附身在自己身上的齊格也能夠察覺使役者就在附近。對方恐怕也已經察覺到我方的氣息了吧。

騎兵就這樣轉過小巷轉角，齊格則慢了一拍跟上。

現在明明是大白天，但這條有些陰暗的小巷內可以看到「她」正背對著這邊。

「啊————————————？」

伴隨凶惡的聲音回過頭來——

不可能忘記這張臉。

也不可能沒有察覺到氣息。

明明在鎮上，卻只有她如臨戰場。

「妳、妳為什麼在這裡啦～～？」

「紅」劍兵（莫德雷德）疑惑地瞪著兩人說道：

「……我才想問咧。」

§§§

——看樣子，似乎作了一場夢。

自稱獅子劫的一族入住到東方島國一處終年下著雨或雪的潮濕地區，天氣只有在夏季的短暫期間會放晴，絕大多數的日子裡，天空總是被一層深灰色的雲覆蓋。

那是一個光是想求生存就足以費盡心力的荒涼地點。

雖說是魔術師，但為了生存仍需要糧食，身為家道中落的魔術師更是如此。只能利用很無趣的、甚至稱不上魔術的咒術來騙取當地原住民的信賴開始。

『還來得及、還來得及、還來得及。』

來得及什麼？你們早就玩完了，已經走到無藥可救的死胡同裡，刻印衰退、力量甚至不到全盛時期的一成。魔術回路隨著世代交替漸漸變小、變弱，到最後將會變成只是

「懂魔術」的人吧。

這是一種侮辱、凌遲、屈辱，對魔術師而言無論如何都想迴避的結局。並非為了挑戰深淵喪命，也不是在淒厲的的魔術對戰中喪命，只是變得毫無意義的最糟糕結果。

不要，絕對不要變成這樣，絕對不、不、不。

像個小孩那樣耍賴，拚命向知己魔術師們求救。在全盛時期明明做了那麼多人情給那些人，現在他們卻全都表現出嘲弄與輕視態度。

『可悲的一族啊，你們已經結束了。』

『魔術回路已死的人要怎麼救？』

『雖然很悲傷，但這也是魔術師的宿命，無論怎樣完善地安排，你們的願望都無法實現。』

結果，實現他們願望的並非知己魔術師。他們與真面目不明、有如惡靈般存在的某種東西締結了咒術性契約。

『嗯，是可以保證你們繁榮啦。』

「那個」快樂地咯咯笑著。

『不過，這只是先借用今後的財產，你們注定遲早有一天會瞬間斷絕一切喔——』

無妨。一族下定決心，在那之前肯定會用這魔術闖出天地。可以想到的方法有很多種，就算自己這一代無法完成，但後代子孫總有一天——

那應該是出於對邊陲地區咒術的偏見與輕視造成，他們使用的術式非常原始、粗野，與他們的審美意識背道而馳。

但另一方面，這些術式卻單純且強固到甚至令人覺得美麗的程度。怎麼會這麼膚淺呢？一族繼承了知識，警告後人有咒術存在，並命令孩子、孫子想辦法盡快處理。

繁榮時光有如一場夢。論文獲得認可，時鐘塔在無法掩飾驚訝的情況下接納了獅子劫一族。雖然不知道你們是怎麼辦到的，但太出色了，歡迎你們——

然後距離失勢也要不了多少時間。

那不是從坡道滾下去，而是類似被推下懸崖。悽慘的報應？別說笑了，這已經有所覺悟——只不過，從子孫的角度來看真的是找麻煩。

獅子劫界離就是宣告結束的開端，他是至今獅子劫家所打造出來的最高傑作，超越父親，到達魔術更深一層奧祕的一族榮耀。

因為精通魔術而得以娶妻，時時刻刻沒有忘記詛咒的一族首先要確認的是能不能懷上孩子。

然後一族理解，報應終於「開始了」。

『不行，界離無法產子，既然身體沒有異常，這毫無疑問就是詛咒的影響。怎麼會這樣，終於開始了嗎——』

首先一族用各式各樣的方法嘗試生子。使用許多藥物、進行儀式、利用各種管道花費大筆金錢，請精通治療的魔術師幫他看診。

結果每一種都以慘澹的結果作收。他可以有後，在短短一瞬間確實能有小孩，但反覆試了好多次的結果都一樣，小孩會馬上死亡。小孩生出來之後會融解、消失。

妻子立刻決定離婚，以冷漠的眼神說：

『你是很優秀的魔術師呢，連自己的小孩都能玩弄。』

界離心想沒錯，就是這樣。小孩每生下來就會立刻死去——是自己的責任。無論做什麼都會立刻死去——就像是自己親手殺了孩子一樣。

但妻子一族到此體悟了獅子劫一族將會凋零，選擇了立刻抽手。

界離與其妻子在魔術層面是最棒的組合，所以才堅持無論如何都要是這兩人產下的孩子。這時候，界離無可奈何之下只能轉為收養孩子。

獅子劫一族也是很拚，總之無論如何就是要讓獅子劫界離透過某些形式將魔術刻印繼承到另一個小孩身上，即使不是親生後代，是收養的小孩也可以。

……到了這時候，還是很難說他們真正理解了「詛咒」為何。他們締結的契約是「獅子劫界離出生的時間點就必須放棄魔術」。

產下魔術師的孩子這件事情本身就是不可能。

一族在沒有察覺真實的狀況之下，勉強找出一位符合度高的遠親少女。在引介雙方見面的時候，獅子劫發現對方害怕自己還真的難過了一下。

界離為了提高與少女之間的適性，於是開始與她共同生活。

『這樣就可以成為跟哥哥一樣的魔術師了，我好高興——』

她微笑著如是低語，她是一個身體虛弱、乖巧的少女。每次一下雨、下雪，她的身體狀況就會出問題。一聽說移植了刻印，就能透過刻印強化體質後，少女便開心地微笑。但在移植之前，她的身體終究不甚健康，不過這也是無可奈何，界離只能讀故事書給臥病在床的她聽。

『一旦我成為魔術師，你就不會讀書給我聽了，有點可惜呢——』

少女這麼說，遺憾地垂下頭。界離低聲對她說：「等妳身體變健康，要看多少書都可以。」但少女鼓著臉說不是這樣，界離才總算明白少女希望自己能繼續唸書給她聽。

無可奈何之下，界離只好對少女說我會讀書給妳聽，直到妳厭煩為止——少女聞言，心情才總算好了起來。

無論今後還是過去——

在界離的人生中，都沒有經歷過如此平穩的日子。

這樣的生活。

在某天，就像魔法那樣全部消失了。

遵照此地風俗，尤其為了避免汙染土地，放了一把火，將變成紫色的屍體火化。獅子劫界離沒有流淚，怎麼可能流淚呢？

因為就是他本人刻意一直忽略「或許會造成這種結果」的可能性。

他心中抱持著可能會留下好結果的期待之心，因為父親對所有族人說沒問題，他心裡也產生了可能不會有問題的希望。

這些全都是假的，他不可能叫別人負責。

因為獅子劫界離也想成為那個少女的父親，而這樣的夢想無情地壓垮了少女。

這才是真實，除此之外什麼都不是。淚水、歉意什麼的都太過遙遠。

獅子劫界離於是默默接受了詛咒帶來的一切，他翻找書籍，持續思考到快要發瘋，最後——決定接受終焉的到來。

從那之後的人生，都只是拋棄生命的行為。儘管他是個死靈魔術師（Necromancer），但現代戰場實在太過危險了。

他不是魔術師，比較接近使用魔術者——不，應該說就是吧。但他心裡已經覺得隨便了，就像已經領悟到自己將死的男人，大手筆揮霍累積下來的資產那樣。

不過不知他是運氣太好，還是抗拒主動送死。

獅子劫界離勉強維持在一半活著的狀態，另外一半則在少女死去時也跟著死了。

每每在戰場流血倒下的時候，他都會想起。

『下次醒來的時候，希望能聽到一聲爸爸——』

啊啊，自己確實抱著希望少女能這樣稱呼自己的罪過，好苦、好痛、好難受，一死就能解脫——緊握雙手，即使吐血也要起身。

歲月如梭，原本柔軟的外殼變得像鋼鐵那樣堅固，撰寫論文的手上多出無數傷痕。翻找屍體、加工屍體、編出術式、賺錢、浪費。

確實有罪。

就因為有罪，所以還活著。至今仍未找到贖罪的方法。

那麼起碼要讓自己痛不欲生。

然後直到現在，獅子劫界離與聖杯相遇了，被迫相遇了。

身為魔術師的知識讓他知道人不可能死而復生。

穿梭戰場的經驗告訴他，可能性幾乎等於零。

即使如此，即使如此或許還是能找出些什麼。男子抱持一半自暴自棄的心態，壓抑著逐漸膨脹的希望——想獲得聖杯。

男子想要聖杯的理由，就只有這樣。

太過於常見，只要修改幾項設定就遍地都是的普通故事。

不過，就因為如此，獅子劫界離追求聖杯的熱情是真的。

那真的是非常渺小，甚至連他本人都沒有自覺的，身為魔術師的矜持，同時也是他總算找到的贖罪手段，他在本能的最最深處理解著。

獅子劫界離得以一死的地方就是這裡。

醒來之後，「紅」劍兵（莫德雷德）說了：

「笨主人，不要讓我作什麼無聊的夢啦。」

「雖然讓妳作了無聊的夢是不太好意思，但也不至於要罵我笨吧……」

獅子劫界離八成對夢的內容有底而皺起臉。

透過「靈器盤」，可以發現「黑」刺客（開膛手傑克）已經被收拾，而「黑」陣營這邊則沒有損傷。確實如果派出騎兵和弓兵一起上，應該很容易收拾吧。

獅子劫界離與「紅」劍兵已經離開托利法斯，既然大聖杯已不在那裡，就沒有必要一直監視敵方陣地。

他們撤退回羅馬尼亞的首都布加勒斯特，致力於收集有關空中花園的情報。

現在兩人不是睡睡袋，而是要了一個飯店房間起居。在羅馬尼亞，雖然千界樹一族的影響力非常強大，但到了首都布加勒斯特還是收斂許多。儘管如此，獅子劫還是利用假名要了兩間總統套房，並且為了保險起見透過暗示方式「和平地」接手了他人預定的房間。

……劍兵原本打算好好享受頂樓套房的景觀，但當她發現從這個房間的窗戶什麼也看不到，就顯得悶悶不樂，可是這問題無解。雖然獅子劫提議她可以自己去住頂樓的總統套房，不過被她乾脆地拒絕。

「不成不成，我身為使役者當然必須保護主人的安全吧。」

劍兵雙手抱胸，說出「很像」使役者該說的話。

獅子劫拚老命把「妳是吃壞肚子嗎」這句話吞回去，只說了「這樣喔」。

「所以主人你也轉去住總統套房就好啦，有我在不用擔心啦！」

獅子劫自己也九成認為總統套房安全，但想到若有個什麼萬一就實在無法安穩入睡。他就是會操心。

「……夢中的主人明明更加不顧一切。」

「我不知道妳作了什麼夢，但我身為一個獎金獵人就是會澈底地當心細節。」

即使總有一天會死，也要一切都做好做滿之後才去死，就是獅子劫面對這個世界時的態度。

「紅」劍兵雖不服氣，但似乎也沒打算離開主人身邊。

獅子劫要到房間，總算安頓下來之後，便開始進行定期報告。原本他應該向雇用自己的羅克．貝爾芬邦報告，但貝爾芬邦身為古董級魔術師，所以禁止透過電話或電子郵件等形式報告——說起來貝爾芬邦也根本沒有這類玩意兒。

因為沒辦法每次都使用麻煩的魔導器，所以若是簡單報告，獅子劫就不對貝爾芬邦，而是找能夠用行動電話溝通的艾梅洛閣下II世。

『嗯，已理解……相當危險啊。』

艾梅洛以冷酷的聲音簡單地表達現狀。如他所說，一切都非常危險。

光是大聖杯遭奪就已經是大事一樁，而且奪取者不是魔術協會，是聖堂教會那方，再加上就是「冬木」的第三次聖杯戰爭中的裁決者，天草四郎時貞。

當然，魔術協會已經採取行動。雖然一時之間跟聖堂教會的關係惡化到冰點，甚至陷入即將全面抗戰的階段，但在雙方的穩健派努力斡旋之下，才避免了這樣的狀況。

這次聖堂教會不會插手，無論言峰四郎這個人最終有什麼樣下場，聖堂教會承諾都不予過問。

從聖堂教會的角度來看，這件事情只是四郎這一介神父一時鬼迷心竅背叛了而已，那麼他們選擇切割也是再理所當然不過的選項了……幸虧教會這邊還沒有察覺四郎就是天草四郎時貞。可能性雖不高，但他們為了擁護或者利用四郎而介入聖杯大戰的情況，也是不能完全排除。

「所言甚是。話說，之前拜託的事情進行得如何了？」

儘管獅子劫話說得不客氣，但艾梅洛並沒有太大反應，只是淡淡地回覆：

『沒問題，我會在你指定的地點準備好，之後也會寄送暗號鑰匙給你。』

「了解。另外還有一件事——」

『這邊果然還是探查不到魔力，恐怕是「紅」刺客……塞彌拉彌斯本身的力量，或者寶具造成的吧。』

獅子劫咂嘴，果然如他所料啊。如果是使用那樣龐大魔力的寶具，應該怎樣都能夠探查追蹤到，但不愧是冠上了「暗殺者（刺客）」職階，顯然不是省油的燈。

恐怕在過去發生過的種種聖杯戰爭裡，召喚出的使役者所使用的寶具之中，那座空中花園也是擁有頂尖的特殊性吧。

放射光芒消滅敵人的劍、各種攻擊都無法奏效的盔甲、能以音速遨翔於空中的戰車、可以召喚出無限怪物的書本，或者更特異、更是莫名其妙的什麼——所謂的寶具就是這類玩意兒。

但是，即使是英雄們所持有的多數寶具之中，像這樣的活動要塞也是前所未聞，而且還將聖杯收納進去了，從魔術協會的角度來看，這狀況真的只能說是惡夢一場。

『有辦法追蹤嗎？』

「沒問題，我隨時都有放出使魔監視千界樹的魔術師，那幫人似乎心裡有底。」

『你認為有可能離開羅馬尼亞嗎？』

艾梅洛這番話令獅子劫思考了一下。可能性其實極高，畢竟那是飛在空中的要塞，不管速度如何緩慢，都無法避免它離開這個國家。

「飛行速度不明，所以無法肯定。」

『這樣啊。我已經派遣回收部隊前往羅馬尼亞周遭了，可依照狀況變化立刻前往回收。』

「……了解。」

雖然早已料到，但魔術協會似乎已做好萬全準備。想來也是，畢竟別說是實現願望，甚至有可能獲得大聖杯，若把那個帶回鐘塔，甚至很有可能直接展開下一場聖杯戰爭。

……獅子劫究竟有沒有餘力實現自己的願望呢？

「——主人，是怎樣，這些傢伙打算強搶聖杯嗎？」

劍兵從背後探出身子大聲怒吼，獅子劫整個人僵住——行動電話另一頭的艾梅洛也動搖了起來。

『剛、剛剛那是？』

「失禮了，我的使役者——」

劍兵也不管獅子劫想要打圓場，迅速搶過行動電話後大吼：

「喂！我告訴你，聖杯是我們的！就算你們之後想搶走也不行！懂了沒？」

『……』

艾梅洛啞口無言、獅子劫連忙想搶回行動電話，但「紅」劍兵（莫德雷德）用單手制止他，繼續撂下狠話：

「魔術師，回話啊！直到我們實現願望之前聖杯不會給你！懂了嗎？」

『……懂、懂了。』

「紅」劍兵應該是滿意這個回覆了吧，只見她輕鬆地把行動電話丟回給獅子劫。

「啊～～……希望你可以把剛剛那個當成使役者說笑並原諒我。」

獅子劫心中抱著對方不可能就這樣放過自己的覺悟辯解，但經過一段漫長沉默之後，令人驚訝的是艾梅洛並沒有動怒，反而略顯愉快地笑了。

『失禮了，咱們「彼此」都因使役者頭痛不已啊。』

「……還好啦。」

『這次就不追究。但回收將會迅速執行，你們還是盡快許願比較好喔。』

電話掛斷，獅子劫吁了一口氣。

「喂，剛剛是不是說了我的壞話？」

「沒有啦。是說妳啊……不，算了，反正狀況不會太有改善吧。」

從結果來看，若獅子劫殘存到最後，使役者也仍會存留。以獅子劫的立場來說，他希望能盡量隱瞞使役者的真面目，以備在萬一的時候，可以減慢他們的回收工作——因為他不認為自己可以在使役者死亡的狀況下存活下來。

「對啦，就是這樣！只要主人持續追求聖杯，我就是主人的使役者啦！」

「安心吧，我沒放棄。好了，我要開始做些事情了，妳可以去自由活動，看是要去飯店屋頂還是觀光都隨妳。」

「嗯～～……沒問題嗎？」

「我應該會窩在飯店裡一段時間，妳傍晚前回來就可以了。」

「ＯＫ，那我就隨意啦。」

幾乎跟騷靈現象差不多吵鬧的使役者離開房間後，獅子劫無奈地嘆了口氣。

然後，從行李之中取出一個格外大的瓶子，這是之前他作為報酬到手的福馬林泡九頭蛇幼生。頭部已經被他拿來加工作成小刀，但他因為沒有餘力加工每個頭，所以做到一半就放著了。

「『紅』騎兵是阿基里斯……那麼『黑』弓兵應該就是凱隆……或者帕里斯嗎？」

「黑」弓兵的真名當然不是有傳達給獅子劫的情報。話雖如此，為了說明狀況與整理對抗手段時的互動中，可以輕易判讀「紅」騎兵跟「黑」弓兵之間有著不尋常的關係。

阿基里斯……雖然是特洛伊戰爭中最知名的英雄，但他的人生和兩位弓箭手有著密切關係。

一個是帕里斯，他除了是特洛伊戰爭開打的關鍵，也是讓阿基里斯受到致命傷的男子。

阿基里斯全身上下唯一的弱點在腳跟，而被太陽神（阿波羅）附身的帕里斯，在戰場上射穿了那小小一塊、且無時無刻不動著身體的阿基里斯腳跟部位。

對阿基里斯來說，帕里斯恐怕是不共戴天的仇人，但同時帕里斯對阿基里斯應該也懷抱著非比尋常的恨意。

畢竟阿基里斯殺了帕里斯的親哥哥，同時是偉大的英雄赫克特，甚至做出用戰車拖拉其屍體的惡劣行徑。

如果英雄帕里斯是「黑」弓兵……那麼他就是抱著一種懷念的感情述說殺害親哥哥的男人。

從英雄特有的價值觀角度來看，這或許並非不可能，但確實是非常不自然的狀況。

但是，阿基里斯一生之中，還有一個深深影響他的弓箭手。

那個人不是別人，正是養育他的男子，半人馬族首席賢者凱隆。

當然，「黑」弓兵的下半身不是半人馬族特有的馬型，而與人類相同。不過這不是什麼值得驚訝的地方，因為凱隆是神與女神所產下，極為接近神靈的大賢者。

想必能自由自在地以半人馬或人類姿態現身吧。

……沒錯，若他真的是凱隆，那就可以理解為何他能夠傷害具有神性的「紅」騎兵了。更重要的是那看遍了森羅萬象的豐富智慧，比起帕里斯，更符合凱隆所該有的形象。

不過——沒錯，若他是凱隆。

「……果然還是有這樣的可能性啊。」

另一方面，「紅」陣營還有四郎（裁決者）在，當時在禮拜堂遇見的所有人真名應該都已透露給彼此了。

雙方陣營之中有凱隆、有阿基里斯，同時還有一位使役者，那也是個問題。

獅子劫思考這樣將會招致怎樣的事態——並做出決定。

他捨棄剛動工沒多久的小刀，開始製作新的魔道具。

§§§§

「紅」劍兵茫然走在白天的布加勒斯特，因為她穿著清涼，加上英氣十足的美麗臉龐，自然相當引人注目……不過沒有人來搭訕她。

羅馬尼亞首都布加勒斯特的治安並不好，穿著這麼引人注目的少女落單，會有相當高的機率惹上一些麻煩。

不過大致上來說，所有事情都有所謂的例外存在，不管是小混混、扒手還是假警察，只要是人類，都會依循本能採取行動。

……也就是說，不會有人愚蠢到去跟「有著少女外表的灰熊」搭訕。

「唔，果然還是該強行把主人拖出來啊。」

劍兵無聊地打了個呵欠。

擦身而過的人們都會因少女的美而看過去——但又馬上別開目光。劍兵自知受到注目，心裡期望著乾脆能有麻煩找上門來。

或許因為作了令人煩躁的夢，劍兵有種某些曖昧不清的事物堆積在胃裡的感覺，要消除這個最好的方法就是大鬧一番。

不過現階段完全沒有人來搭訕，讓她無聊到了極點。路上有各式各樣的行人，老人、年輕人、看起來善良的人、看起來邪惡的人——但她跟所有人有所區隔。

——使役者與世界有所區隔。

他們是只為了戰勝聖杯戰爭而被召喚出來的英靈。儘管獲得第二段人生，但被需要的部分仍只有作戰——因此這也是無可奈何。

劍兵做出結論，想到自己生前也是孤獨一人。

母親莫歌絲只把自己當成對父親復仇的道具，因為她讓自己迅速成長的關係，所以沒人知道自己小時候是什麼樣子。

在卡美洛城受封騎士之後，跟其他騎士之前也沒有太多交流。

有的只有出戰，交劍、咒罵、彼此廝殺，劍兵認為這是自己僅知的唯一溝通手段。

知道自己是莫德雷德，並能夠暴露出真面目對話的——只有一個人。

只有對自己漠不關心的父親（亞瑟）而已。

每次回想到父親，劍兵就有種臟腑煎熬的感覺。她跟父親真的無法互相理解、無法處於對等的立場。要跟一個注定成為理想王的機械人偶對話，至少也得先成為王——

「啊————————？」

這憨傻的聲音打斷了她的思緒，明明剛剛還想著快來個人搭訕，但現在心態卻一百八十度大轉變，一股想不顧一切揍人的焦躁湧起。

「吵死了，到底是誰——」

「妳、妳啊，為什麼在這裡啦？」

回過頭去的「紅」（莫德雷德）劍兵忍不住睜大眼睛，跟自己一樣穿著便服的「黑」（阿斯托爾弗）騎兵，就像想要保護之前那個人工生命體般站著。

「……」

「……」

「黑」騎兵與「紅」劍兵尷尬地不說話。

兩方並不算敵對，但也絕對稱不上和解了。即使如此，若有其他人或使役者在場，這兩人都可以勉強忍耐，不過現在沒有這樣的人在。

「……我才想問咧。所以，想動手嗎？」

「紅」劍兵露出輕薄的笑，「黑」騎兵顯得忿忿不平。

「妳才是想開打嗎？我是都好喔，要打就來啊。」

儘管那樣澈底教訓過了，但騎兵似乎還是沒學乖。正好，就再澈底地打趴他，藉此消除壓力吧——

「紅」劍兵這麼想，正打算踏出一步的時候，另一個在場人物登上了舞台。他來到「黑」騎兵前面，舉起右手說道：

「是『紅』劍兵啊，兩天沒見了，我有點事情想請教，如果妳有空，可以聊一下嗎？」

「咦？」

「什麼？」

——聊？

少年不管兩個傻住的人再次詢問：

「妳現在很忙嗎？」

「不，是不忙……可是這樣好嗎？」

「紅」劍兵疑惑地看著少年，少年平常的表情上看不出憤怒，也沒有厭惡感與恐懼……明明被自己殺害，但在少年心中這似乎已經是處理完畢的事情了。

少年以像是喝水鳥的動作點了一下頭。

「嗯，我們也沒事，正好。」

「欸，不是，等……」

「騎兵有事情要忙嗎？那麼我們分頭行動——」

「不要不要不行不行不行！我去，我一起去！」

「紅」劍兵交替看了看少年與「黑」騎兵之後，聳聳肩說道：

「我知道了，要在哪裡聊？」

§§§

三人走在大馬路上。方才齊格兩人過來的時候總是遇上人來找麻煩（每當出現這種狀況，騎兵都顯得喜出望外想大顯身手一番，卻被齊格拚命制止），但這回只是走著，路上遇到的人都會急忙別過臉去。

看樣子是多虧了走在前面的「紅」劍兵……確實，只是跟在後面也明顯可以感受到的凶暴戾氣，一般人應該難以承受吧。

「所以說，你們來這裡到底在幹嘛？」

「紅」劍兵回過頭來問道。騎兵嘟起嘴，雙手抱胸，別過臉去。

「我沒有義務回答——」

「是騎兵怎樣都想要上街逛逛，所以我被選出來監視他。裁決者似乎認為只要我在，他就不會太過失控。」

齊格制止騎兵後這麼回答。

「是說你們在布加勒斯特的理由是？」

「我不太清楚，但似乎有這必要。」

「紅」劍兵「喔」一聲聳聳肩。她原本想說是不是要報告一下主人，但想想他應該在做東西，之後再講也行吧。

「『黑』（開膛手傑克）刺客似乎掛了？」

「……嗯，死了。」

因為騎兵持續別過臉，所以齊格代為回答。「紅」劍兵漠不關心地嘀咕了聲「這樣啊」。

「所以，劍兵妳為何在這裡（布加勒斯特）？」

「我沒有義務回答你……哎，我們一直待在托利法斯也是有點那個，就只是這樣罷了。」

雖說暫時處於合作狀態，但托利法斯毫無疑問是敵方大本營，劍兵的主人獅子劫界離的答案也是合理至極。

「是說，要講什麼？」

「對啊，齊格，你跟這傢伙是有什麼話好講啦？」

「……你從剛剛就一直太劍拔弩張了吧。」

「紅」劍兵傻眼地這麼嘀咕，惹得「黑」騎兵強烈抗議：

「說這什麼話！我可沒忘記是妳殺了他的喔！」

「哎，我不太介意就是了。」

「不是吧，應該要介意啊！」

「黑」騎兵忍不住吐槽齊格的發言。對齊格來說，自己活下來了就好，當然犧牲者們讓他痛心——也多少有恨意在。

只不過，現在不是糾結那些的時候。

現在不處於該要對立的狀況之下，齊格因此期待既然這樣，說不定可以好好聊一聊。何況「紅」劍兵是莫德雷德——是終結了那個亞瑟王傳說的反叛騎士。

對於人類這種存在，她可能會有獨到的見解。

齊格就是想問這個。他不是想要答案，而是希望接收更多意見。

「哎，如果你不介意是無所謂啦……好，我認同你『沒有』被我的寶具『殺死』，就這樣抵銷吧。」

……齊格歪過頭心想：這樣能抵銷嗎？但因為「紅」劍兵心情大好，他就不予置評了。

「就在這裡吧。」

「紅」劍兵一副就是隨便選的感覺速速打開某間咖啡廳大門，齊格和騎兵則跟在後面。

「歡迎光臨。」

留著灰色鬍子的老闆不甚親切地招待三人。幸運的是，店裡除了齊格等人之外沒有其他客人光顧，不過午餐時間這樣門可羅雀，或許不可太期待這裡的餐點能多像樣……

「齊格，你要點什麼？」

「……火腿三明治跟咖啡。」

「那我也一樣。」

「紅」劍兵看了看手中菜單，思考了一下之後說：

「我要烤雞三明治、青蘋果沙拉、海鮮義大利麵、牛小排，餐後甜點的話，給我三個這種瑪芬，啊，還有來杯咖啡。」

齊格和騎兵面面相覷，接著轉向看看老闆。

「……姑娘，妳吃得完？」

「吃不完我就不會點啦，這些餐是有還是沒有？沒有我就點別的——」

老闆急忙制止想要再次拿起菜單的劍兵。

「好啦，我會都幫妳上菜！」

老闆急忙往廚房過去，看來他似乎是一個人在經營這家店，從店內的狹窄空間和老舊裝潢也可窺知一二。話雖如此，店內並沒有不衛生的感覺，還算是幸運的。

「所以，你想聊些啥？」

待老闆離開，「紅」(莫德雷德)劍兵便速速探出身子。

「我可以從頭開始說明嗎？」

聽到這話的「紅」劍兵儘管露出不情願的表情，但還是以「盡量長話短說」為條件應允了。

齊格首先簡單說明自己的來歷——然後說了「黑」刺客是個怎樣的使役者。

然後就在他簡單說明「黑」刺客讓自己看到的幻覺是些什麼樣的玩意兒時，方才點的大量餐點送了上來。

「……在說些有的沒的之前，總之先吃吧。」

「好的。」

「也是。」

「紅」劍兵並不是對飲食有什麼特別追求之處。與其這麼說，既然都與一流魔術師締結契約了，就根本不需要進食。

但一碼歸一碼，還是可以用餐，何況她是使役者，是排除在世界道理之外的存在。吃飯不是為了填飽肚子，有八成是為了滿足好奇心。

「……唔，雖然還想加點，但覺得對老闆不太好意思我肚子又不餓而且沒錢。」

「給你錢會變得很可怕啊……」

齊格沉重地說道。從離開托利法斯起，騎兵就一路吵著「買那個」、「買這個」吵個不停。

……一看就知道是假貨的白金戒指之類的買了也沒意義，而且在齊格斷定那是假貨的同時攤販老闆就發起了脾氣——這是少數因齊格而惹出的大麻煩。

「紅」劍兵猛地咬下三明治，狼吞虎嚥地吃著牛排。

「話說妳主人呢？那個戴著太陽眼鏡的大塊頭。」

「黑」（阿斯托爾弗）騎兵用手指往上推了推眉毛。

「在工坊裡面工作。我留在那裡可能會妨礙他，所以就溜出來了。」

「我們打算搭飛機過去，你們要怎麼辦呢？」

「我也不知道，不過應該也是類似的手段吧？畢竟那可是空中花園耶。」

的確是。

既然準備前往飛翔於空中的要塞，手段就很有限。不是搭飛機，就是利用魔術飛過去吧。然後，不管選用哪一種，會被堅固的要塞擋下這點都是一樣的。

這兩種方法脆弱程度也是半斤八兩。就算世界上有可以承受一級魔術的飛行魔導器存在，但在擁有超常規格（EX）層級的魔術面前，就只是紙張和膠合板的差別罷了。

「如果我的鷹馬拿出真本事，應該有辦法耶。」

「──」

「──」

「紅」劍兵說不出話，齊格不禁遮住雙眼。「黑」騎兵看兩人這樣，邊說「怎麼？」邊拿起三明治。

「鷹馬、鷹馬……啊──你該不會是那個吧，什麼查里大帝之類的阿斯托爾弗。」

「是啊。咦，我沒說過嗎？」

「我確實沒聽說，倒是知道『這個』是齊格菲就是了。」

「黑」騎兵態度平淡地說了聲「這樣喔──」接受了。

「……哎，現在知道也沒什麼意思就是。」

「紅」劍兵也不像太驚訝的樣子。

「是吧？我都被妳痛扁成那樣了啊！不過，畢竟我換了主人，要是下次交手起來可不知道會有什麼結果喔。」

「紅」劍兵輕挑地笑著聳肩。

「怎麼可能讓你贏去，夢話等睡著再說啦，笨。」

「俗話說得好，罵人笨的才是笨蛋呢！」

「啥？」

……正當氣氛要緊張起來的時候，齊格馬上舉手說：

「再來一杯咖啡！」

或許因為他喊得很大聲，兩個使役者都像被洩了氣一樣看向齊格。

「……算了，沒差，我也再來一杯咖啡。」

「我也要——！」

「我這裡是另外算錢的喔。」

老闆說得平淡，齊格則回他無所謂，手邊餘額應該還付得起這些錢。

「好了，要回答你的問題是吧？人類究竟是善還是惡？」

齊格點頭，「紅」劍兵一副打從心底傻眼的態度嘆氣。

「你白痴啊，人類就是人類，是一種可以因為狀況不同而行善又作惡的畜生，一旦無法溫飽，仁義禮智都會消失，說穿了就是稍微聰明點的禽獸罷了。我不在乎其他人怎樣，只要我能夠一直當一個出色的存在就夠了——這樣。」

「紅」劍兵的意見相當激進而且直接。人類既不善，也不惡。

只是……會偏向某一邊，然後所有人都很愚蠢，所以人類不在乎其他人，只認為自己重要。

「妳討厭人類嗎？」

齊格這直接的問題，「紅」劍兵也不退縮肯定道：

「討厭啊，明明忘不了心中仇恨，卻會忘記曾受過的恩惠。一旦發現對自己不利，即使犧牲一切也想加以避免，只要不麻煩就願意施行小惠，一旦覺得麻煩卻可以放過罪大惡極。受到私欲驅使行動，只要失敗就會把問題怪罪到除了自己以外的其他東西上，守護的價值連一個銅板都不如，這就是人類。怎樣，失望了嗎？」

她一副講出結論的態度把叉子戳進牛排裡。

「喔……這結論真可悲呢。」

「黑」騎兵這番話也沒有動搖「紅」劍兵。齊格思考了一下，再繼續問：

「那麼『紅』劍兵，生前的妳之所以反叛，也是基於這個原因嗎？」

氣氛瞬間凝結。

「……不是。我對於人類的認知與我的反叛行為澈底不相關，你別再提起這個。」

「紅」劍兵的眼神立刻充滿殺氣，恐怕要是再繼續說下去，她真的會砍過來吧。或許她就是個情緒起伏不定的人，跟她聊個天也是很累。

「不過啊，不，姑且先不論反叛的本質——應該還是有人類跟隨妳吧？」

齊格原本還想說這話題就到此打住，但「黑」騎兵卻乾脆地繼續追了下去。「紅」劍兵大概也沒想到會繼續，只見她睜大了眼。

「還是有人類仰慕妳、把妳當成君主看待吧，妳要輕視他們嗎？我覺得這樣有點可憐耶。」

齊格有種心臟揪起來的感覺，按住了刻有令咒的手背。在這座大都市裡，而且還是這樣的大白天開打的話，肯定會造成極大恐慌。但是，先不論「黑」騎兵，他並不覺得「紅」（莫德雷德）劍兵是那麼有自制力的類型。

就連毫無關連的老闆都察覺這非比尋常的氣氛，拿著咖啡壺整個人僵住了。

但「紅」劍兵並不在意兩個因為恐懼而僵住的人，嘆了口氣聳聳肩。先不提反叛的內情，若是有關被帶走的人們的疑問，似乎就沒什麼問題。

「沒啊，他們也是基於他們個人想法，必須在我身上賭一把吧。我必須反叛王（亞瑟），我既不會輕視反抗我的人類，也不認為跟隨我的人類和我是同類。」

「難道妳輕視所有人類嗎？」

「——我是必須成王的存在，怎麼可以把王跟人類同等視之呢？若王可以跟人類一同哭泣、歡笑，這樣王還能拯救人們嗎？不是吧。所謂的王，應該是不得不成為這般存在啊。」

「紅」劍兵靜靜地，並未動怒也未輕視地說著。

「妳想成王嗎？」

「說得籠統是這樣沒錯，畢竟生前——敗下陣了。」

她顯得忿忿地咂嘴，也就是說，這就是她希望聖杯能夠為她實現的願望。

應當成王的存在，這願望與現實相去甚遠，但騎兵和齊格都不為所動，至少沒有任何願望的齊格認為，自己沒有資格貶低他人的願望。

「……你們是幹嘛，怎麼突然都不講話？」

「不，也沒什麼，因為我無法反駁妳所說的啊。我沒當過王，也沒想過要當……其實是有那麼一點點想過啦，但就想要的程度來說，也只是『有人讓我當我就當吧』這樣而已。」

「我同騎兵，無法反駁，我的立場離王太過遙遠了。」

能夠說她的話錯了的，只有曾為王之人……或者立志為王者吧。

「願望都是同等尊貴。不，如果有人的願望是毀滅全人類，確實會讓人傻眼並想出面阻止，但妳的願望只屬於妳，加以置喙是錯的——這是我的信念。」

「黑」騎兵（阿斯托爾弗）以難得的認真表情這麼回答後，接著像是要出乎正有點生悶氣般尷尬地沉默著的「紅」劍兵意料般問道：

「只是——即使如此，即使如此我還是得問一件事。妳想成為惡王還是善王？哪個呢？」

「黑」騎兵不是基於為王者立場，而是身為一個侍奉王的臣子提出詢問。

這是單純但無可避免的問題。

……「紅」劍兵的表情略略扭曲，她似乎打算開口，但猶豫了一下，別開了目光。

然後才硬擠出話告訴兩人。

「——善王，這還用說。」

「黑」騎兵只是嘀咕了聲「是喔」，然後喝完咖啡的「紅」劍兵站起了身子。

「妳要走了嗎？」

「也沒事要做了吧……難道還有？」

齊格搖搖頭。她以不同於裁決者、「黑」騎兵、弓兵等人的觀點，認真地告訴了齊格自己的意見。

她並沒有全面肯定，相對的也沒有予以否定。現在還是必須持續思考的階段。

「不，沒有了。謝謝妳，很有參考價值。」

齊格這麼回答，「紅」劍兵露出得意的笑容，把坐在位子上的齊格頭髮揉成一團亂。

「那下次見面就是在空中花園了，記得要活到那時候啊！」

她留下這句話，意氣風發地離開。目送她離去之後，齊格嘀咕道：

「……吃了這麼多，卻沒有付帳就走人啊。」

「因為她是王啊。」

「黑」騎兵這麼說，大笑出聲。

§§§

「紅」劍兵邊走邊反芻方才的問題。

「怎樣的王——啊？」

「紅」劍兵回答善王，這點絕無虛假，至少她壓根不想成為會被英雄討伐的惡王。

那麼說起來，要做什麼才能成為善王呢？是否不該施行高壓政策而改施行仁政呢？只要與周圍國家的對立無法消除，就必須鍛鍊強兵——不，不是這樣。

不是這麼理所當然的事情，她認為「黑」騎兵發出的是更加根本性的問題。

——想成為怎樣的王？

「紅」劍兵思考，現在的自己是為了成王而戰，如果能夠挑戰判定成王資格的選定之劍，她有自信一定能將之抽出。

想成為理想的王，能夠守護所有該守護對象的那種，所有人都期望的王。為此，是否該成為像父親那樣，為民眾們所期望的理想之王呢？

還是成為為了實現自身夢想，而連累一切的貪心王者？

理想之王想必很壓抑，貪心王者想必將被民眾怨恨。

「紅」劍兵茫然地看著走在路上的人們。聖杯賦予的知識告訴她，這個國家（羅馬尼亞）被暴君統治的傷痕至今仍血淋淋地存留著。

因為扭曲的幻想而施行高壓政策，建造毫無意義的豪華宮殿，結果暴君在叛亂之中遭到討伐。

「紅」劍兵認為，不能成為這樣的王。

那麼像父親那樣貫徹理想的完美之王就好嗎？連那個父親都做到一半就屈服了耶。

「……可惡。」

那個騎兵把自己一直刻意忽略的事物赤裸裸地攤開。

自己只是單純地嚮往，想要成為王——完全沒有關心成王之後的一切。

其他王會關心嗎？就連那些歷史留名的暴君、名君、昏君——在統治之餘還有什麼呢？

自己的父親，亞瑟．潘德拉崗，期望自己統治的國家有怎樣的未來呢？

「……都被我給毀了，還談什麼未來。」

劍兵露出自嘲的笑。亞瑟王的治世很理想，確實她讓不列顛走上和平，而讓這一切泡湯的不是別人，就是自己。

要說到底是什麼最糟糕——就是她從未因此而後悔過。

那場反叛包含自身在內，致使許多人喪失性命，連身為一位騎士，成為民眾的利劍、盾牌的父親也一樣。

然而，若無法反叛，名為莫德雷德的騎士靈魂就是死著。

無法獲得任何人認同、沒有人關心、不被任何人所愛，也不愛任何人。和平的世界非常美好，為此賭上性命的人類也是極為出色的吧。

但為什麼不能給為了這些美好事物而奉獻一切的人們一點點愛呢？

她甚至沒想過可以被愛，只是希望能夠有人稍稍關心自己一點，能用雙眼看看自己也就夠了。

『別傻了，妳一定不會滿足，會無止盡地追求愛、情，最後追求王位，結果澈底毀滅那段治世——』

從內側發出的低語，讓她煩躁無比的同時也能夠接受。

「紅」(莫德雷德)劍兵自省，或許就是這樣吧，畢竟自己根本不懂愛情，不懂那究竟是甜美、苦澀、酸楚還是無味無臭。

……不過，既然世上各式各樣的人都追求著，那一定像毒品一樣具有成癮性吧。

直到傍晚為止，「紅」劍兵都坐在公園的長椅上茫然地望著天空。她無法取笑那個人工生命體，他雖然在對於人類的認知這個層面煩惱掙扎著，但「紅」劍兵也在王這點上掙扎著。

在旁人來看，這些煩惱或許都是無聊的笑話，遭到取笑也是無可奈何的事項。不過，若不再追究這個部分，自己和那個少年都無法存活下去——

她就這樣發呆好一段時間，而最後終究沒有人來跟她搭訕。

回到飯店之後，獅子劫似乎完成了工作，正拿毛巾擦汗。

「喲，沒出什麼狀況吧？」

劍兵心想吃飯的事情沒必要特地跟他報告，於是只回了「沒事」，然後下定決心，詢問正在喝礦泉水的主人：

「我說主人啊，你有愛過人嗎？」

理所當然地，獅子劫猛然嗆到，在他難過地咳嗽了一陣子之後，才忿忿地看向自己的使役者。

「妳突然問這幹嘛？怎麼——」

「不至於不能問吧，所以主人，怎樣了？」

獅子劫察覺劍兵並沒有消遣的意圖，而是認真地這樣問，於是摸摸鬍子開始思考。

「……這是基於怎樣的意義層面上？愛家人，還是愛情人呢？」

「有不一樣喔？那都可以，怎樣？」

「紅」劍兵探出身子凝視獅子劫，表現出聽到答案之前絕不退讓的態度。

「沒有吧。」

「果然魔術師就是這樣啊。」

「這是偏見，不，也不是說這偏見有錯——魔術師還是能以魔術師的方式愛一個人。」

不過這樣的愛恐怕跟「紅」劍兵所問的愛有出入，身為魔術師，以魔術師身分大成就是他們的幸福，所以他們的愛與一般的愛相去甚遠，甚至有時非常扭曲。也就是說，這是專屬於他們的愛的形式。

「以我個人來說，我早就跟妻子沒有牽扯，我無法有後，即使是養子也不例外。從我走上獎金獵人這條路時，也跟父親訣別了。」

妻子把一族的繁榮看得比什麼都重，是一個非常符合魔術師作風的女性。兩人之間既然沒有愛，那就趁著形式上也還沒定型的時候切割，獅子劫已經只能依稀想起她的容貌了。

父親則不死心，無論如何都想要弄出繼承人，但獅子劫界離認為犧牲者有一個就夠了而離家出走，在這時候與父親澈底對立，他甚至遇過好幾次父親雇用的魔術師，為了強搶刻印而襲擊他。

母親——是個有她或沒她都無所謂的存在，她不插嘴教育方面的事情，只是一個負責產下自己的女性。

「什麼，原來主人也不懂愛啊。」

「我懂，但就是沒有緣分。」

更重要的是沒有興趣，在正常的世界裡，人們高歌愛，愛才是一切、愛才是我的人生、愛才是能戰勝一切的偉大情操——

但生活在異常世界裡的獅子劫知道，愛只是一種緊張心理狀態，那不會對使用魔術與用槍帶來太大影響。不僅不會提高成功率，甚至反而會提高失敗的機率。

魔術師不需要愛——即使他們理解愛對人類來說很重要。

「……嘖，果然魔術師不行啊。」

劍兵忿忿地咂嘴——獅子劫苦笑。

「劍兵，魔術師就是有缺陷的人類啊。」

「主人，我要拔出選定之劍，我不能不去拔。然後我將成為王。」

獅子劫默默點頭，劍兵接著悔恨地說：

「但我只能想像到這裡，若要成為能超越那騎士王的王，我該怎麼做——這我全部不懂。」

她的煩惱非常認真且迫切。

「所以妳想到要去愛一個人嗎？」

「……因為我不懂。就因為不懂，所以我才想應該要成為一個與父親不同的王。」

莫德雷德的父親——在世界上的知名度乃數一數二的傳說中王者，亞瑟．潘德拉崗。經歷許多戰役，終於達成統一不列顛這般輝煌成績，真材實料的大英雄。

「父親的治世是絕對性地完美，公正無私、清廉潔白，一旦理解無法十全十美，就會拿到九分並捨棄掉剩下的一，在執行的過程中也毫無窒礙偏差。除了處理我的事情以外。」

述說父親的「紅」劍兵眼中散發熠熠光芒，劍兵心裡對父親同時抱持著瘋狂的崇信與冰冷的憎恨。

這兩者都是正確的情緒，也是正確的認知。

「主人，我——」

她無法問出「該怎麼辦」，因為她也知道這是獅子劫無法回答的問題。

獅子劫呼出不知何時啣在嘴上的香菸煙霧，對自己的使役者說道：

「……是說，我倒是能確定一件事。」

「什麼？」

「妳一定得去面對父親。」

「我跟父王——」

「我知道妳恨他，也知道妳很崇拜他，但那是因為妳一直追著他的背影才會產生的情感。若想超越他，就要去分析，分析父親、人類還有自己，觀察、分析、整理，然後得出結論。」

「……我才沒有崇拜他。」

獅子劫心想要是隨便戳破她可能會適得其反，於是只嘀咕了句「這樣喔」。

「不過你說的很有參考價值。主人，謝了。」

「不客氣。好了，在千界樹那幫人採取行動之前我們先暫時待命……雖然這只是我的直覺，但接下來應該就是最後決戰了。一旦戰鬥結束，我就可以接收報酬，妳則能夠利用聖杯實現願望，挑戰選定之劍。作為妳陪伴我到這一步的謝禮，我是很想親眼見證妳拔出劍的那一刻，但應該沒辦法吧。」

目前無法得知聖杯會用什麼方式讓劍兵挑戰選定之劍，但如果她的願望以合理的形式實現，那應該毫無疑問是穿越時間與空間的概念吧。

獅子劫認為身為一介魔術師的自己無法跨越時空。

即使如此，他還是希望能夠見證劍兵成為王的一瞬間。會有這樣的想法是基於寂寞呢，還是單純的任性呢——

「別在意，主人你在那個瞬間也有想實現的願望吧？我們彼此怎麼可能有餘力顧慮對方呢——」

劍兵這麼說完笑了。見她突然笑出，獅子劫繃起了臉。

「喂，妳怎麼了？」

「不……我只是想起了你的願望，就是想要子孫繁榮那個。」

「這不好笑，我可是很認真的。」

劍兵一邊笑，一邊為了制止他而揮動手臂。

「不是，不是這樣，我只是想到主人要是實現願望了，就會生出你的小孩對吧？會生出一個小獅子劫……」

劍兵努力說到這裡終於忍不住似的大爆笑，她的腦海裡面肯定浮現了一個叼著香菸、戴著太陽眼鏡的小嬰兒形象。

「主人的小孩……咯咯咯……不行，光想就太有趣了！」

「妳不要擅自想像別人家的小孩然後擅自大爆笑好嗎，搞什麼鬼啊——」

獅子劫儘管傻眼，嘴角仍忍不住失守。

「紅（莫德雷德）」劍兵的煩惱恐怕有著與她本人存在息息相關的重要性，獅子劫不可以再多加置喙。

自己與她不是共同前行的搭檔，頂多就是共享利害關係，她的道路總有一天會與自己將來的路分歧。

——突然有種像是「知曉人情世故」的某種東西掠過獅子劫的心口。

他開口，想化為言語的瞬間又將之壓抑下來。儘管是魔術師，但獅子劫界離還算是有些在意吉利與否的人。

說出將來並不可能發生的假設當然不吉利，就連去想它都很不吉利。

「好了，主人，接下來該怎麼辦？」

「紅」劍兵一鼓作氣探出身子。

「接下來？」

「是啊，都準備好了吧，該怎麼辦？」

「啊啊，是這回事啊。接下來——就等。」

「是喔，等待……要等到什麼時候？」

「天知道，我剛也說了，那些傢伙不採取行動的話就很難下定論。」

「……該不會無事可做？」

「當然有，聯絡、寫報告書、集中精神之類的，要做的事情可是跟山一樣高。」

「我該做的事情呢？」

「如果我說沒有——妳會生氣嗎？會吧，嗯。」

「我不生氣！但會失控！」

劍兵像條瘋狗一樣發出「吼嚕嚕嚕嚕」的低吼聲，獅子劫嘆了口氣，遞給她一張趁她出去逛街時買來的ＤＶＤ。

「這啥鬼？」

包裝上印著邊揮灑著火焰邊在空中遨翔的戰鬥機。那似乎不是實際拍照下來的圖片，而是繪製得非常寫實的插畫。

「妳就拿去看吧，這是現在的妳需要的東西。」

獅子劫說得很有把握。

「這個嘛？真假……」

劍兵一邊碎碎唸一邊把片子放進飯店設置的播放機裡，影片播了三分鐘之後，劍兵就整個人沉浸在劇中世界了。

§§§§

到了夜晚，裁決者也來到了藏身處。

「我來遲了……」

齊格氣勢磅礡地站著，對發出愧疚聲音的裁決者說：

「確實很晚，現在已經是深夜了，這座城市晚上可是很不平靜喔，妳大可以明天再來啊？」

「啊哈哈，不管是不是平靜，我想對我來說都沒有太大差別就是了。」

實際上，在抵達藏身處之前確實惹了不少麻煩上身——應該說，是裁決者主動牽扯上。

看到打算使用暴力的人，就澈底讓對方體會暴力有多麼惡質；面對說出花言巧語拐騙他人者，則祭出清靜的正確論調加以制伏。

也因此她比原本預定的時間晚了很多才到……裁決者這麼說明並道歉。

「哎，就當作沒有不平靜好了，而且我想妳就算惹上麻煩也不至於死人或出現傷患，但我還是認為妳不應該太主動去惹麻煩啊。」

「……呵呵。」

裁決者顯得格外開心地嘻嘻笑著，齊格心想有什麼好笑而更加繃起了臉。

「不，我會笑是因為我這邊的一些狀況。是說騎兵人呢？該不會出去外面逛街或者在外頭大鬧還是脫光光了在外頭跑吧……！」

「騎兵才沒那麼離譜——不，確實可能就這麼離譜，但目前沒問題，他在洗澡。」

「這、這樣啊。是說我手弄髒了，借用一下洗手間喔。」

裁決者在救助傷患予以治療之際，似乎被血漬弄髒了手。雖說她也不想一直維持這樣，但總覺得在流理台清洗被血弄髒的手不太好，於是打算往盥洗室過去。

「……喔，妳沒問題嗎？」

「什麼沒問題？」

「呃，就說現在騎兵在洗澡……」

大部分的房子洗手台都在浴室裡面，她很可能撞見剛洗好澡的騎兵。

「啊，沒問題啊，我想騎兵不會因為這點小事就害羞吧。」

更重要的——

「而且我們都是女的啊。」

她這麼說完就衝進盥洗室關上門。剛才這句話讓齊格呆了一下。

「等——」

齊格勉強從混亂的思緒之中振作起來，得出裁決者有著「致命性誤解」的結論，打算急忙叫她回來……但已經太遲了。

裁決者在洗手台仔細地用肥皂洗淨雙手，這時浴室門打開，並傳來「哎呀？」一道略顯驚訝的聲音。裁決者面帶笑容回過頭去。

「啊，是騎兵嗎？妳洗好的話可以換我洗——」

瞬間——

世界靜止了（或者歷史開始動了）。

§§§

透過「紅」刺客（塞彌拉彌斯），各使役者接受到四郎（主人）正在召集大家的通知，都聚集到了謁見廳。

「——依照鴿子們傳回的消息，『黑』陣營似乎終於採取了行動。雖然比預料中來得慢，但在四天之內，他們就會透過某些方法抵達這裡。」

「紅」使役者們都沒有表示驚訝，接受了現實。

「……但不至於因為這點小事就召集所有人吧。」

面對「紅」槍兵（迦爾納）提問，四郎點點頭，舉起右手。刻畫在他右手上的無數令咒正散發著黯淡光芒。

「非常對不起各位，我無法在前線指揮，但這麼一來一旦她（裁決者）使用了令咒，就很難當下立刻抵抗。所以我會對你們所有人使用兩道令咒，提高你們對令咒的抵抗力。」

賦予主人的令咒和賦予裁決者的令咒並沒有強制力的高下之分，那麼只要將發動條件盡可能縮限，再加上使用兩道，就幾乎可以第一時間加以抗衡。

「真大手筆啊。」

「紅」騎兵（阿基里斯）這麼嘀咕，四郎得意地笑了。

「都這個狀況了，難道你們還需要令咒支援？」

「——不需要呢。」

應該會在前線作戰的槍兵和弓兵也沒有異議，他們也想盡可能避免因為裁決者使用令咒而不得不自殺的悲慘結果。

「那麼，願祝各位順利征戰。」

舉起的手臂上，令咒漸漸增強光芒。

「以令咒命令我之使役者們——」

騎兵等人離去後，謁見廳只剩下四郎、刺客和術士。

四郎說：

「刺客、術士，這麼一來我在下一場戰鬥的任務便已結束，剩下的交給你們了。」

「勝算呢？」

「有，冬木大聖杯並沒有意志，是一種沒有主人意圖的自動機關。只要不顯露敵意，但也不要與之親近地往中樞前進——」

「閣下的夢想便會實現嗎？」

「紅」刺客笑著說。四郎搖搖頭，糾正她：

「這不是我的夢想，而是全世界的夢想——刺客。」

每個人都打從心底冀望，持續祈願的幸福結果。

「就是閃亮的夏日即將到來吧！然後吾輩也將獲得一部傑作。」

「說起來，為此吾等必須迎戰『黑』陣營那幫人啊。」

「哎呀，您沒信心？」

「怎麼可能。」

「紅」刺客勾了勾嘴角。如果在其他地方還不好說，但只要在這花園開戰，根本無須懷疑勝負。

「加上還有這傢伙（術士）的寶具吧？可是——吾至今還很懷疑，確實寶具是體現奇蹟的玩意兒……但這真可能做到嗎？」

「這個嘛……誰知道呢？」

聽到四郎裝傻發言，刺客瞪了過去。

「如果照術士所說，基本上是發掘可能性，理論上辦得到，也不需考慮魔力問題。雖然有不安因素，但畢竟在完全支配聖杯之前我毫無防備，就把這當作槍兵遭到討滅後的最後一道防線活用吧。更重要的是——『感覺很有趣』。」

很有趣這個回答令刺客啞口無言，另一方面，術士得意洋洋地頷首道：

「無止盡地追求娛樂才是關鍵哪，那麼吾輩也以全力啟用的寶具（壓箱寶），寫出無論怎樣的利劍、魔術、烈火、奔雷都無法匹敵的優美文章給各位瞧瞧吧！」

刺客看了看興奮起來的四郎和術士，無奈地嘆了口氣。

§§§

——好了。

裁決者之所以比兩人晚會合，當然有其理由。首先就是受齊格所託，見證與菲歐蕾之間的交涉。

「要我寫下證據？」

「對，這是為了保障人工生命體們安全的契約。目前只有口頭約定，待之後我們離開，就沒有人能保護人工生命體了。」

「他們其實比我還強呢——」

這陣子一直負責調整人工生命體的戈爾德嘀咕著抱怨。因為無論晝夜，也不管是在用餐還是睡覺，只要有人工生命體出現異常，他就會被拖去診察，也因此他的雙眼變得像是急診室的醫生那樣閃閃發光。雖然沒有生氣，但因為情緒上有一半已經自暴自棄了，反而造成某種興奮的感覺吧。

「說得也是，確實在沒有任何證據的狀況下，要人相信魔術師說的話有困難。」

「是的，因此，麻煩請妳與人工生命體締結安全保障契約，待我確認這點完畢後，就可再執行妳所請託的契約。」

菲歐蕾思索了一下，點頭認為這不是一場太糟糕的交易。無論如何，一旦戰勝了，就再也沒有工作需要人工生命體執行，頂多就是請他們維修城堡而已。

「那麼，請和人工生命體簽約——」

「姊姊，跟這些人工生命體可以簽約嗎？我認為他們的自我已經過度發達了耶。」

卡雷斯的指摘令菲歐蕾「哎呀」一聲掩嘴。他說得沒錯，魔術師在締結契約時特別重視的，就是姓名。名字就像是各式各樣存在的住址那樣。

即使在咒術範疇之中，真名也是不可或缺的情報，如果沒有像名字這樣可以束縛特定存在的東西，咒術師的詛咒將無法集約，而會隨意擴散。

而這些人工生命體從不需遵從命令的那一刻起，就開始擁有了自我意志。也就是說，若是以往的「人工生命體」，在執行契約上恐怕會有障礙，因此要締結契約，必須要有他們可以認知的真名才行。

「請放心，戈爾德閣下為我們取了名字。」

「我不確定那在契約上是否能有效力喔，雖然應該沒問題。」

戈爾德鬧彆扭似的別過臉去，卡雷斯雖心想他該不會是害羞吧，但從表情看來，似乎真的是鬧彆扭。

「哎呀，戈爾德叔叔真是認真呢。」

菲歐蕾完全不做他想，老實地稱讚了戈爾德，但聽到讚美的戈爾德顯得更不開心了。卡雷斯嘆氣，心想這大叔真難搞。

「既然這樣應該可以簽約吧，條文就用魔術師之間常用的合約樣版稍微修改一下內容就行。基本上，內容是認同人工生命體們居住在城堡內，相對地他們必須執行雜務與協助維修城堡就可以了，要外出也當然可以，只是請低調些，別做出會被魔術協會盯上的行為。」

「離開的人工生命體沒有這麼多，只不過身分證明會是個問題——」

「嗯……若是這個狀況，我這邊想想辦法吧。」

菲歐蕾在卡雷斯找出來的合約上修改了一些部分後，將之遞給了人工生命體領袖圖兒，接過草約的圖兒繃起了臉。

「怎麼了嗎？」

「不，只是進展得比想像中順利很多，在想該不會有什麼陷阱吧。」

「妳猜疑心很重耶。」

戈爾德傻眼。

「想想至今的待遇，我認為這認知還算合理啊。」

圖兒以冷淡的態度回覆，這時菲歐蕾出面緩頰。

「請冷靜點，就是因為可能起疑，所以才請聖杯大戰裁判的她來裁定。」

裁決者認真地閱讀遞過來的合約。

至於條約的內容方面，裁決者——貞德．達魯克並非完全理解，只是她天生對於這方面的欺騙比常人更加敏銳。

特別是在死前的這一年中，幾乎都在跟言語、文字交手。聖職人員想利用各種問題使她失態，而貞德為了克服這些，總是以如臨大敵的態度面對。

她邊看著合約，時而看向修改合約內容的菲歐蕾、協助菲歐蕾的卡雷斯和戈爾德等人。他們的眼中沒有虛假和惡意，而戈爾德那略顯不禮貌的態度，只是單純在鬧彆扭，並沒有除此之外的意圖。

考量現況下欺騙的好處與壞處——好處太少、壞處太多。關於這份合約，應該可以認定它沒有欺瞞吧。

「看起來沒什麼問題，保險起見，請各位也都讀過一遍。」

這麼說完，裁決者將合約遞給圖兒。圖兒和周遭的人工生命體都一本正經地仔細閱讀合約。原本人工生命體只是遵從製作者命令的人偶，但這樣的他們現在正認真地閱讀寫了與自身相關事項的合約。

這就是他們的自我(Ego)正在成長的證據。說起來，這現象不能概括地說一定就是好，自我會為了盡可能地擴大自身利益而思考，結果很有可能連結到行惡上面。

為了自身利益踐踏他人——但裁決者同時也認為不需要擔心這個。

他們是「為了利益而產出的生命體」，絕不能容許為了利益踐踏他人，也不會去做出類似的事情吧。

至少齊格相信他們，那麼自己也該相信他們。

「……看來沒什麼問題，那麼只要在這份合約上簽名就可以嗎？」

「嗯，簽名的部分，請每個人都在上頭滴一滴血。」

只要有體內存在的血液和名字搭配，契約就具有相當強的約束力。有些契約甚至可以約束到子孫後代，但這份合約的效力沒有這麼強，所以應該沒有問題，畢竟跟他們的牽扯會延續到子孫後代的可能性也偏低。

聚集在此的人工生命體們簽完名後，菲歐蕾重新面向裁決者。

「那麼方才那件事情就拜託妳了。」

「無妨，要立刻執行吧？」

「……是，如果不趁現在完成，我怕我之後決心會動搖。」

菲歐蕾苦笑——卡雷斯的表情變得嚴肅起來，戈爾德則默默起身。儘管是族人，但他並不是佛爾韋奇家的人，如果想在這裡繼續看下去，很可能演變成捉對廝殺的局面。

菲歐蕾拜託裁決者的，就是輔助移植魔術刻印的儀式。

將刻印從菲歐蕾轉移給卡雷斯，階段性地移植佛爾韋奇家的刻印。幸運的是，卡雷斯原本就是當成菲歐蕾的備品而被生養的存在，肉體自出生以來就進行調整，讓他視狀況可以隨時接受移植。

問題在於原本執行移植的魔術師並不存在，所以菲歐蕾必須自己邊調整邊移植，而且若要讓卡雷斯被認定為繼承人，就必須很大比例地移植刻印。

最少要移植一半，最好是移植七成。當然，這樣的代價很大，菲歐蕾持有的魔力會因為刻印減半而大幅減少，剛接受移植的卡雷斯也不可能馬上就能順利運用。

但現況已經不是僅靠主人身分就能處理的範疇，既然「紅」陣營的主人是天草四郎時貞，這場聖杯大戰就是屬於使役者的戰爭，因此就戰力層面論，不會有任何問題。

然而，所謂魔術刻印原本應該要從孩提時代逐一移植，儘管弟弟卡雷斯為了接受移植而調整過肉體狀況，這樣大規模的移植仍伴隨了相應的危險。

於是，這邊請了魔術造詣高的弓兵，以及某種程度能執行治療的裁決者兩位使役者在旁見證。

「……竟然請到兩位使役者陪伴，我還真是奢侈呢。」

菲歐蕾嘻嘻笑了，卡雷斯嘆了口氣出言抱怨：

「我沒想到妳要一次轉移七成給我……」

「你擔心嗎？」

弓兵如是問，卡雷斯聳了聳肩回應：

「以一個只有弱小魔術回路的人來說，算是吧。」

雖然他答得輕佻——但如果是其他魔術師，這可是足以讓人暈死的案件。要是父母知道，甚至將不惜殺害卡雷斯吧。

說穿了，對魔術師而言這等於是犯罪。因為竟然不是選擇優秀者，而是讓劣等者成為繼承人。

而且還是在優秀者並沒有什麼不良問題的情況下，這就是單純從魔術師墮落成一般人類罷了。

移植刻印的儀式使用了菲歐蕾自己的房間，姊弟一起躺在床上，閉上雙眼漸漸使精神融解。人類的精神其實超乎想像地強固，所以必須要從使其融化開始。

如果維持結冰狀態，不管花上多長時間都無法移植，必須融化成水，彼此交溶——在那之後再重新使之結凍。當然，一個不小心弄錯就會導致人格混合，生出兩個壞掉的人來。

「那麼，請開始同步。」

「黑」弓兵（凱隆）的聲音平穩。

即使如此，菲歐蕾還是選擇了，她並非討厭必須與死比鄰的魔術，也不是害怕作戰，只是領悟到自己辦不到。

自己這一生都沒有像弟弟那樣的覺悟，自己無論到哪裡，都只是個普通的人類。

————————融解。

交織————————

「卡雷斯，你衝太快了，冷靜一點。」

「我知道，但這感覺實在——」

族人拚死學習，透過戰鬥培養出來的結晶，「啪」地分成兩半。

突然一股可怖的空虛襲來，連看都沒看過的祖先們頂著黑色的臉譴責著：你們這是在搞什麼，你們姊弟做出了不可原諒的事情。

姊姊恐懼，弟弟奮起。

用一句「關我屁事」擋掉，吼著該負責的不是姊姊，而是弟弟。

確實或許會因此遲滯百年，甚至兩百年，但那又怎樣？「我是佛爾韋奇，我就是千界樹」。

才不接受任何異議與反駁。

「不行，肉體對刻印的異物感起了反應……裁決者，請讓卡雷斯閣下冷靜下來！」

「好，我知道了！卡雷斯，聽我說，聽好嘍？注意聽我說話……！」

數百年累積下來的偏執襲擊囂張又不知自己多少斤兩的小鬼，親眼目睹地獄般的悽慘奇蹟——屈服、墜入愛河，將從人類變為魔術師的始祖。

渴望魔術、愛著魔術，不再繼續當個人類是那麼簡單。

始祖的偏執像是一把利劍，貫穿主張自己才是繼承人的少年胸膛。噁心感湧現，嘔吐出來就等於將自身靈魂暴露在外。

但這感覺真的很不舒服，就像速度持續加快的旋轉木馬，五臟六腑在體內壓扁，甚至快要嘔出來了——若是真的能嘔出來，說不定就可以解脫。

有人低語著，就解脫吧。想要將手伸入口中，把卡在喉嚨的那個連同肺臟一併扯出。

『別擔心——你沒問題的。』

聖女的聲音忽然從天而降。

沙漠瞬間翻轉成一片綠地，清爽的青草香氣使噁心感立刻消逝，少年小跳步蹬著大地，行動輕巧地踏出步伐。

「……好，冷靜下來了，只剩下一點點，主人，加油啊。」

某人的……微小聲音，那語調平穩，與這草原非常合襯。

走著、走著、走著——抵達。

刻印的最新點，自幼時便同在的她的記憶並沒有什麼嶄新之處。這裡也是過去姊弟一同玩耍的地方，是離家不遠，一處平凡的花圃。

兩人總是在一起，她又回過頭，卡雷斯知道這是在確認他的存在。就像覺得一個人很寂寞，討厭孤獨那般。

所以他總是帶著拿她沒辦法的態度走在她身後。

——弟弟就是跟隨在姊姊身後的生物。

曾經想過，或許可以永遠在一起。

也想過可能無法一直在一起。

在牽扯上聖杯大戰的時候，身為魔術師的自己只有嘆息——只能認為這比原本的聖杯戰爭形式來得好多了。

雖然想過能存活下來，並還有機會繼續同在——但果然，少女在這場聖杯大戰之中必須面對自己。

成長的少女做出選擇。儘管是非常殘酷，不為任何人所理解的選擇。

但是弟弟很開心她做出了選擇。

那麼就——

「……嗯？」

這一切都是習以為常的風景，但這裡只有一樣異物存在。

少女發現了弟弟，揮了揮手邁步而出。她的手裡握著牽繩，前面可以看見一條呆呆的狗。

狗兒搖著尾巴迎接少年……這時少年突然體悟，少女一直無法割捨魔術的理由就在這裡。

她無法讓牠白白犧牲，也不想讓牠白白犧牲。儘管是拋棄式性命、拋棄式生物，但至少自己要謹慎地將之掬起——

所以菲歐蕾．佛爾韋奇．千界樹才會繼續當一個魔術師。

「……不過，這也要結束了呢。」

少女寂寥地笑，猶豫著要不要放開牽繩。老狗或許是在意她的舉動吧，悠哉地開始咬起牽繩。

「老姊，這不是結束，我不是說過會繼承嗎？」

少年轉眼間搶過牽繩，對驚訝的少女說：

「繼承就是代表我一併繼承，這我不可能忘記啊，畢竟我也在場，我也看到了。」

自己很清楚也有所覺悟，知道當時父親會「使用」這條狗。

儘管知道，卻眼睜睜看著它發生，盡可能不要同情狗，極盡全力忽略其存在。

然而儘管能忽視狗，卻無法忽視姊姊。那天，他看到狗對著姊姊搖尾巴，姊姊和狗都對未來沒有任何懷疑——這樣的景象，讓他只是不斷流淚。

所以少年有義務接過這條牽繩。

「你會負責到底嗎？」

「……嗯，我會負責。」

少女笑著將後事交付給少年，老狗以笨拙的動作搖著尾巴。

繼承。

繼承魔術、繼承生命、繼承榮耀。分割出來的刻印或許是少年無法掌控的力量，但他永遠不會懼怕或悔恨。

只要昔日景象一天刻畫在腦海裡——他就會以佛爾韋奇家、同時也是千界樹魔術師的身分律己。

幻想結束，某種冰冷物體伸進腦髓的感覺讓卡雷斯呻吟。

「你還好嗎？」

裁決者擔憂地窺探，卡雷斯讓因熱度而渾濁的思緒平靜下來，點頭回應提問。

「啊——嗯，我想沒事。」

接著按部就班認知現實。四肢能動，但肉體有種強烈的異物感，所有關節都像塞滿泥巴那樣遲緩。

「卡雷斯閣下，你沒事嗎……你不只移植了七成，甚至拿走了八成主人身上的刻印，被拿走的那一方或許還樂得輕鬆，但拿取的那方應該很難受吧。」

「……還好，這沒什麼大不了。」

其實有大不了，真的很大不了——但一想到姊姊長時間承受著這樣的痛，就會忍不住逞強。

「魔術師小弟，請用這個。」

裁決者說著將一塊布纏在卡雷斯的胸口，只是這樣就讓痛苦的感覺緩和許多。原本連動一下都很吃力，但現在已經恢復到可以下床走的程度了。

「這是聖骸布，是我為防萬一留下來的，但現在給你用比較好。原則上，這個對詛咒、毒素這類汙穢具有抗性，所以你可以暫時裹著。」

「……痛感已經減緩了許多，裁決者，謝謝妳。」

裁決者聞言，露出微笑說道：

「卡雷斯．佛爾韋奇．千界樹，你很了不起，還有當然身為姊姊的菲歐蕾，妳也一樣。」

藉助弓兵攙扶起身的菲歐蕾搖搖頭，無力地笑了。

「不，沒的事，現在請稱讚卡雷斯，他是我最自豪的弟弟。」

這句話讓卡雷斯滿臉通紅，按住差點要失守的嘴角。

§§§

「哦──因為這樣才比我們慢啊──」

身穿在來到這裡之前就買好的睡衣，「黑」騎兵（阿斯托爾弗）對趴在桌上的裁決者笑了笑。

「……」

裁決者不發一語，齊格認為她應該是還沒從方才的打擊恢復。

唉，這也不怪她，是真的不怪她——

「……一般來說應該看得出來吧？」

齊格這麼問，裁決者起身，眼中略噙著淚水，從臉頰到耳朵整片通紅。

「就是看不出來啊！」

不僅是看了對方的裸體，而且是自己闖進去的，似乎更加重了裁決者的羞恥心。

「但是，裁決者應該看得出真名和參數吧？」

裁決者抱著頭，用手指向正咯咯笑著的「黑」騎兵。

「齊格小弟……你去確認一下『黑』騎兵的參數。既然你有主人資格，只要稍微集中精神，某種程度上應該能掌握至今接觸過的使役者能力。」

「……嗯。」

被這樣一說，齊格於是試著確認參數。腦海中浮現書本，翻開之後，上頭朦朧地顯示著至今相遇過的使役者們參數。

劍兵、弓兵、槍兵以及騎兵……

「……這啥鬼？」

齊格看了看坐在旁邊的騎兵——他正帶著滿面笑容揮手。

騎兵的參數畫面真是亂七八糟。原則上，是還可以確認各種能力的層級和技能，但到處都是塗鴉。

尤其性別部分徹底被塗掉，處於無法辨別的狀態。齊格急忙確認其他使役者，幸虧都沒有特別奇怪的部分。

「……確實，使役者之中，有些持有能隱匿能力的方法或寶具，但我可沒聽過會在參數上塗鴉的……到底要怎樣才能做到這個啊……不，姑且先不論能不能做到，一般來說不會這麼做啊……真是的……」

齊格心想，這麼說來也是。受到兩人注目的騎兵，邊害羞地笑著邊回答：

「嗯——我想應該是那個吧，我持有的書！能確認參數應該是屬於一種魔術吧？因為這是基於聖杯戰爭規則下的魔術，所以無法完全阻隔，但還是可以稍微動些手腳。」

「太隨便了……怎麼可以這麼隨便……」

裁決者抱頭，齊格心想這不怪她，但也因為沒有造成太大危害，所以決定放著不管。

「所以，你還是一樣想不起書本的真名嗎？」

「嗯——……總覺得好像有些片段浮現在腦海——」

這回答實在夠沒誠意，但齊格並不打算出言責怪。因為他相信自己的使役者騎兵在該表現的時候就會好好表現」。

「三天後可以想起來嗎？」

「我希望、應該、可以、想起來……但願。」

面對裁決者提問，騎兵別過眼去。

「騎兵，對方應該會積極妨礙想要接近空中花園的我們，刺客會從空中花園使用迎擊魔術，騎兵會駕駛戰車飛翔天空，弓兵也肯定會以弓射穿我們。即使從高空墜落，我們使役者有可能得以存活，但——」

不用說，從那樣的高度墜落，齊格肯定會死亡。

「我知道嘛！別擔心，看我的！」

「……我好擔心。」

「裁決者，騎兵的話不用擔心。」

「唉……」

齊格的話語雖然還是令人有些不安，但少女原則上接受了。

「所以，齊格小弟沒問題嗎？」

沉默。不知道跟「黑」刺客（開膛手傑克）相關事項的騎兵一臉不可思議地窺探主人的臉孔，並因他的表情而歪頭。因為他臉上表現出來的是非常深沉的苦惱。

「主人……？」

「……沒問題，畢竟我選擇了作戰。」

齊格勉強回答。沒錯，自己不是為了誰而戰，而是選擇了，主動選擇投入這場連累了自己的戰爭。

為了自己而戰，並非為了人類。

「我去洗個澡，然後睡覺。」

齊格這麼說完站了起來，騎兵和裁決者默默地目送他離去——確認他走進浴室之後，才面面相覷。

「好像有點躁動的感覺耶，騎兵知道怎麼回事嗎？」

「……嗯，其實我們白天遇到了『紅』劍兵（莫德雷德），只是我沒有具體問主人他所指的地獄到底是什麼。」

裁決者向騎兵詳細說明了「黑」刺客讓人看到的幻覺，那是人類互相殘殺，奪走許多事物的牢固都市系統。明明沒有誰不好，卻也沒人良善，是人類重現出來的地獄。

「這樣啊……」

「黑」騎兵一臉沉痛地垂下頭。當然，以英雄身分走遍世界的騎兵，知道這世界上有這種無法扭轉的存在——並也接受了現況。

但這是從已經透徹一切的英雄觀點得出的結論。救不了的對象就是救不了，弱者很有可能維持弱者的身分張牙舞爪，基於身分、貧富差距等各式各樣邏輯成立的系統本身之惡劣，無論怎樣的勇者都無法將之打敗。

「但這是他遲早必須知道的事情，而且主人並沒有想成為人類吧？」

「嗯，即使如此，他對人類還是抱持一些憧憬吧？」

騎兵雙手抱胸，腦袋左搖右晃。

「有嗎……主人想要活下去，而這個願望以稍微扭曲的形式實現了，但要說他因為這樣就憧憬人類……我想應該不至於，說起來，他有遇見過除了魔術師以外的人類嗎？」

「之前有個叫賽奇的老先生請我們吃過東西，他是一個很善良的人。」

「善良到足以讓主人崇拜？」

「……我們並沒有交流得如此深入，但或許他會認知到有善良的人類存在。」

沒有什麼線索可循，恐怕連齊格本人都還不理解吧。

「希望他可以喜歡。」

「喜歡人類？」

「嗯……因為我很困擾。」

少女突然嘀咕帶著奇妙感情的話語，耳朵很尖的騎兵馬上帶著好奇與警戒，探出身子問道：

「唔、唔、唔……妳為什麼困擾？」

「咦？啊、不，這個，抱歉，沒什麼！」

裁決者掩著嘴，明顯表現出狼狽模樣。騎兵更覺得她可疑而湊過去——裁決者急忙別開雙眼。

「妳有沒有隱瞞什麼？」

「我、我才沒有隱瞞什麼，真的啦。」

眼神飄忽。

「可以對神發誓？」

「因、因為這點小事就要對神發誓是不是有點對不起神……」

方才為止的英氣消失殆盡，裁決者有如一位符合其年齡的少女那樣顯得羞赧。騎兵心想再捉弄下去也有些可憐，於是換了話題。

「……哎，不過，我也贊成希望他能喜歡人類呢，因為還有未來等著主人啊！」

「說得……也是，我也覺得如果是幸福的未來就好。」

裁決者開心地這麼說，看她笑得如此純真，騎兵也開心地點頭。

這時裁決者在意著現在還沒打算出現的齊格，對騎兵咬耳朵：

「……那、那個，騎兵先生喜歡齊格先生嗎？」

「妳呢？」

立刻反拋回來的這問題令裁決者瞠目，挺直背部僵住。

「這、這個，就是、說、那個、呃——」

騎兵「唉」一聲嘆氣，並站起來像安撫小朋友那樣搓亂裁決者的頭髮。

「呀嗚？」

騎兵「哼哼」地笑了，在她耳邊低語：

「——總之加油吧，雖然我不會祝福妳，不是裁決者的『某人』。」

「……！」

接著對轉過頭來的少女揮揮手，消失在二樓的寢室裡。

「……嗚嗚，被發現了。」

少女用手按著臉頰自言自語，這時頭上披著浴巾的齊格發現裁決者滿臉通紅，於是出聲問道：

「裁決者，妳怎麼了嗎？」

「啊，不不不！沒事，沒事喔——」

少女再度僵住，齊格一臉狐疑，手指浴室。

「雖然好像搞錯順序了，但妳也去洗澡吧。」

少女整個人僵住，凝視著齊格的身體。襯衫掛在他的右手臂上，他似乎打算穿襯衫睡覺，也就是說，現在齊格處於打赤膊的狀態。

「……好、好的！我知！道了！」

少女像個機械人偶一樣，以不順暢的動作從齊格身邊經過。

齊格目送她過去，儘管覺得奇怪，仍打算上二樓寢室去，並心想今天騎兵不要像前幾天那樣半夜闖入就好了。畢竟他堅持要實體化，而且睡相超級差，自己很快就會被踹下狹小的床鋪。

§§§

早晨祈禱、中午祈禱、晚上祈禱、飯前祈禱、睡前祈禱。

——說穿了，我的生活非常單純，每天都很悶。

寄宿學校的朋友都會適度放風，我不打算責備他們，自己也覺得適度放風或許比較好。明明覺得比較好，但為什麼沒有這麼做呢——我想，應該是我害怕會搧動心思的事物吧。

這樣的生活彷彿住在深海底下，沒有明顯的喜悅與悲傷，只是平淡地度過每一天。

我生活的這間學院並沒有什麼像是特徵的特徵，朋友們常抱怨說這裡就像監獄，但另一方面因為沒有澈底與外界隔離，所以很輕易就能墮落、也會因此後悔。

在這樣的環境裡，人們常說我很自律。

我並沒有與外界交流墮落，也沒有特別把這些當成誇大的榮譽，不知為何，教師與朋友都會稱讚我。

大家說，我的生活態度很美、很正確，我只能曖昧地笑著接受這樣的稱讚，並在心裡抱頭心想，我才沒有這麼了不起。

我只是害怕改變。

我很清楚自己的個性，無法制止、不知煞車為何，一旦衝出去之後只知道一股腦地加速，無法減速。

即使前方是斷崖，我也會直接跳下，直到摔死之前都不會停止。

所以我不與外界交流，但也沒有在這座監獄感受到多大的喜悅，若要再說，既然父母都在外界，我就不可能完全斷絕聯絡。

這狀況令我想嘲笑自己真是不上不下。

不打算透過與他人聯絡落入俗世，成為一個極端平凡的人類。

但也沒有那個膽量完全斷絕外界聯絡，將此身奉獻給只有禁忌支配的世界。

說穿了，我不知道自己的目標為何，也找不到前進的道路。我只是在依稀可見的路上，踉蹌不安地走著罷了。

半是自暴自棄地心想，反正都這樣了，隨便都好啦地走著。

無論將來有什麼等待著我，我現在也不清楚，所以無可奈何。不管是墮落，或者受到許多限制，甚至後悔……我都認為，這些是沒辦法的事。

就在此時——我作了一場夢，發現了新的路。

聖女貞德．達魯克請求我協助，我理解投入腦中的知識並接受了一切。我當然會怕，這是英雄們為爭奪聖杯而進行的廝殺，並不是像我這樣的平凡人類該介入的事情。

但我仍答應了，同時慎重地拒絕聖女要我沉睡的提議，透過她的雙眼看著一切。

包括超乎想像慘烈的戰爭，以及足以令人作嘔的悽慘光景等一切。

應該是我處於安全地帶這點形成精神層面的防衛，我看到了除了我以外的所有人，即使賭上一輩子都絕對看不到的事物。

在戰場上馳騁的英雄、手握神祕武器粉碎巨大石像的勇者們、使用詭異法術的魔術師，連外觀是那麼神聖的巨人和浮游空中的要塞都看到了。

然而，比任何事物都吸引我目光的——吸引我的。

為什麼「如此純然且美麗的東西」會呼吸並活著呢？那個人美到甚至讓我這麼想。

據說是人造生命（人工生命體）的少年。

我透過聖女傳授的知識理解到，大多人工生命體都很短命，是會被鑄造者隨心差遣的忠實奴僕。

但是他抗拒死亡、跨越絕望，獲得了無可取代的自由。但能安心也只是短暫時間，他又期望著回到戰場。

我不懂，因為這行為等於是捨棄了獲得的自由。

如果是我，絕對會緊抓入手的事物——堅決不放手，因為這是賭上性命才獲得的。

他說。

伙伴尋求救贖，他不能捨棄他們。

就連我都能理解，這個人一定什麼也做不了。確實，他可能因此後悔，也會產生捨棄伙伴的罪惡感。

然而，這些問題一定會被遺忘，他大可以輕鬆地活下去——這個人必須輕鬆地活，因為世界如此寬廣，有這麼多美麗事物。

如果他能做些什麼那還好理解，但最清楚他「什麼也做不了的」不是別人，就是他自己。清楚這是愚蠢、蠻幹，毫無幫助的選擇。

但這個人選擇了回去。

對於活得不上不下的自己來說，這個人的態度太過耀眼。

不是為了誇耀自身美麗，也不是做給誰看，只是木訥地不斷打磨而成的寶石。即使不誇耀自身美麗的行為遭到輕視，也絕不改變生存態度的人。

明明在伸手可及的位置。

對我來說，卻是距離最遙遠的人。

泡在熱水裡面，疲勞便溶解般消去。少女（蕾蒂希雅）呼出一大口安心的氣息，覺得自己好像很久沒這樣泡澡了。

「──那個，真不好意思。」

顯露在外的少女，向體內的聖女賠罪。

『我認為妳不需要道歉啊。』

「……不，就是……我自己也搞不太清楚……這份心情。」

少女嘆息，這份情感怎麼會是這麼奇特的風味呢？

羞恥與喜悅相交，然後再加入一大匙悲哀。

『我想——應該是因為沒被發現吧？』

這肯定有影響，不過還添加了一種調味，略顯苦澀又甜美的某種調味。

『蕾蒂希雅，若是妳在外的時候，我並不認為不可以讓他們知道喔。』

「……不，還是別了。」

少女用手在浴缸裡撥了撥水。無法報上名號很哀傷、那個少年不知道自己是誰很哀傷，不過，這特殊調味一定不是這樣的。

——啊啊，真是罪過。

「我已經沒事了……因為我連自己的心情都弄不清楚。」

『可是——』

「聖女大人，謝謝妳，我很高興。」

閉上雙眼——睜開，少女（貞德）確認蕾蒂希雅在自己體內沉睡了。

「已經沒事了……是嗎？」

因為菲歐蕾做出選擇，因此多出兩天空檔。裁決者認為除了緊急狀況之外，可由蕾蒂希雅來掌握身體的主導權。

因為她就是付出了這麼多，她借出自己的身體給貞德，儘管要面對苛刻的戰鬥，仍持續陪著自己投入作戰。儘管基本上她很安全，但在內側持續觀戰，應該相當消耗精神才是。

無論怎樣都感謝不完，更何況，比原本更是極端貼近人類的這個狀況，給聖女帶來超乎想像的衝擊。

肚子會餓；覺得吃飯很開心；會覺得疲勞；需要睡眠；基於人類根源、本能的壓倒性幸福感，讓她重新體會了活著的喜悅。

若沒有蕾蒂希雅，應當不會有這些感受吧……當然也不會為空腹所苦。

沒錯，所以她有怎樣也報答不完的恩情，而且雖然只相處了幾天，但她理所當然會被身旁的少年吸引。所以貞德認為若能交換，應該可以讓他們——稍微交心一下。

「真是……可惜呢。」

或許因為熱氣的關係，總覺得視野一片朦朧，模糊不清。沒錯，很可惜，齊格還是沒有發現蕾蒂希雅的存在。這很可惜、很悲傷，但有那麼一點——

「……不，我——」

交雜了一點點完全不同的情感。這澈底是多餘的，是現在必須割捨的感情。

然而，不知為何怎樣都無法捨棄，那明明很渺小，完全不重要。

「真的什麼都不明白呢。」

裁決者一副想溶解在熱氣中消失就好的態度——對著天花板深深呼了一口氣。

第三章

第三章

……在那之後的兩天裡非常平靜，什麼也沒有發生。以齊格的立場來說，關在家裡不要出門可以避免無謂的麻煩，所以想要在藏身處浪費生命打滾——邊思考些事情。

但他的使役者可不允許他這麼做。

「好，出去玩吧！」

「喂，你在說什麼——？」

就這樣，只要騎兵出面，聖女的制止根本毫無意義。「黑」騎兵（阿斯托爾弗）隨心所欲地帶著他到處走。

去鎮上逛街買吃的；去觀光景點；儘管路上行人都一臉疑惑，仍不死心地不斷跟人說話微笑，偶爾遇上麻煩的時候交由騎兵和裁決者處理。根本是天衣無縫化身的騎兵只消一開口，無論怎樣的凶神惡煞都會露出苦笑，而抱持惡意接近的人則會在裁決者的聲音和話語勸誡下黯然離去。

齊格感覺自己好像被颱風跟天使拖著走，雖然非常安全，但是非常累人。

不過也只是累人，而這樣的疲倦令人舒暢。

「──開心嗎？」

騎兵出人意表地問，而裁決者似乎也不知為何在一旁注視著齊格，等待少年回應。

齊格回話：

「當然開心。」

雖然自己的焦躁之心確實被稍稍搧動起來，對未來感到不安、前方是一片烏雲籠罩。他當然不可能什麼都忘記，雖然不可能──

陽光閃耀、天空蔚藍，路上行人充滿活力。

只是在這種地方散步，心情就會好上許多。

齊格笑了，騎兵和裁決者滿足地點頭。

理由不明，就算問他倆為何笑，他們也只是面對面嘻嘻笑著不予回覆……齊格心想：應該是好事吧。

──到了晚上，齊格開始思考。

因為比方人類的善性、惡意、本能這類沒有答案的困難問題而歪頭。被即使閱讀書本、向兩人請教也找不出的答案燒腦。

然後也思考起關於天草四郎時貞。

「……他為什麼會想要拯救人類啊？」

齊格一邊在客廳的沙發上讀書，忽然嘀咕出聲。

「嗯？不是因為對那傢伙來說，人類是罪惡深重的存在嗎？」

騎兵答得一副理所當然。

雖然單純，但這答案令人覺得正確。人類自出生以來便罪惡深重，所以才要救贖全人類。儘管不知道他將如何使用大聖杯實現願望——總之，他身上充滿著必須拯救罪惡深重人類的使命感。

「那麼，天草四郎討厭人類嗎？」

「應該討厭吧？」

騎兵躺在另一張沙發上打滾，指了指齊格手中正在閱讀，寫了天草四郎相關事蹟的書籍。這是齊格認為應該有些幫助而從千界城堡帶出來的書。其他使役者有聖杯給予相關知識，但齊格若沒主動學習，他就完全不知道敵方首腦的相關情報。

……若只是想要交戰，不知道也無所謂。只要能變身為大英雄齊格菲，天草四郎時貞也就只是一介東方聖人，應該能夠一招收拾。

但齊格就是覺得這樣不行，無論是將要打敗他，或是為他所敗，齊格都認為起碼要了解一下對手。即使無法理解、無法接受，也必須知道他是怎樣的存在，從客觀角度得知他的一生。

齊格告誡自己，絕對不可以——在不明白對手任何相關情報的狀況下，為了攻擊某個目標而扣下扳機。

因此，儘管不精確，但他稍微理解了天草四郎時貞這個人，而閱讀了愈多有關他的事蹟，就愈是搞不懂他。

基本上，他被當成使役者召喚而出這點可以理解。而若要論及是否能召喚成為裁決者，也因為在東方執行召喚所以沒問題吧。

照千界樹的魔術師調查到的情報，第三次的聖杯戰爭似乎相當慘烈。

原本應同盟的軍隊各自暗中採取行動，加上魔術師介入其中——待一回神，狀況已經發展成沒人能夠控制的殘殺局面。

第一段人生親眼見到波及三萬七千人的殘殺案，第二段人生則見證了魔術師和軍隊帶來的醜陋鬥爭。

「應該不可能會喜歡人類吧——？」

「……我覺得不盡然。」

和齊格、騎兵坐在不同沙發上的裁決者突然說道，兩人於是看過去。裁決者並不像要說給誰聽，而是自言自語般嘀咕：

「身為一個英雄，或者聖人而活，自然會看盡人類的醜陋與美好面相。人類的惡性、善性，或者超越善惡的事物，無論看了多少醜陋的一面，也仍想相信他們美麗。正因為『希望能繼續喜歡人類』，才想拯救他們——他或許是這麼想的。」

「……原來如此。」

齊格認為這想法非常合理，但騎兵「咦——」了一聲在沙發上踢著腳反駁：

「可是啊——如果是這樣會想拯救人類嗎？嗯——……就是說，應該會變成想許下把壞人全部消滅，只留下好人就好的願望一類不是嗎？」

「這樣就不是拯救，而是選定了。無論怎樣的聖人或英雄，都沒有權力選擇該救的人類與該捨棄的人類。」

裁決者這番話讓齊格歪頭。

「可是，妳過去應該是為了守護祖國、打倒敵人而一路征戰過來，這難道不是選定該拯救的人嗎？」

「……嗯，確實，我不曾認為這樣是錯的。然而，即使沒有錯，我的行為仍是一種『罪』，我不曾認為自己是聖人過，只是個聽得見神之嘆息的平凡女子。」

因此這不是選定，而是選擇。決定要拯救「這方」，討伐「那方」。所謂人類拯救人類，就是這樣的行為。

絕對不是高高在上地區分該拯救與不該拯救的人。

「我想言峰四郎——天草四郎時貞也很理解這點，他並不是拯救該拯救的人，而是為了拯救所有人類才奪得大聖杯。說起來，這件事本身就是過錯，所以我才在這裡。」

「過錯……嗎？那麼，如果不是過錯，妳也會選擇那樣的拯救嗎？」

齊格的問題讓裁決者僵住，手中拿著的咖啡杯略略顫抖。

「……裁決者？」

面對齊格表示疑惑的呼喚，裁決者急忙搖頭。

「啊，不，沒什麼……這個嘛，如果那樣的救贖很完善，我覺得我會考慮，但這不可能。」

「就是啊——不可能啦——！要是真的有這種方法，古代那些最聰明的人們早就這麼做啦——！生物這種存在，不能總是等著被救啦！」

「……那麼，獲得你幫助的我也很沒用嗎？」

騎兵氣呼呼地瞪了這麼說的齊格。

「哎喲！不是啦！你不是獲救，『只是自救』！我只是稍稍幫了你一把罷了！我反問你，要是你知道自己遲早會獲救，還會想辦法自己一個人逃脫嗎？」

齊格語塞。

……如果知道確實會獲得幫助，自己究竟會不會那樣拚命呢？

如果知道只要等待，就會獲救——

「——沒錯，齊格小弟受到『黑』（阿斯托爾弗）騎兵幫助是不爭的事實，不過，若從達到這樣結果的過程來看，一開始拯救了齊格小弟的是你自己，輕忽這個部分不是好現象。」

裁決者的話讓齊格產生一股難以言狀的情感，那不是厭惡，而是一種有點內心癢癢的，帶著開心與羞恥的情緒。齊格花了一些時間，才理解這種情緒叫作「害臊」。

「……是這樣嗎？」

「就是這樣啦——」

騎兵說著拿起一塊烤餅乾。

「喔，草莓口味，好耶。」

「唔，騎兵，你從剛剛是不是就一直只吃草莓口味，吃了很多？」

裁決者瞪過去，她為了搭配咖啡一起買來的烤餅乾，因為騎兵非常挑食的吃法，導致草莓口味少了很多。

「我只是隨手亂拿啊……喔，又是草莓口味。」

「已、已經沒了？騎兵，你喔！貪心是大罪！」

「沒、沒關係啦！巧克力口味也很好吃啊！我要睡了，晚安！」

騎兵大概也感覺到狀況不利，突然化為靈體逃跑了。

「真是的……」

齊格看著兩人互動，拿起一塊巧克力口味餅乾，驅使所有遲鈍的味覺，勉強感受到巧克力的味道。

「我認為這很好吃。」

「好吧……」

接著將烤餅乾丟給失落的少女，裁決者吃了一口，馬上幸福地放鬆嘴角。

「啊，差點要墮落了……」

「……我覺得妳在飲食層面已經澈底墮落了。不，抱歉，我說溜嘴了。」

齊格反射性指摘，裁決者鼓起了臉。

「畢竟我的召喚方式特殊，這也是沒辦法的，而且因為熱量消耗大，也不用擔心她會發福。」

「她……？啊，是名為蕾蒂希雅的少女啊。」

裁決者——貞德．達魯克現在是以名為蕾蒂希雅的少女為核心完成召喚。

「是，她是一個好女孩。」

話題一轉到蕾蒂希雅身上，裁決者的臉就笑開了。

「我想也是，雖然她不用作戰，但願意在這個狀況下跟隨妳，想必非常有膽識。」

「嗯，那孩子似乎被別的『東西』吸引了——」

裁決者開心地咯咯笑著。別的東西……確實，聖杯大戰、魔術，以及更重要的使役者這般非現實幻想的種種，全都是充分足夠吸引一般人興趣的存在吧。

「啊，我懂，齊格小弟一定誤解了。」

「……妳難道可以看出我內心的想法？」

齊格歪頭，裁決者笑得更是開心了。

「嗯，因為吸引她的不是別的，而是──？」

說到這裡，裁決者突然用雙手摀住自己的嘴。

「怎麼了？」

「沒、沒有，沒什麼。話說齊格小弟，你有沒有興趣跟蕾蒂希雅說說話？畢竟現在狀況並不算緊急。」

面對裁決者的問題，齊格歪了歪頭。雖說是要說說話，但實際上兩人是初次見面。

「我記得一開始相遇的時候，她好像對我敬而遠之，這樣沒問題嗎？」

齊格雖然不介意被討厭，但也不覺得需要讓討厭自己的人特地出面聊天──齊格這樣顧慮著蕾蒂希雅的心情。

「沒問題！」

──裁決者突然大叫著站起來。齊格愣住，裁決者則摀著嘴角露出驚訝的表情。

一片沉默。過了一會兒，裁決者才無力地坐回沙發。

「……妳該不會就是『蕾蒂希雅』？」

齊格戰戰兢兢地問道，她原本有氣無力地想搖頭──但還是點了點頭。

臉上的表情有些不可靠，無法平靜的感覺。從她不安地握拳的樣子來看，確實是一位隨處可見的少女。

「呃，是的，沒錯，我……是蕾蒂希雅。」

「我們算是初次見面嗎？」

齊格這麼說，蕾蒂希雅微笑著頷首。齊格覺得這個笑略顯寂寞。

「是的，齊格先生，初次見面，你好。能與你交流真是太好了，因為至今我都只能旁觀。」

「這樣啊，那個……妳覺得我可以嗎？抱歉，這問法太曖昧了，呃……」

面對齊格不清不楚的提問，蕾蒂希雅輕聲笑著點頭。

「嗯，沒問題，之前那個該說……我只是緊張，但現在已經沒問題了，畢竟我一直看著齊格先生。」

少女露出與裁決者略不相同的柔和笑容——儘管臉孔一模一樣，但氛圍明顯不同。

「那就好……不過，妳真的受到很嚴峻的狀況牽連呢。」

畢竟某天突然讓聖女附身在一個正當過活的人身上，而且還牽扯上爭奪聖杯的戰爭，甚至必須看到平常根本無法承受的殘酷現狀。

儘管只是在內部使意識沉睡，但還是有可能一個不注意就看到不想看的吧。

「聖女(貞德)大人非常愛護我，而且說實話，我覺得有點雀躍也是事實。」

「雀……躍？」

齊格歪頭，蕾蒂希雅點了點頭。

「那個，其實我也覺得這樣不太妥當——不過，過去的我不知道魔術，真的是個什麼都不懂的人。若沒有聖女降臨我身，我想我一輩子都不會知道這些。」

少女彷彿祈禱般雙手交握說：

「不過，現在我知道了，也與只有在神話或傳說中存在的英雄們相遇。無論他們是敵人、是伙伴，對平凡的我來說都是寶貴的體驗。還有就是，呃，也跟齊格先生……相遇了。」

「……確實，人工生命體應該很罕見吧。」

過了半拍，齊格理解似的嘀咕——但蕾蒂希雅聞言垂下眼。

「不是因為你是人工生命體，而是因為你是齊格先生。」

「……嗯。」

齊格歪過頭。看他那甚至可用純樸來形容的反應，便可得知他的確搞不清楚。

蕾蒂希雅心想。

這個人以冷酷到可怕的態度計算著「自身」的價值。身為主人，同時是「黑」劍兵（齊格菲）使役者，懂得使用魔術的人工生命體。然後，他肯定認為自己除此之外什麼也不是。

對別人溫柔的態度、不輸英雄的勇氣等一切的一切——都當作不存在，認為這些應該每個人都具備。

這讓蕾蒂希雅覺得非常難過。

「……呃，裁決者……不對，蕾蒂希雅。」

垂著頭的蕾蒂希雅聽到呼喚抬起頭，發現齊格以認真的眼神看著她。他挺直身體，直勾勾地凝視著少女。

「我是否做了什麼失禮的事？」

「咦？請問，你為什麼會這樣問——？」

「不，因為妳很悲傷地看著我。如果我做了什麼失禮的事情，裁決者恐怕會糾正我或者教訓我吧，但現在妳是蕾蒂希雅，說不定會表現出悲傷。我誤解了嗎？」

蕾蒂希雅理解了，原來是這麼回事，雖然又覺得悲傷，但也立刻體悟。

結果，如果不明確地用言語表達，就無法傳達給他。齊格並沒有找出每個人都能自然體悟或者在心底覺得自豪的這些。

這說不定是絕佳機會。

蕾蒂希雅振奮自己，拿出勇氣來。

如果這時候不說，說不定一輩子都沒機會說了——蕾蒂希雅心想，她不要這樣。

「不是的，我……這個嘛，只是希望齊格先生不要瞧不起自己。那個，我只說一次喔。」

「好。」

蕾蒂希雅深呼吸，挺出身子對齊格說。

「齊格先生，即使你不是主人、不是使役者、不會使用魔術，但只要你是『你』，就是一個很棒的人。」

齊格聽了這番話，好一會兒一臉茫然。蕾蒂希雅滿足地點點頭，靜靜閉上眼——

「──齊格小弟，我也這樣認為，然後期望你自己也可以這樣認為。」

裁決者輕輕拍了少年的手，傻眼的齊格以有些曖昧的動作點了點頭。裁決者認為若少女（蕾蒂希雅）的話語能成為契機，然後齊格可以漸漸理解就好了。

「我──」

齊格的話沒有繼續下去。

少年詢問有關世界、詢問有關人類、詢問有關善惡，然而他還沒有問過有關「自己」。若是一直維持著空蕩蕩的狀態，不斷詢問有關世界上的事物──他遲早有一天會認定自己是毫無價值的存在吧。

活著的價值並非由他人決定，而是自己決定，而自我認定自身價值的時候，應該會連上齊格該走的道路。

裁決者想相信這點，想守護他。即使無法一同前行，但起碼能幫他走上道路──

「……！」

一陣暈眩般的頭疼閃過，有人嗤笑著說她沒資格提夢想什麼的。

是妳把他帶來這裡的──是妳「順從意志」，一派自然地把這個人工生命體引導上戰場。

「裁決者，怎麼了？」

聽到齊格顯得疑惑的聲音，裁決者急忙搖頭。

她回「沒什麼」之後，齊格再次陷入沉思。裁決者看著這樣的他，重新思考。

——確實是我把他帶來這裡。

目前不清楚將來會發生什麼，但是自己有責任。當時沒有推開他讓他退下的責任就在裁決者身上。

只要這個責任還在，即使賭上性命……自己仍會持續保護他。

這般誓言浮上心頭後，裁決者安心下來。她可以為了他賭上性命，這樣的自己令她安心。

但她沒發現一件事情……這樣使她的情緒煎熬，絕非僅只罪惡感。

少女（蕾蒂希雅）覺得這很可悲，即使訴諸言語，聖女也不會認同吧。然後，當她認同這點的時候，應該是一切都已經太遲的時候了。

就這樣，所有人都平安度過的最後一晚結束。

——夜更深了。

「黑」弓兵（凱隆）握拳朝向星空。

他不認為對手是過去的學生，敵人是絕世大英雄，是走過特洛伊戰爭的最強戰士阿基里斯——

情緒高昂，同時也有覺悟，即使準備萬全與阿基里斯對峙，仍無法保證能獲勝。冷靜思考就可得知狀況是七比三，弓兵這方不利。阿基里斯的槍確實神速，即使完全掌握他在戰鬥中的進退安排，處理情報的速度追不上他的可能性仍非常高。

而且，這還是假設能取消腳下地形不利，以及對手不使用戰車的情況下。

如果要讓事態發展成這麼理想，就必須有相當程度的幸運與策略。

不過弓兵認定「就是因為這樣」才非贏不可，因為獲勝才是能傳授給主人的最後教學。

弓兵笑了，心想真是不可思議，沒想到會以這麼平靜的心情迎接最後一夜。原本在聖杯戰爭之中，只會有一組人馬獲勝。

在抱憾而逝乃理所當然的情況下，卻能遇到如此的好伙伴，運氣真的好——甚至太好了。

務必要獲勝。

「黑」弓兵伴隨著內心高漲的情緒，品味著這樣簡潔的結論。

——夜更深了。

「黑」騎兵（阿斯托爾弗）睡著，基本上騎兵雖然是純正使役者，但他還是睡了，進行了不需要的睡眠行為，然後作夢。

理所當然，是主人的夢。

……雖是這麼說，但齊格的人生真的只有壓縮後的短暫光亮，他出生後沒多久，第一個遇到的對象不是別人，就是「黑」騎兵。

所以騎兵看著齊格的過去，與自己（騎兵）相遇。

透過這種方法用心感受少年的想法，當時自己出現——實際感受自己宣告會拯救他的時候，齊格有多麼開心。

啊啊，想保護他、保護他、保護他，讓他幸福啊！

心情雀躍，騎兵已經忘了別離存在……更應該說，他特地將之從思考中切割。他知道，別離一定很難過、很悲傷。

即使能道成肉身，也很難讓他幸福吧。這牽扯到有沒有取回大聖杯，以及願望究竟是什麼。

只是他茫然地確定——八成沒辦法，自己的直覺在這種時候總是特別準。

所以現在想想快樂的事吧。騎兵發誓，身為使役者，要盡可能做到能做的一切。

內心火熱，無法成形的思緒在腦海不斷打轉，所以他理解自己正無比興奮。

為了主人賭命而戰，這讓他高興到不能自已。

「黑」騎兵繼續睡著，稍稍放鬆嘴角。

——夜更深了。

這是深夜發生的事情，卡雷斯睡不著，正茫然地從窗戶望著中庭。憑人類的視力，頂多看出一些朦朧的輪廓，但仍能看出目前尚未清理的瓦礫輪廓。

卡雷斯常常從這裡看著自己的使役者（狂戰士），大抵來說總是跟在自己身後的她，唯一會獨自採取的行動就是來中庭摘花。

他討厭明明只是幾天前的事情，卻感到有些懷念的自己。

與此同時，也驚訝於各式各樣景象浮現。在少有的對話之中，卡雷斯曾經詢問過「黑」狂戰士（弗蘭肯斯坦）。

『我還以為妳討厭花朵。』

她歪著頭，一副不懂卡雷斯在說什麼的樣子。卡雷斯苦笑——也難怪，丟掉花的橋段只是電影內的創作罷了。

卡雷斯說「抱歉，忘了吧」後，狂戰士點點頭，再次投入花瓣占卜之中。她用雙手捧起摘下的花瓣，接著起身，將之高高舉向天空。

花瓣隨著和緩的風一舉灑落。

僅僅一瞬間——然而是如此鮮明的光景。佇立在灑落花瓣中的少女，看起來是那麼的虛幻。

如果能再多聊聊就好了，聊什麼都好，彼此喜歡的東西、討厭的東西，若能不害怕尷尬地什麼都攤開來說就好了。即使言語不通，也會基於不通的前提之下有所收穫。

但是她已經不在了，卡雷斯以幾乎是親手殺了她一般的行為害死了她。

插在花圃上的瓦礫看起來就像墓碑，思緒簡直要這樣往壞的方向轉落下去。

「夠了，別這樣。」

他敲了一下自己的頭，現在根本沒有餘力沉浸於感傷之中。一切將在明晚結束，在那個時候自己究竟能否存活都是問題。

但是——自己身上還有身為主人的責任。儘管令咒消失、失去使役者，卡雷斯仍基於自身意志想參加聖杯大戰，基於自身意志投入作戰。

那麼，盡可能希望能看到最後，這是卡雷斯給自己設下的限制。

「……睡吧。」

卡雷斯決定即使勉強自己也要睡下去，當然他備有清醒的藥草或術式一類，但這些都是為了緊急狀況或者研究進展順利的時候所用。如果能睡，盡量多睡點比較好，遑論他沒多久前才移植了魔術刻印，因為身體發熱與疼痛的關係沒辦法好好睡覺。

好了，魔術師當然也備有除去惡夢的術式及藥品，該拿出來用嗎——卡雷斯煩惱了一下，決定不用。

無論那是過去，或是即將到來的將來，都不該逃避地接受這些惡夢。雖然他認為這樣的行為極其獨善，但起碼要好好面對這些。

卡雷斯睡了，祈禱自己，還有更重要的是姊姊（菲歐蕾）能克服明天的障礙。

——夜更深了。

與弟弟不同，菲歐蕾決定不睡了。

當然有一部分是她覺得自己根本睡不著，但她也害怕會作惡夢。自己的決心說穿了就是一種柔軟的布丁——會因為一點點衝擊就爛掉。

弓兵很難得地實體化了。

「我有些事情想在保有身體的狀況下思考。」

因為這不會造成多大負擔，因此菲歐蕾欣喜地同意了。他恐怕是想在離這裡不遠的城堡瞭望台上想事情吧。

菲歐蕾思考起這樣的弓兵。明明隔天就將面對一輩子的離別，但她卻出奇地冷靜。

只不過，面對這種珍重的事物一點一滴遠離的感受，懷抱著難以言喻的些許無常觀感。這究竟是明天之後將失去魔術的自己造成？或者是與弓兵的別離造成？或者兩者皆是——菲歐蕾茫然思考著。

移植魔術刻印之前，她覺得這樣就好。

剛移植完，她後悔著自己是否做了很糟糕的事情。

而到了現在，像個鐘擺般小小地晃著。

她想過找弓兵商量，說自己說不定後悔了，但她沒有這麼做，因為她覺得這不是該在這樣的狀況下提及的事項，更重要的是她覺得自己的使役者一定會面不改色地聽取她訴說煩惱。

——要自己努力。

雖然這讓人不安，但很重要。人生就是反覆後悔，但這仍是自己選擇的路，所以這樣的後悔情緒也會一點一滴融入日常之中吧。

說穿了，即使如此，後悔之情仍會在之後到訪。忘記它們，將之蓋住，不斷欺騙自己活下去——啊，這樣實在很有自己的風格。

在自己的人生之中，決定不要後悔的事情有三樣。

第一個就是疼愛了那條狗。幫牠洗去身上髒汙時不耐煩的表情、用吹風機吹乾牠時的放鬆表情、摸牠時搖尾巴的舉動——無論牠的下場多悽慘，這些都是寶貴的回憶。

第二個，以「黑」弓兵身分召喚出凱隆、與他相遇。在自己的人生之中，是無論各種方面都能抬頭挺胸說成功的少數事蹟之一。

第三個，學習魔術……當然不至於一點也不快樂、很憂鬱，而且全部白費了。當術式確實發動時的快樂，至今仍烙印心中。

只要有這些，就足夠讓她抬頭挺胸活下去。

即使為了失去的事物悔恨，但仍獲得了更加貴重的事物。

「啊，不過很可能明天就會死去呢。」

菲歐蕾如此自言自語，嘻嘻笑了。若死了當然會後悔——不過，即使只能向前一步，她也覺得這很值得誇耀。

菲歐蕾沒有入睡，靜靜等待明天來臨。

§§§

——夜更深了。

「紅」劍兵（莫德雷德）隨著獅子劫界離離開布加勒斯特，往離此約三百公里的米哈伊爾．科格爾尼恰努空軍基地前去。

因為他們透過魔術協會要求的東西送達了，所以他們不打算回布加勒斯特，直接轉往戰場——也就是空中花園前去。

獅子劫負責駕駛，他和坐在前座的「紅」劍兵沒有交談，只是讓車子不斷前行。車上的音響設備播放著陰沉的鄉村音樂，卻沒有因為沉默而尷尬，劍兵覺得這很神奇。

活著的時候，她從沒有跟自己以外的任何人像這樣兩人相處，卻保持著沉默。要不是對方逃走，或者自己離開，再不然就是相互憎恨到要互相廝殺的前一步，大致上都不出這些情況。

她完全不信任任何人，也沒有任何人信任她。她認為所謂人生、所謂騎士、所謂自己這般存在（莫德雷德）就是這麼回事了。

「……我說啊。」

「啊？怎麼？」

儘管說話態度粗魯直接，劍兵也不太生氣。開在路上的車輛稀少，原本應顯得喧囂的音樂，甚至都變成用來強調寂靜的存在。

「……喂，妳怎麼啦？」

獅子劫發出疑惑的聲音——話說她只是起了個頭，卻什麼也沒問。好了，她到底想問啥呢？

「啊——……我忘了我想說什麼。」

又沉默了一會兒，獅子劫歪頭問道：

「……雖然這在人類身上常發生，但使役者也會這樣嗎？」

「也會吧，畢竟都說這是第二段人生啊。雖說不需要進食與睡覺就是了。」

「雖然不需要，但妳可是很會吃啊——」

「吵死了。那不是我餓了，只是我對口味好奇罷了。」

「不愧是生在美食沙漠島國的人啊。」

「主人，不要說出這種無法反駁的批評啦。」

儘管覺得這話題無聊到爆炸，還是持續聊著。劍兵覺得很愉快，甚至愉快到認為如果有酒可以喝會更愉快吧。

為什麼活著的時候從來沒有像這樣跟人抬槓過呢——這還用說，因為父親從不這麼做。打算繼承父親的自己，絕對不做父親不做的事。

不過，父親不做的事竟是如此愉快。

父親是否因為談話愉快而從不與人談話呢？或者因為不愉快才不與人談話？再或者是他認為這不需要呢？

可能以上皆是，因為父親看得太遠，為了打造和平國度，他不惜奉獻一切勞力。

當然，屬下的騎士們也都奉獻了勞力，然而他們又太短視近利。要打造一座城堡，必須從基礎開始建設，但他們連這點都不懂，只想著要一座城堡。

或者剛好相反，完全不懂自己當下付出的勞力是為了什麼。

讓領地的村莊無法生活下去是無情、殘忍的行為……無法從這個點上跨出一步，也看不到在這之後的勝利。想也是如此，讓領地不至於無法維持下去就會導致失敗，只是一種假設性的未來罷了。

當然，她有聽取說明。也聽到王說為了勝利，必須犧牲那座村莊吧，不過——

——說不定、說不定，有可以不犧牲村莊獲勝的方法呢？

一旦這麼想，對王不信任的情緒毫無疑問會深植人心……畢竟不是別人，而是反叛騎士（自己）這樣教唆他們的啊。

王為孤傲、王乃孤獨——這是理所當然的不爭事實。

然而……若能彼此交談，或許比較好。

若能敞開胸懷、更深刻了解彼此，說不定能開拓出新的道路——

「怎麼，突然不說話？」

「吵死了，成王者抱有不為人知的煩惱啦。」

「好啦好啦，宮廷魔術師還是閉嘴嘍。」

獅子劫這麼說完，「紅」劍兵突然聯想起——身披強調了可疑性的長袍，像個老人那樣彎著背的獅子劫界離。

然後大爆笑。

「不適合！主人真的不行！你應該要把那張臉砍掉重練才行。」

「喂，妳喔，怎麼可以隨便批評別人的長相，別看我這樣，我可是很介意自己長得這麼凶惡耶！」

這句話令「紅」劍兵稍稍吃驚——然後又知道了，雖然只是小事，但她又多知道了一件關於獅子劫界離這個人的事。

只是一起相處了幾天，就能知道關於某個人的許多事情。若自己生前能與他人好好交流，是否就能多多理解他人呢？

若能與王交流——是否就能理解王呢？

明明已是留在遙遠彼端的過去，卻仍懷著遺憾不禁思考。

「……還沒到嗎？」

「快了。妳可能會覺得無聊——」

「不，不無聊。主人，我們多聊一些，多說一點無聊透頂的事情吧。」

聽到劍兵催促般的語氣，獅子劫苦笑。

實際上路途還很長，如果她無聊，獅子劫也不知道能怎麼辦，但若能靠聊天排解就再好不過了。

「拿妳沒辦法耶，那麼，這是有關在某個戰場相遇的男子——」

獅子劫（主人）說起無聊話題，「紅」（使役者）劍兵聽他說著這些無聊話題大笑，並揭露了騎士時期的少數愚蠢經歷。

「紅」劍兵心想：這可能是最後能夠歡笑的時光了。

她不怕死，即使無法實現願望也不會感到絕望，只會輕輕嘆個氣聳聳肩，心想事情就是這樣嘍。

若一切都很幸運，安排出完美戰術，也順利發揮出十成本事獲取了聖杯，但離別總是會到來。

「……我說主人啊，離別很寂寞嗎？」

些許軟弱生出，讓少女不禁開口問道。少女期待著他說，離別並不寂寞，人只要有回憶就能夠活下去。

獅子劫當然說出了背叛她期待的答案：

「當然寂寞啊，若是永遠的離別更不在話下。劍兵，聽好了，離別代表再也無法交流，無法交流就代表永遠失去了互相理解的機會。無論連結得多麼強固的對象——只要消失在時間的洪流之中，回憶也會漸漸衰退。」

「那與他人相遇只是無用嗎？」

「完全無用。如果是完美的存在，原本不需要與任何人相遇。與他人相遇、交流是因為自己有所欠缺，並為了填補這些欠缺才需要。但很傷心的是，我們離完美實在太過遙遠，所以才必須與他人相遇，藉此填補會感到寂寞的情緒。也就是說——相遇是奢侈的。一旦這麼想，不管遇到多討厭的人都可以忍受啦。」

「……這道理聽起來超彆扭耶。」

聽到劍兵傻眼的聲音，獅子劫豪爽地笑了。確實，他說的也沒錯，沒有任何發展性的垃圾話題，真是毫無意義又浪費時間的行為。

但這同時是多麼奢侈、寶貴的時間啊——

若身為使役者就更是如此。本來應該是作戰、作戰，就是作戰，然後一切就會結束了。

「所以啦，趁現在享受這份奢侈吧。好了，故事的後續啊——」

獅子劫開始說——少女閉上眼，專心聆聽他說的無聊故事。

——夜更深了。

「紅」(阿塔蘭塔)弓兵跟「黑」(阿斯托爾弗)騎兵或「紅」(莎士比亞)術士一樣，不喜歡化為靈體存在，因為她喜歡親自感受大地的觸感以及氣味。

雖然空中花園裡幾乎沒有她不喜愛的金屬氣味，但也無法聞到森林或大地的氣味，而且更重要的是，聽不見孩子們的笑聲。

有史以來，世界上受到最多壓榨的就是小孩，究竟有多少小孩無法歡笑，只能哭著死亡呢？

每次想到這些，就有一股絕望令弓兵想要抓扯胸膛。那明明應該是很簡單的世界，只要大人稍稍顧慮一些事情，並出手援助，就能創造孩子們得以歡笑的世界啊。

對誕生於世的自我半身施以蹂躪、虐待，不表達愛。

過去身為同樣存在的弓兵非常能夠理解，那是多麼嚴酷、艱辛的事。然後——有人握住為了求救而伸出的手，是多麼令人感動。

「——沒錯，所以我不會拒絕你們。我會接受你們、愛你們，我是真的愛你們。」

弓兵看著染黑的右手臂微笑，怨靈們持續低語。

『殺、殺、殺，殺了大家，殺了所有人。』

……這很異常，低級怨靈只是反覆生前慾望的存在罷了。若說想回去，就是不斷追求歸處，無論過了一百年還是上千年，只要以幽靈形式存在，都不會改變。

但附在弓兵右手臂上的怨靈們改變了願望，這究竟是從「紅」弓兵的欲求中產生的呢？或是怨靈真的理解了弓兵的愛與憎恨了呢？她自己也不清楚。

她只確定一件事。

自己的願望非常正當，並牽涉世上孩子們的命運，不可以敗退。假使──將變成會使看到的人內心凍僵的「禽獸」也一樣。

沒錯，自己擁有力量，不是指身為英雄的力量，而是作為神派遣的懲罰魔獸之力──如果能幫上這些孩子，她很樂意成為禽獸。

『所以，你們再等等。別擔心，我樂意成為你們的基石。』

她彷彿抱著右手般低聲說。

右手以微小的一聲「謝謝」回應弓兵的話語，至少她是這樣「聽見」了。

啊，只要有這個聲音，我就能戰、能殺，踐踏所有障礙，消滅所有惡。

即使自己將被當成怪物討伐，也能笑著被討滅吧──

——夜更深了。

「紅」騎兵（阿基里斯）提著槍，擺出「毒蛇」架勢。這是手持槍柄中段，能使出迅猛的突刺，並利於化解敵方招式的有效架勢。他打算在這個狀態下，鎖定對手（凱隆）的心窩。

但這理所當然被對方一個側步後扭身閃開了。

對方早就看穿自己的動作，在擺出這個架勢的瞬間就理解打算攻向哪個部位了吧。

——身體前傾的自己將做何反應？戒備對手的反擊，能在往左右兩側躲開的情況下使出的應該是拳腳招式，有八成機率會是迴旋踢。若在扭身的同時順勢出招，這將是非常合理的選項，所以對方將會瞄準自己身體前傾狀態下的側頭部。如何擋下這腿？收槍再次突刺……來不及，低頭躲下……但這樣會更失去平衡。

中斷（Cut），重來（Retry）。

索性一鼓作氣，從開場的跳躍投射來安排——重來。

掃堂腿接上段突刺——重來。

中段橫掃，被防下來後回身補上一掃，接著瞄準膝蓋下段突刺——不行，重來。

「可惡，有夠不順的。」

「紅」騎兵睜開雙眼嘆氣，手掌冒出汗水、脖子發冷，全身上下像是真的被毆打、踹過那樣發疼。

騎兵剛剛正在設想若戰場轉移到沒有什麼障礙的平坦地形上，與「黑」弓兵一對一時的狀況。

結果……交手五次，五次都判斷錯誤。只要自己使用他教導的槍術迎戰，不僅各種排列組合都會被看穿，加上弓兵擁有幾近於未來視的眼力，即使想出奇招，也會被看穿而受到反擊。

當然，狀況不會這麼糟糕，騎兵的槍法正所謂神速，即使能夠看穿，也不見得能招招躲開。剛才的模擬狀況是將速度因素排除在外的結果。

但也不能斷定真的不會這樣，因為「黑」弓兵的實力深不見底，他真的在各方面都可謂萬能，所以英雄們才都受教於他。而且，使役者會召喚出全盛時期的模樣，雖然外表看起來是人類，但那是這個叫作凱隆的人最充沛時期的參數。

若要評估無視寄託在這場戰鬥上的想法與因緣際會，只是純粹比較彼此力量的結果，「黑」弓兵是「紅」騎兵最不想面對的對手。因此，他必須總是考慮最糟糕的狀況來作戰——然後持續戰敗。

「……感覺好像從一開始就錯了。」

既然對手擁有比自己更強大的戰力，一開始走錯將會致命。既然彼此幾乎都已經熟知對方的一切，勝敗的關鍵說穿了就是在這裡。

因為雙方都會採取合理的行動，失誤的一方就會失敗。

話雖如此，以現況來說落入這些狀況的可能性並不高。「黑」陣營那邊只有同是騎兵的鷹馬能與自己的戰車抗衡，假想中的對手無論怎樣掙扎，都無法飛翔空中。

除非發生很誇張的事情，不然這個條件基本上無法顛覆。

但相對的，對方應該也會拚命想顛覆這點，有可能祭出自己想像不到的奇招。

若是這樣，對手毫無疑問會鎖定自己，他明白，如果自己處於同樣立場，也一定會這樣做。

那是因為只有繼承諸神血緣者才能傷及自己——而對方陣營之中，只有他繼承了神之血脈。

……不，這理由不重要。

他知道。顫抖的肌肉、嘎吱作響的骨頭、沸騰的細胞低語著。

──「要與那個男人交手的是你」。

──「只有你有資格與那個男人交戰」。

他不是想殺了對方，也並不憎恨對方，這只是單純的力量比試，若戰敗了也不後悔、被殺了也不恨對方。

只是想戰、只是想揮動緊握的拳頭、使出踢腿、以槍刺穿對方。

想讓過去打從心底敬愛的老師看看自己變得多強大。生前所有人都稱讚自己是英雄，但他終究沒能讓從未再見過的老師，看看這樣的自己。

他想誇耀。

跟海克力斯和伊阿宋之類的英雄一樣，作為受教於凱隆的學生之一，令他覺得無比光榮。然而，為師的總是穩重地微笑而已，他並不會因為授與英雄們智慧與力量而誇耀自身，也不羨慕被稱讚為英雄的他們。

『這是當然，即使他們沒有我，總有一天也應當會理所當然地成為英雄吧，我只是稍稍推了他們一把。不過呢，阿基里斯，我覺得……這個稍稍推了一把的動作，讓我無比光榮——』

過去，凱隆對幼小的阿基里斯這麼說過，或許這就是當時突然產生的想法，也可能是在學習之中一直有的念頭——

阿基里斯認為持續教導他人的凱隆或許從未拿出一切本領與人交手過吧。

同時也這樣想，想讓偉大的老師——使出所有能力。

聖杯大戰真是令人驚奇的奇蹟。

或許因為狀況影響，導致彼此都無法拿出十成功力。

但這樣的狀況會到來，「一定會來」，騎兵打算把剩下的這一天都拿來訓練。

夜更深了，太陽即將回歸，但騎兵仍閉著雙眼，持續瞪著黑暗的彼端。

錯誤(Error)、重來(Retry)、失誤(Miss)、重來(Retry)。

「紅」騎兵為了打倒「黑」弓兵，不斷重複幾百、幾千場戰鬥——

——夜更深了。

飛行空中的空中花園裡四處可見小型湧泉，「紅」（迦爾納）槍兵習慣在泉水中沐浴。當然，使役者不需沐浴，只是生前的習慣實在很難改掉。

迦爾納看著泉水從下往上流的這種不可思議現象，默默地清洗身體。

名為迦爾納的男子儘管身穿華麗鎧甲、手握絢爛長槍，但他本人卻與這些相反，過得非常樸實。

說起來，鎧甲和長槍都不是他主動想要的。鎧甲是他母親向神祈求，而長槍則是代替鎧甲賜予他的產物。

他很感謝，也認為這超過他應得的光榮。

遭到母親捨棄的他之所以能活下來，基本上靠的就是父親賜予他的力量，以及母親給他的鎧甲。

活著，絕對不能髒了父親的威嚴。

這方針直到現在獲得第二段人生仍不改變。當然，作為使役者，他必須聽從主人命令，但「紅」槍兵會拒絕一切髒了父親威嚴的行為。

但在召喚之前主人就已經受到控制的話，就不是可以說該怎麼做的狀況了。

主人眼神空泛地持續作夢，彼此無法對話溝通。只是可以從主人反覆的發言裡得知，主人誤認自己已經獲得聖杯。

只要知道這點就夠了。獲得聖杯，實現主人的願望……當然他也明白這非常困難。

恐怕無法實現。聖杯雖然近在眼前，但現在的狀況無法輕鬆奪下它，更重要的——

「紅」槍兵的主人現在已經被改成了持有聖杯的天草四郎時貞了。

雖然他不事二主，但他也無法反抗天草，無計可施。

說起來這種狀況對施予的英雄(迦爾納)來說，可是司空見慣了，他既不恨前任主人，也不憎現在的主人(四郎)。

他只會做到可行範圍的事。

只是盡可能給予對方所求事物。

並嚴肅地接受這一切結果。

——不，並非一切。

「紅」槍兵想起一件自己一直拘泥的事情。

世上有著唯一一位，持續擾亂迦爾納內心的英雄。

名為阿周那，他是擁有「有冠者(Kiritin)」、「勝利者(Vijaya)」、「勝財(Dhanañjaya)」——等各式別名，受許多人所愛的男子。

若說迦爾納是因獲得鎧甲與長槍而失去一切的男子。

阿周那就是沒有付出任何代價而獲得一切的男子。

迦爾納對阿周那抱持的是嫉妒心嗎？還是除了嫉妒之外的其他情緒？

迦爾納直到最後都不知道，畢竟擾亂他那從未嫉妒過任何事物內心的感情究竟是什麼，他無法明確地給予名稱。

……這場聖杯大戰開始後沒多久，他有一次機會可以理解這樣的情緒。

「黑」劍兵（齊格菲）——那個人身上有阿周那的影子，之後從言峰四郎口中得知其真名時，迦爾納便理解了。

繼承王族血脈，獲得財富、名譽等一切的悲劇英雄——齊格菲。

但他與阿周那不同，最終的下場極其悲慘。

最後落得被暗算而死的結果，甚至沒有餘力使用屠龍劍，儘管無敵，卻被鎖定全身上下唯一弱點喪命。

迦爾納認為參加了這場聖杯大戰的英靈都是難得的存在，無論是處於我方立場協助彼此的伙伴，還是處於敵對立場的難得強者。在這樣的意義上，迦爾納應該比任何人都深刻地「理解」英靈們吧。

但是他個人只對「黑」劍兵抱持關心，儘管彼此交談的話語不多，但既然彼此以手中武器交手了千百回合，自然可以看出一些端倪。

儘管與阿周那相近，卻仍顯得飢渴的男子。

對自己慘死的結果並不遺憾，而追求著某些新事物的男子。

然後——任誰都能明白看出的真正英雄。自己希望能與這樣的他再度交手，並且認定他為應打倒的敵人，這是身為戰士的最高榮譽與喜悅所在。

那場戰鬥、那段約定，究竟有多麼令他沸騰。他感謝人們的交流與溫暖的對話，但這與「私欲」相去甚遠，並非自己的慾望、讓自身興奮的喜悅。

不過戰場上卻擁有這些。仔細想想，對迦爾納來說，喜悅只能上戰場尋找，將自身一切集中在槍的尖端，從自身身世、伙伴們的想法中解放，可以毫無保留地展現「原本的自己」的一瞬間。

劍招的火光對迦爾納來說才是閃耀之星，能夠以最原本的自己回招，並要對方使出全力的勁敵。儘管不遜，但他甚至認為自己的人生就是為了享受那一瞬間的喜悅而存在。所以當他消失的瞬間，就等於一切都消失在空中，令他產生一股難以言喻的遺憾。

「黑」劍兵消失了。

然而——「他還沒死」。雖然不明白是什麼道理促成，但他現在仍存在於這世界。

那麼……當時的約定依然有效。

當然，迦爾納知道他跟「黑」劍兵是相差甚遠的存在。也理解他是一個在一切都被搶走的狀況下誕生，即使如此仍掙扎著求生存，程度甚至超過自己的存在。

然而，約定就是約定，絕對不能毀約。當時迦爾納與齊格菲賭上彼此性命，以必殺架勢交手，並延後了結果。

——兩人說好了一定會再交手，並要賭上彼此之名克盡全力。那是以生命為前提的信賴，如果毀約，就等於侮辱了那個男人的人生。

他一定將這些留給了那個成為「黑」劍兵的某人。迦爾納相信看清這點就會連結到彼此的約定上。

因此，「紅」槍兵還活著。

直到戰爭最後仍保護好主人，為了實踐與「黑」劍兵之間的諾言。

§§§

——沒有夜晚的感覺。

冰冷的空氣化為煩躁的熱氣，灼燒皮膚。

『——又是這裡？』

以手摸索粗糙的岩石，我到底要與「邪龍（法布尼爾）」相遇幾次呢？無論揮劍多少次，都無法砍進那皮膚裡，但這邊必須一直在危急時刻避開攻擊，一旦失誤一次就將慘死。

這裡並沒有華麗的英雄故事。

無論怎樣不像樣、怎樣滑稽，仍不得不為求生存專心一致揮劍的地獄喜劇。

自己知道敵不過牠，自己沒有累積的經驗、靈光閃現的點子，只有披上英雄外殼，內部仍只是柔軟的廢物（人工生命體）。

然而現在的自己是「屠龍者（齊格菲）」，必須再次挑戰這絕望的局面。

邪龍大開口，閃現藍白色光芒。

爆炎捲起，判斷無法閃避，於是解放幻想大劍（巴爾蒙克）的力量，上前擋下直擊——！

龍之吐息是具備高熱、強大衝擊力以及透過熱壓造成的強勁爆炸風。要是一般人挨了這招，不是化為塵埃，就是肺臟因為風壓擠壓而「從口中」洩出，瞬間死亡。

……即使如此，我（齊格）還活著。

打算呼出氣息而咳嗽。

因為外殼的頑強與發動幻想大劍（巴爾蒙克）形成的劍氣衝撞，才得以勉強存活。只要披著這外殼，就能忍受巨大的痛苦與呼吸困難。

不過——

雙手動彈不得，明明全身像是潑了滾燙的油那般火熱，身體卻因恐懼而凍僵。贏不了，即使身為英雄，「我（齊格）」無論怎樣掙扎都不可能辦到。

該怎麼辦？

不可能知道，無論戰鬥、逃亡、交涉都不可能，沒有除了放棄之外的選項。

——怎麼可以放棄。

即使這樣激勵自己，但根本想不到什麼方法。龍或許也察覺到這點，為了讓自己害怕而緩緩進逼。

接著張開大口一舉撲過來，我只能放空腦袋用劍砍過去。

如果能砍進口中，或許會比表皮柔軟……

這樣的微小期待也極其理所當然地幻滅。

「什……麼……？」

如果只是期待幻滅那還好說，但龍鎖定的目標不是自身，而是方才擋下龍息的大劍——巴爾蒙克。

以硬度遠超鋼鐵的龍牙咬住劍，順勢咬碎了劍身。

從霧之一族（尼伯龍根）手中獲得的傳說之劍，能釋放黃昏劍氣，既是聖劍也是魔劍——

如果這樣的劍不是英雄，而是握在人工生命體手中，竟會如此簡單地粉碎。

我……果然不是齊格菲，即使陷入這樣狀況，仍能打開局面者才是英雄。

然而，我能做的就是做好沒什麼用的覺悟。會死，雖然不知道現實如何，但這個自己將被龍牙撕碎。

這場戰鬥必然失敗，只是運氣不佳。

很想用這樣的話帶過一切。自己現在在這裡、有這樣的結果——都只是因為運氣太差。

這是當然，你以為自己是什麼？

人工生命體，以魔術打造的人工生命，而且是量產品，只是仰賴偶然與抓緊了慈愛才得以生存下來吧。

──靈魂無瑕、純正，因此「能隨意塑形」。

突如其來的天啟打斷自虐思考，但在理解這是什麼之前，龍已經啣起了我的身體。利牙猛地插入，因無法慘叫的痛楚扭著身子，放開劍柄，以雙手無力地搥打著龍。自己將被活活咬死，這有著超乎想像的痛苦與恐怖，一掙扎就與龍對上眼──龍勾嘴嘲笑。

啊，這條龍應該吃過上千、上萬個人吧，這些人應該都充分體會了絕望與恐怖吧。明明是處於幻想頂點的龍種，但這傢伙卻非常貪心，不斷收集錢財，不斷吞噬作為祭品被送上的人。

搥打、搥打，憑人類雙手不僅無法傷及分毫，邪龍甚至可能沒有察覺。利牙緩緩連同鎧甲壓潰身體，這身鎧甲的堅固程度絕非一般，但面對龍牙也跟紙糊的沒兩樣。

想要利牙。

為了作戰，想要利牙；為了獲勝，想要利牙；為了不敗，想要利牙。

想要這條龍的利牙。

龍的上顎就在眼前，牠張著口，如同飢餓的狼咬緊自己。

慘叫——龍一副無法置信般驚愕。

我也無法置信。

察覺。

笑了。

方向就這樣定下來了。

捨棄原本就不知道有沒有的其他選項，開創道路。

左手握有掌管破滅的「龍告令咒（Shapeshifter）」，已經不需要計數死亡，無論令咒有幾道都一樣，既然決定參加這場戰爭就「一定會歸零」。

不過，已經覺悟了一切。

我扯碎上顎，摘下龍牙。

——然後睜開雙眼，意識鮮明，沒有痛感。

從床上看向窗戶，外頭天色雖然還是暗的，但天空已經開始帶了些藍。

再過不久就天亮了，齊格認為自己已經無法再睡，於是起床。

§§§

——天亮了。

裁決者隔著窗戶，看向瞬息萬變的天空，完全不覺厭倦。她已經完成早晨禱告，考慮蕾蒂希雅的身體狀況，或許睡一下比較好——但覺得實在睡不著。

內心騷動的理由有二。一是有關天草四郎時貞……他想執行的人類救贖。

確實，自己（裁決者）之所以被召喚而出，表面上看來是為了阻止他執行救贖，但現況是對手握有大聖杯，這樣下去根本無法阻止。

難道至目前為止，自己在無意識之中扮演了對對方有利的角色嗎？

……不行。她開始思考起命運之線。命運之線錯綜複雜，一旦開始考慮，疑問便會不斷浮現，沒完沒了。

天草四郎所宣告的人類救贖只是瘋子的瘋話，他的救贖肯定會招致破滅——所以自己才被召喚而出。就是因為裁決者這麼想，才明確地與他為敵，也刻意忽視幾度閃過腦海的疑問。

『如果他的願望真的正確呢？』

真的有辦法說像他這樣的英雄花了六十年才得出的答案是錯嗎？

不會傷害任何人，不用流下一滴血，便得以拯救人類的方法絕對不存在——自己真的這樣認為嗎？

所有的人，應該都夢想著有一天能實現。

為什麼能說天草四郎一定實現不了？

當他的願望正確時。

當他的話語為真時。

貞德．達魯克該選擇什麼？

還有一點。某種意義上來說，這個或許是更重要的問題。

她一直思考著「他」在這場聖杯大戰中該扮演的角色——

「妳睡不著嗎？」

聽到這聲音，裁決者壓抑內心動搖回頭，穿著簡樸睡衣的齊格就在那裡。

「嗯，夜晚快結束了，我想今天就是最後了。為了阻止天草四郎時貞，我們將前往空中花園作戰。」

「是啊，必須阻止他。」

「……最後，我可以再確認一件事情嗎？」

裁決者的聲音聽起來有點僵。齊格點了點頭，她才猶豫地詢問。

「齊格小弟，你在『這邊』真的好嗎？」

這是她問過好幾次的問題。這邊，作戰的一方，殺與被殺的一方——齊格心想她真是仔細並首肯。

「嗯，當然。」

他不猶豫，所以裁決者才重複般問道：

「……過去騎兵曾對你說過，『現在的你什麼都做得到』對吧？這是真的，現在的你哪裡都去得了、什麼都做得到，最需要擔心的人工生命體們也打算踏出嶄新人生。然而，為何你非作戰不可呢？齊格小弟不用戰，『不用投入作戰』。」

齊格感受到一股彷彿心臟被掐住的沉重壓力。

不用作戰，沒有這個必要——

這是他在內心某處追求的甜美話語、溫柔的聲音。他彷彿要甩開溫暖的誘惑，搖了搖頭。

「我有……身為主人，以及身為使役者的義務。」

不僅成為主人，甚至可以變身為使役者，自己這般力量一定有其意義存在——

「齊格小弟，順從意義並非人生的一切啊。」

裁決者的口氣之中帶有一些自責，令齊格覺得這番話無比沉重。

「裁決者……」

「確實，齊格小弟獲得了力量，而那是必要的力量，所以你才會在這裡也說不定。但是，你可以是基於自身意志在這裡，但不可以是因為順從命運。所以——所以，齊格小弟可以逃避的。」

她的顫抖看起來是因為正在忍受某種激動之情。

被命運引導至此，因為必要所以留下——這樣究竟哪裡錯了呢？

齊格開始思考，裁決者用手捧著他的臉，露出悲傷的笑容看著他。

「……對不起，讓你更混亂了。請放心，齊格小弟不會有問題的。」

她低語著——沒問題，然後再次看向窗外，已經有些許光亮灑了進來。

結束的早晨終於造訪。

所有夜晚結束，天空漸漸出現黎明之光。

爭奪聖杯征戰的結果，並不會導致世界毀滅。

然而世界是否變革的選擇已迫近。

天草四郎時貞將「正確地」救贖人類。

貞德．達魯克將「正確地」否定這點。

彼此抱有屬於彼此的正義，及無法退讓的一條線。這場戰爭中沒有邪惡存在，只有正義與信念。

但許多戰爭可能都是這樣的。雙方抱有足以與對方交戰的名分，夢想著自己與朋友們得以幸福的世界，人們於是投入作戰。

說到底，這場聖杯大戰也是一樣。

不是因為正確才獲勝，而是「獲勝的一方才是正確」。

兩方陣營的裁決者都理解這點，因此他們不彈劾，只能互相廝殺。

如果要使這場戰爭之後不用流下更多血便可結束，那麼只有其中一方理解另一方的主張為「正確」才可能。

但這九成九是不可能發生的狀況，為了理解已經流了太多血了。

即使如此，有一方陣營仍抱著天真的想望——說不定還有機會好好溝通。

第四章

第四章

——就這樣，決戰日伴隨平穩的陽光造訪。

當太陽升起時，菲歐蕾與卡雷斯，還有身為使役者的「黑」弓兵（凱隆）跟具備駕駛能力的人工生命體一起搭上了加長禮車。

「那麼，戈爾德叔叔，之後的事情就麻煩你了。」

送走他們的是留在千界城堡唯一的魔術師，戈爾德·穆席克·千界樹。他為了留守城堡，以及找出經過此次大戰，千界樹一族仍能存活的方法，而與各處組織交涉。雖然是非常悲慘的敗戰處理，但戈爾德不知為何卻最擅長這類交涉。

「嗯……總之就是那個，要活著回來啊。」

戈爾德的送別話很隨便，亂長的鬍渣和垂下的瀏海，給人一種他在這幾天更加憔悴的印象。但卡雷斯不知為何覺得自己比較喜歡這樣的戈爾德。

「嗯，大前提是會活著回來。人工生命體們也拜託你了。」

「託給我我也只會困擾，這些傢伙會擅自活下去吧。」

「──菲歐蕾小姐，您請安心，雖然戈爾德『大人』嘴上那樣說，仍是一位願意救助我們的慈悲為懷、心胸寬大的人物。」

戈爾德身旁的圖兒特地強調「大人」二字說道，回過頭來的戈爾德雖一臉苦澀地瞪著圖兒，但她臉上表情顯得滿不在乎。

「呵呵。那麼，我們出發了。」

「戈爾德叔叔，掰啦，別老是跟人工生命體吵架喔。」

「誰會特地找一定會吵輸的架吵啦，蠢蛋，快去！」

最後是「黑」弓兵誠懇地低下頭示意，加長禮車出發。目送他們離去的戈爾德突然心想：

──聖杯戰爭什麼的，根本不是我們魔術師可以掌控的吧。

萬能的願望機……連接靈脈持續吸收龐大魔力的寄生魔導器。但若要說，這跟沉溺於科學的傢伙們打造出來的核武沒什麼不同，而且無法妥善管理。若沒透過聖杯戰爭這樣的儀式，甚至無法啟用，再加上若要啟用，還必須討滅最多六位主人與使役者——

當他想著破綻太多的同時，也心想會這樣想的自己果然缺乏才能。身為魔術師的才能——更應該說是投入作戰並獲勝的才幹。

他不認為自己身為魔術師的才能輸給別人，但他從未真誠地面對過戰略、戰術這些事情。

他知道現在後悔也太遲了。雖然知道——

「喂，你在磨蹭什麼，沒時間讓你這麼悠哉吧？」

「啊，煩耶，我知道啦。」

排除無聊的思考。沒錯，已經太遲了，現在無論哪一方獲勝、哪一方失敗，甚至人類是否獲得救贖，都與戈爾德沒有干係。

這些是聖人或英雄該去考量的事情，而現在的戈爾德有好幾個不得不盡快處理掉的問題得去面對。

首先該處理的問題就是——通告一族，實際上千界樹在聖杯大戰中已經失敗，隨後會向魔術協會宣告投降，並想辦法盡可能將犧牲壓到最低。

心情沉重，雖然很沉重，但他不斷告訴自己總比死了好。戈爾德已經習慣他人的侮辱、咒罵和輕蔑，這幾天之中也好幾度體會了屈辱之情。

如果只是要可憐兮兮地去向魔術協會這宿敵賠罪求饒那還好辦，但說起來能拿來交涉的材料實在太少了。

這段交涉恐怕會拖得很漫長——

「喂，你在發什麼呆？快點，今天要開始修繕城牆了。」

圖兒這番話讓戈爾德想起確實還有這件事，於是修改了預定計畫，先從眼前的事情開始做起吧……這絕對不是把討厭的事情延後處理，不是。

§§§

菲歐蕾來到齊格等人所在之處，已經過了傍晚時分。因為有人敲門，所以騎兵跑去開了門。

就看到坐在輪椅上的菲歐蕾，還有「黑」弓兵站在她身後。

「啊，已經這個時間了喔？」

「抱歉讓你們久等了，我們出發吧。」

「黑」（阿斯托爾弗）騎兵傻傻地歪頭問道：

「出發去哪？」

「啊，還沒跟你們說呢。我們要去亨利．科安德國際機場，在那裡搭乘飛機前往空中花園。各位請上車，也可以換上鎧甲了。」

菲歐蕾引導三人搭乘加長禮車，裁決者和騎兵遵從指示，分別換上了鎧甲。

「好……齊格小弟，沒有忘了什麼吧？」

「怎麼可能有，我的東西就只有這個。」

齊格拍了拍配在腰際的劍，這是「黑」騎兵借給他用的劍，基本上在最後一戰中，應該沒機會派上用場吧。恐怕只有在非常致命的危急狀況，才會需要用上這個。

即使如此，齊格還是覺得帶著這把劍，就像有一根鐵棒嵌在背後那般強勁有力。不是因為手中握有劍造成，而是因為他能想起借他這把劍的人的溫情。

「原則上，我打算繼續借用，沒問題吧？」

騎兵一副理所當然般爽快答應。

「當然，那把劍我已經送你了。」

三人不捨地離開這度過了短暫時光的藏身處，與菲歐蕾一起搭上加長禮車。

「哇，裡面好寬敞！」

「請問，穿著鎧甲真的沒問題嗎？感覺很難不刮傷車子——」

「無妨，反正遲早要被扣押走的。」

菲歐蕾直接說破，並靈巧地藉由已經啟用的連接強化型魔術禮裝坐上後座。

「好了，出發！大概…………五分鐘後會抵達。」

近到根本沒有時間沉浸於感慨之中。

「……不考慮走過去嗎？」

菲歐蕾堅決地拒絕了裁決者的提案。

「我們很少有機會開這輛加長禮車出來，這很可能是最後一次了。」

事情就是這樣，真的轉眼間就到了機場。

裁決者跟在城堡出生的人工生命體齊格還有在城堡召喚出的騎兵不同，畢竟是從法國搭飛機過來這裡，所以她充分理解現況有多麼異常。

並不是這裡有哪裡奇怪，只是「這裡沒有人」，無論停駐機場前的排班計程車、旅客、甚至警衛……一個也沒有。

「啊，是，因為被人看到不太好，所以我當然包下機場了。從現在起算的十二個小時，只有我們可以使用這座機場。」

「竟然包下了……」

菲歐蕾說得輕鬆，裁決者只是說不出話來，齊格和騎兵似乎認為「畢竟不能連累第三者，所以這個判斷合理」。裁決者心想：居然連國際機場都可以包下，亂來也該有個限度啊。

只有機場入口配備了不是一般警衛，而是身穿黑西裝的人像守衛一樣立於當場。

菲歐蕾快速說出通關密語，他們於是點點頭開了門。

「我在機場周圍張設了驅趕人的結界，半徑數公里範圍內都不會有人接近。」

「哇唔，真是有夠空曠的。」

「黑」騎兵傻眼地嘀咕。確實如他所說，寬敞的機場除了他們一行之外沒有任何人，沒有櫃臺的受理人員，平常用來運送行李的轉盤也停止運轉，電子告示牌也熄燈了。

「雖然是我姊姊，但真夠誇張了……到底花了多少錢啊？」

或許因為卡雷斯具有一般人類的常識，他也傻眼地說道。

「這沒什麼，花在這上面的經費約等於我設計的五款魔術禮裝，目前花費更多的是購買飛機的費用。真是的，我明明認為『反正都要報銷了』，要求購買中古飛機，但為什麼這麼貴啊？有達尼克叔叔留下的資產真是太好了。」

「我想因為……妳買的是巨無霸客機啊。」

齊格傻眼地從窗戶俯瞰外面的停機坪。菲歐蕾一共買下了十架波音７４７巨無霸客機。

菲歐蕾說，這十架飛機都將在報銷的前提下使用。這判斷確實合理，若只有一架，肯定會遭受集中攻擊墜毀，所以要投入多架誘餌以提高生存機率……若不考慮投入的成本，這方案確實合理。

「那麼，就按照在車上說明的那樣安排……騎兵。」

「有有？」

「你的書本將是我們的最後希望吧，你想起書本的真名了嗎？」

「呃……」

他尷尬地別開目光——所有人嚇得臉色蒼白。

「等等，你該不會沒想起來？都到這一步了不是這樣吧——」

菲歐蕾進逼，騎兵急忙揮揮手。

「沒問題沒問題！到了晚上就會想起來！但因為現在還是傍晚，如果可以再給我一點時間，我會很感謝的，這樣。」

「可以相信你吧？」

「看我的！」

騎兵自信地用拳頭搥了搥胸口——儘管如此，懷疑眼光還是集中在他身上。

「啊哈、啊哈哈……主人，救救我！」

騎兵有如要從集中的目光保護自己般，躲到了齊格身後。

「騎兵……我有些話想單獨跟你談談，可以嗎？」

「咦？呃，這——」

騎兵原本想說「等等」制止齊格，但齊格卻一副不容分說的態度抓住騎兵手臂，遠離了其他人。

「……要說什麼啊？」

「愛的告白嗎？」

身為主人的姊弟倆一同歪頭，說出毫無緊張感的話。

「騎兵是很有這個可能，但我想齊格應該不至於吧。」

「黑」弓兵（凱隆）抛出更好笑的發言加入話題，而裁決者則不知不覺跟了上去。

「怎、怎麼怎麼怎麼？」

齊格把騎兵推進販賣紙杯裝咖啡的大型販賣機後面——騎兵則困惑地望著齊格。齊格心想，這表情真難得一見。

「騎兵，我猜，你……」

「呃，嗯。」

「——是不是在害怕？」

這問題直截了當，所以出乎騎兵意料吧。騎兵茫然地看了齊格一會兒，接著消沉地垂下肩膀。

「……嗯，不過你為什麼知道？」

「你之前說過吧，『一取回理性就開始害怕起來』。你的狀況是月齡愈滿盈，你的理性就會隨之消失。反過來說，月光愈是淡薄的黑夜，你就能取回相應的理性，甚至可以讓你想起書本的真名。」

「雖然現在是這個狀況，但我好高興，你竟然記得那句隨口說出的話……嗯，你說得沒錯。主人，我……很怕，雖然作為一個使役者這是不應該有的發言，想必你會因此失望，但我真的很怕。」

騎兵表情陰鬱地嘀咕。

「那是因為你怕死……是嗎？」

「嗯？不是喔，我不怕死，這是真的。雖然我不想死，我是真的討厭痛與死亡，但並不害怕。」

「既然這樣，你怕什麼——」

騎兵嘆息般低聲說：

「當然是『害怕你死』啊，熟人在自己眼前死亡，或者知道熟人死了真的很難熬喔。如果我的理性蒸發了，要不了多久就會忘得一乾二淨，就是因為會忘記，所以我可以蠻幹。但是，在現在這個思緒清晰的時候，我總是會想到壞的方面去啊。」

即使解放了書本的真名，但要是對面持有得以對抗的手段呢？

這本書能夠防範的僅限於魔術，無法阻擋「紅」騎兵（阿基里斯）或弓兵的直接攻擊。如果這兩位其中一位攻擊了「黑」騎兵（阿斯托爾弗）——將會成為致命一擊吧。

會死，會全滅，一切都是因為自己太弱造成。

「如果我能更強大一點就好了，如果我能維持腦袋不靈光的狀態，忘記自己的弱小就好了。但在新月時我沒辦法，一旦我有理性，我就無法——」

齊格握住「黑」騎兵的手，以直率、從相遇起就不曾改變過的清澈透明眼神凝視騎兵。

宣告。

「強大、弱小什麼的都不重要，我相信也認為騎兵是很厲害的人。因為，你救了我對吧？無論有沒有理性，你還是會做一樣的事情對吧？」

儘管因為被握住手而有些驚訝，但騎兵還是曖昧地點點頭。

沒錯，所以齊格認為——「這樣就好」。

「無論因失敗而死亡，或者因成功而存活，只要當時沒有被你所拯救，這一切都不會開始，我也不會與裁決者相遇，能夠在這裡已經是一種奇蹟了。所以沒關係，你可以隨性去做。」

「……即使失敗也沒關係？」

「無所謂。」

「可能會死喔。」

「也可能不會死吧。無論哪個結果，都無法在這裡停下了。我只要騎兵做自己就夠了，你擔心因為失敗而害我怎麼樣……這也很有你的風格。」

——騎兵安心地呼了一口氣。

說穿了，他就是想聽到這個。會不會對取回理性的自己、會害怕的自己失望呢？他絕對不希望讓自己所選擇、同時選擇了自己的主人失望。

——只要騎兵做自己就夠了。

主人（齊格）說無論害怕失敗，還是天不怕地不怕的愚昧，都很有騎兵的風格。

既然這樣事情就很簡單，別想太多，一鼓作氣做下去就得了。無論成功或失敗——都是很有騎兵風格的做法。

「這樣啊，你的意思是說，只要我做我自己就好。」

「嗯，這樣就夠了。」

「黑」騎兵抹抹噙滿淚水的眼睛，假裝沒事。

「這樣啊，原來是這樣！……嗯，咦，好奇怪喔，一直到剛剛我滿腦子都還想著失敗的狀況，但該說心情突然平靜下來了嗎？現在覺得一切都會進展得很順利呢！」

見騎兵已經完全拋開方才那沉痛的表情，齊格笑著說太好了。

「好，我們該出發了！別擔心，我會保護你！都到這一步了，既然機會難得，就來個大放送迎接快樂結局吧！」

與來的時候相反，這回換成騎兵拉著齊格的手臂。儘管因驚嚇而有些失措，但齊格理解到自己的使役者看起來是找回原有的元氣，因此放下心來。

而同時，也抱持著自己差不多再沒機會像這樣被他拉著手了——這般悲傷的確信。

即使一切都無比順利——但永遠的別離仍無法避免。

……想認為之所以心痛都是想太多，但如緩緩擴散的熱氣般的疼痛，不斷強調這不是謊言。

並不是因為齊格與騎兵的對話受傷。作為主人與使役者，這兩人澈底地理解彼此。

這樣很好。因為主人與使役者不理解對方，只會造成悲劇。

心胸也沒有狹隘到會嫉妒這種事情。少女之所以心痛，只因為一點。就是齊格不經意說出的一句話。

——「能夠在這裡已經是一種奇蹟了」。

沒錯，奇蹟，是奇蹟。裁決者（我）將他帶來這裡，當然這是齊格選擇的路，她並沒有強迫，甚至還勸誡過齊格。但結果他仍來到了這裡。

這是他的選擇，也是自己的選擇。原本應該如此，但一種彷彿「被引導至此」的感覺怎樣都揮之不去。

裁決者想知道，他在這裡的意義。

……同時也不想知道。若知道了，可能會被帶他來到這裡的罪惡感壓垮。

不過，最令她心痛的是齊格本人的看法。

如果齊格理解到是自己有意引導他至此，他應該會輕蔑自己吧、會厭惡自己吧。會認為對他來說，自己正是將不幸強加到他身上的死神吧——

無法承受。

她已經習慣被當成壞人咒罵，也體驗過利用自己的人突然冷酷地捨棄自己。

但主動去背叛單純地相信自己的人這點，她怎樣都無法承受。遑論他還是我體內的少女（蕾蒂希雅）心儀的少年。

啊啊——心好痛、好痛，幾乎要淌血了。

真想托出一切，想說出口，獲得諒解。然而，這樣傷害的就不是自己，而是他。

再加上還沒有確定，即使來到這裡是基於「什麼」的意志……即使他被選為大聖杯的「破壞者」，也不構成少年活著的障礙。

雖然他確實可以成為「黑」劍兵（齊格菲），但他並不是「黑」劍兵「本人」。

只能抓著這樣渺小的希望。

黑色令咒，雖然只能維持短短三分鐘，但足以讓人工生命體變成使役者，是不可能發生的現象。這是消耗生命、犧牲了什麼才能造就的奇蹟。

即將走向的結局，令裁決者無比恐懼。

像這樣會讓所有人傷心的結局——絕對不能容忍。

「……時間到了，我們差不多出發吧。」

「咦？是說，機師該怎麼辦？雖然我可以擔任，但剩下九架……」

「請放心，十架飛機都安排了已經輸入(Install)飛機駕駛技術的魔像搭乘。本體都是羅歐打造的魔像，所以能力不用擔心。」

能在鑄造完成之後「加裝」所需術式乃魔像的好處之一，幸虧羅歐鑄造的人型魔像還有剩下，很容易就能加裝他所留下的術式。

「那麼，我們要上這一架飛機，就在這裡道別了。」

身為千界樹最後一位主人的菲歐蕾，從現在起要與使役者弓兵分頭行動。

抵達空中花園之前，毫無疑問會與能飛翔空中的「紅(阿基里斯)」騎兵激烈衝突，若不離遠一些，受到波及的可能性很高。

即使會因此覺得不安，但不要與弓兵搭乘同一架飛機仍是正確。

「弓兵，願你征戰順利。」

「菲歐蕾，謝謝妳，我會將勝利獻給妳。」

菲歐蕾聽到使役者這番話後搖搖頭。

「不需要獻給我，比起任何事物，更重要的是你，是你能夠隨心所欲戰鬥。我所期望的是這個——你可以無限制使用寶具，不需要等待我指示，只要你覺得該使用了，就請用。」

弓兵嚴肅地頷首，她的話語代表著放棄介入戰鬥的所有意圖，將一切委任弓兵的意思。這並不是拋下責任，而是她全面信任使役者的證明。

「那麼，我走了。」

「嗯……到花園再見。」

道別話語實在太沒情調，少女強行壓下不捨之情——面帶笑容離開。少女認為淚水決堤很丟臉，而使役者也理解這一點，所以才為了保護她的矜持沒多說什麼。

「弓兵。」

「嗯，願卡雷斯閣下幸運。還有，主人就——」

「不用你說……弓兵，你要戰勝『紅』騎兵喔。」

卡雷斯舉起一隻手，這樣就說完了，若無其事地推著姊姊的輪椅走了。

「你倆都別死啊——！」

聽到「黑」騎兵（阿斯托爾弗）毫不掩飾的說法，兩人不禁苦笑。卡雷斯回頭，無奈地擺出傻眼的表情說：

「騎兵你才是，別得意忘形搞死自己啊。」

「才、才不會得意忘形咧！笨蛋笨——蛋！」

你就是會吧——身邊的騎兵主人齊格嘀咕。話雖如此，騎兵得意忘形起來會比收斂著強多了這點也是事實。

「卡雷斯……真的好嗎？」

姊姊向推著輪椅的弟弟問了最後一次。菲歐蕾之所以前往死地，是因為身為主人的責任感。儘管卡雷斯是第二主人，但考慮到魔力量層面，他不在其實也沒有影響。

……這道理合理，雖然合理，但卡雷斯拒絕接受。

「我是弟弟啊，所以沒關係。」

——這話真有人情味。

菲歐蕾這麼想著輕笑出聲。照理來說，這是必須避諱的、作為人類的發言，如果是魔術師，自然不可以讓自己處於這般太沒道理的狀況之中。

「而且啊，區區一個魔術師，沒有多少機會可以接觸神話時代的魔術吧。」

而這番發言又是這麼有魔術師風格。魔術師不會輕易捨棄性命，但若牽扯到與魔術相關的事情就是例外了。而「紅」刺客——塞彌拉彌斯掌管的魔術正是神話時代的奇蹟。若能接觸那些魔術，付出性命作為代價也絕對不嫌貴。

聽他這麼說，菲歐蕾略顯安心地頷首。

身為繼承人的自覺、身為魔術師的覺悟。卡雷斯似乎比自己更加具備這些——

「那麼，我先失陪了。」

目送兩人離去後，接著是弓兵選定了搭乘的飛機。他只要不是與主人搭同一架飛機，選哪架都沒問題。

說起來，對於必須迎戰「紅」騎兵的弓兵來說，飛機只是落腳用的。

「弓兵！」

弓兵聽到「黑」騎兵呼喚後回頭，騎兵堆著滿臉笑容比了一個V字手勢。

「要贏！輸給徒弟是當師父的丟臉喔！」

「——嗯，你說得沒錯。我活了很久，但我自認從來沒有輸給徒弟過。那麼，我去打勝仗了。」

弓兵以輕佻的口氣回覆後上了飛機。

「哎呀，看那樣子是沒問題吧。」

「那麼，我也走了。」

裁決者先對載滿炸藥的飛機祝聖後，準備搭上另一架飛機。

對她來說很遺憾的是，這之後她必須與齊格分頭行動。

掌旗手——這是裁決者在「虛榮的空中花園」登陸作戰中必須擔任的角色。

「裁決者，妳要小心。」

齊格這番話令裁決者臉上浮現淡淡微笑，但齊格不知為何認為那笑容帶有悲傷。

「齊格小弟，請不要勉強自己。雖然不用我多說——」

「絕對不能執行第三次變身，對吧？我知道。」

這是這幾天一旦有什麼狀況他就會聽到的話。她的話中帶有一種奇妙的迫切，讓齊格只能接受。

——說起來，狀況應該不會讓他可以不用變身就解決。

裁決者的臉色突然沉下來。

「……我也知道，在這種狀況下，齊格小弟不可能不變身。你毫無疑問是一位主人，『選擇了作戰』，不可能不使用自己的力量。」

彷彿思緒被看穿的發言，讓齊格嘆氣，裁決者果然知道，要阻止自己，除了將自己排除在聖杯大戰之外別無他法。

名為齊格的人工生命體的意志選擇了作戰，即使是裁決者也無法用言語加以阻止。

裁決者無論如何都說不出口。她太害怕而無法說，即使說了也——理解到他的決心不會改變。

『即使你選擇投入作戰並不是基於自我意志，而是命運的安排也一樣嗎？』

若說被牽連進無法抵抗的某種龐大意志，而面對無法反抗的命運，只能屈膝的就是現在的你呢？

然後，協助龐大意志這麼做的毫無疑問就是「接收了啟示的自己」。

「……怎麼了？」

——你會怎麼看待我呢？

「沒什麼。那麼，齊格小弟，我們花園見。」

面帶笑容這樣說的裁決者背對齊格與「黑」騎兵，齊格目送她搭上菲歐蕾指定的飛機後歪了歪頭。

「她是不是有什麼想說？」

「若有話想說，裁決者會確實說出來吧。剛剛她想必是有話想說但無法說出口。」

「騎兵知道那是什麼嗎？」

「不知道。嗯，哎，不過呢——」

「黑」騎兵愉快地看著齊格。

「那孩子很愛護你，這點是肯定的啦！」

也不知道騎兵到底覺得什麼有趣，只見他笑嘻嘻地拍著齊格的背。雖然不痛，但齊格因此吃驚地嗆到。

「愛護你」這三個字在齊格腦內反覆打轉，竟然願意愛護像自己這樣的人工生命體，光是這樣就令人有些開心。

「好了，那麼主人，我們也走吧！」

「嗯……騎兵，走吧。」

齊格發誓要活下來。還有三道——不，若要遵守裁決者的建議就是兩道，必須好好看清楚使用的時機。

上了飛機，裡面當然沒人，自己的好奇心旺盛使役者跑去駕駛艙看魔像了，但齊格對魔像沒有太大興趣，於是隨便選了一張椅子坐下，等待起飛。

環顧周圍，看到一個明顯不是飛機設備的通靈板，板子刻著老式英文字母，上面還配有像是黑膠唱片機那樣的指針與纜線，而纜線前端則裝著一個老舊的金屬筒狀物。齊格推測——這應該是魔術師用的無線電吧。

除此之外，似乎沒有特別進行什麼改裝，也沒有施予對抗魔術的防禦措施……說到底，畢竟面對的是那樣的對手，就算砸下所有財產，大概也只有讓原本能撐住十秒延長為十五秒的效果吧。

齊格儘管擁有飛機的簡單知識，卻沒想到裡面會這麼寬敞。飛行術式是剛起步的魔術師也能學會的簡單東西，但不用魔術的普通人花了兩千年才終於走到飛機這一步。

走得雖慢，但很踏實。另一方面，魔術超越在人類之前，超越、持續超越——現在究竟到了什麼地步呢？

「久等了——」

齊格沉浸在感慨之中，這時去察看駕駛艙的「黑」騎兵（阿斯托爾弗）回來了。他開心地報告像石造大蜘蛛的玩意兒正坐在機師的位置上。

「主人，終於到這時候了呢。」

坐在旁邊座位上的騎兵難掩興奮之情般踢著雙腳。

「對喔，是否先召喚出來比較好啊，鷹馬，出來吧！」

齊格還來不及阻止，騎兵就召喚了鷹馬出來。被召喚而出的鷹馬似乎顯得相當困惑，東張西望地看著狹窄的機內。

「坐下！」

或許因為教導有方，鷹馬於是劈哩啪啦地邊壓壞客艙座椅邊坐下。

「還有書本喔。」

騎兵取出編織而出的寶具——「魔術萬能攻略本（暫）（Luna Break Manual）」。鷹馬和書本都是具有龐大魔力的寶具，而也因此——若「紅」使役者們探查起魔力，就很容易被發現。

這也是指揮官菲歐蕾想要的。「黑」弓兵（凱隆）以及裁決者也都是具有強大魔力的存在（使役者），如果讓他們各自保護自己搭乘的飛機，那麼「紅」陣營就將難以集中火力。

「黑」弓兵負責壓制「紅」騎兵（阿基里斯）、裁決者負責壓制「紅」弓兵（阿塔蘭塔）和「紅」槍兵（迦爾納）發動的攻擊，而「黑」騎兵——則要一雪前恥，直接挑戰「紅」刺客（塞彌拉彌斯）的神殿寶具「虛榮的空中花園」。

但是，前一場戰鬥中他無法承受刺客的一擊而遭到擊墜，為此——這次真的必須想起書本的真名。

「……啊，好像差不多要起飛了。」

騎兵察覺飛機動了，齊格原本讀著收納在座椅後方口袋的手冊，很守規矩地繫上安全帶。

「繫了有意義嗎？」

「沒吧，如果飛機會墜毀應該是出於使役者的攻擊，而如果只是一般墜毀，騎兵會出手救助我吧。」

「啊哈哈，說得也是。」

就在兩人聊著這種廢話的時候，一股力道按住全身，推動巨無霸客機的四具巨大渦輪引擎發出凶猛吼聲。

這時通靈板的指針突然動了，指針發出摩擦聲，戳在板子的字母和數字上。過了一會兒，整塊板子發出聲音。

『騎兵，聽得見嗎？』

被點名的騎兵拿起話筒。

「聽得見喔，那邊聽得見嗎？啊——啊——啊——」

『……太大聲了，請你離通訊機遠一點。雖然裁決者已經大致掌握對方的位置，但還是無法知道究竟會在哪裡遭遇，請不要鬆懈喔。』

「我知道我知道！別擔心別擔心！」

『你當然想起書本的真名了吧？』

「…………嗯！」

『等等，剛剛的沉默是怎麼回事——？』

騎兵乾脆地關掉通靈盤上類似啟動開關的玩意兒，接著別過臉，然後才像是想到齊格在這裡一樣抖了一下。

「……不會有問題喔。」

「別擔心，我相信你。」

齊格沒生氣也沒笑，只是一臉認真地點頭。當然，他知道這是會給騎兵最大壓力的手段，鷹馬也像同意齊格般「唔耶」地叫了。

「唔呵呵──主人也理解了我是個怎樣的使役者，真是太好了呢──」

「黑」騎兵報以抽搐的笑。

接著機體馬上飄飄然上升，齊格看向窗外──鋼鐵團塊正以時速幾百公里的速度飛翔空中。

拓展於眼下的布加勒斯特正以轉瞬的速度縮小，人類別說變成豆粒般大小，甚至連小點都不到，只點亮了少許的燈火埋沒在漆黑城鎮裡，根本看不清形狀。

飛機更是持續攀升，直到從窗戶再也看不見東西──推測應該是攀升過雲層了吧。

機內雖然有燈光照亮，但窗外就像塗滿了一整片的黑暗。

暫時只能等待，騎兵拿出應該是在機場入手的零食跟鷹馬一起吃了起來。鷹馬吃了一口就皺著一張臉吐掉了零食，但騎兵則是滿臉笑容地一直吃。

通靈盤的指針又「喀啦喀啦」動了起來──似乎有人發了通訊過來。

『齊格小弟，在嗎？』

這回無線電傳來貞德的聲音，因為被點名了，齊格於是拿起話筒。

「我在，怎麼了？」

『……』

儘管點名齊格，但裁決者不知為何尷尬地不說話。

「裁決者？」

『呃──飛機為什麼可以飛啊？』

然後唐突地問出了根本性的問題。

「呃，原理應該在透過機翼產生的氣流上，要說明會有點長，有需要嗎？」

『如、如果機翼折斷會怎樣？』

「失速墜毀吧，當然，引擎停止也是一樣。」

『這不是很糟糕嗎！』

「……是很糟糕，但我想以我們的狀況來說要顧慮的應該不是這個。」

──應該說，從她的語氣之中可以察覺到的急迫來看。

「裁決者，妳該不會是害怕搭飛機吧？」

『是！』

回答得很有活力。

「這樣啊……雖然遺憾，但請妳忍忍，應該說，已經無法停下了。」

『嗚嗚，我知道，我都知道——』

儘管知道，但會害怕就是會怕，會討厭就是討厭。齊格思索了一下，說出應該可以稍微安慰她的話語。

「很快就會結束了……當然如果妳要說空中花園浮在空中妳也不行，那就真的要命了。」

『啊，那個沒有問題，因為那個是透過魔力運行的。』

從齊格的角度來看，透過魔力運行反而不可相信，因為機械不會犯錯，機械只會疲勞，只要以正確的順序將正確的機械正確地裝好，它們就只會依循物理法則運轉。

但說起來，十五世紀的人會覺得機械遠不可信也是事實。在那個年代，金屬會破裂、損毀是常識，人類花了幾百年時間打造出堅固的金屬，讓材質強度提升到可以承受精密的飛行——但外表看起來並沒有差別。

「妳是否該多相信一點人類與人類打造出來的科學技術呢？啊，由身為人工生命體的我來說這個也怪怪的就是……」

齊格這番話似乎有些出乎裁決者意料，只見她陷入沉默。

過了一會兒才感嘆地輕輕呼了一口氣。

『……說得也是，得去相信人類打造出來的事物。飛機之所以能飛，就是不仰賴魔力的努力結晶。這麼大的鋼鐵團塊能夠飛翔天空，真的是奇蹟！』

「嗯，雖然妳可能還無法全盤信任，但能夠理解真是太好——」

聲音突然中斷。

「裁決者？」

『請叫騎兵準備。』

鷹馬發出威嚇般的嘶聲。

「——喲，到此為止。主人，來了喔。」

聽到騎兵嚴峻的聲音，齊格讓自己再深呼吸一口氣，空氣彷彿要燒起來一樣。人工生命體敏銳的嗅覺，已察覺到彼方龐大的魔力之渦。

「好，主人，上來吧！」

騎兵輕拍鷹馬的脖子，身手輕盈地跳上去。齊格緊緊握住騎兵伸出來的手。

§§§

神殿寶具「虛榮的空中花園」本身就已經夠奇特了，其中又屬收納了大聖杯，設有「祭壇」的地下更加是個奇怪至極的場所。

首先，面積明顯異常。從空中花園本身的大小來考慮，明明就不是一望無際的廣大場所，但即使習慣黑暗的雙眼也無法看見此處的盡頭。恐怕是因為施加了什麼魔術，扭曲了空間所致。

整體來說呈現缽狀，但中央部分則是一處扁平的場所，然後從以紅磚打造的寬敞樓梯往下走到中央，強搶過來的冬木大聖杯就飄浮在這裡。

那朦朧地散放著藍白色光芒的模樣，就像被召喚到這個空間裡的月亮。

而更令人讚嘆的是這個地下空間的天花板……也就是算是「天空」的部分。

天花板上充滿了「水」，是一座「顛倒的湖泊」，上頭開著藍、紅、黃等顏色鮮豔的睡蓮——有如一片虹彩天空。

這是「虛榮的空中花園」中上下顛倒的概念造成，水會從天花板往更上方「流去」，而這些水則會匯集到謁見廳，填滿其天花板。

也就是說，祭壇與謁見廳透過填滿水的天花板彼此連結，實際上已經搞不清楚究竟哪邊才是地下了。

「哎呀呀……不管什麼時候來，知覺好像都會錯亂啊。」

「紅（莎士比亞）」術士仰望天花板苦笑說。天空偶爾會產生波紋，或許是因為充滿在大聖杯內的魔力造成。

「紅」術士——莎士比亞生活在已經無法公然眼見神祕的時代，幾乎與薩滿向信仰對象祈禱引發奇蹟，或者著名魔術師偷偷讓人看到的不可能現象無緣。

儘管他的著作之中理所當然地出現了會說出預言的魔女和詛咒之類——但那些都是莎士比亞逕自想像出來的產物。他的想像力沒有極限，天馬行空到可怕。

所以，他會因這空間而驚訝實屬異常。說起來，考量到這座空中花園和大聖杯的異常性，也難怪他會這樣了。

言峰四郎站在地下中央，正上方就是大聖杯的位置。

看到術士之後，四郎輕輕揮手迎接他到來。

「那麼，術士，我的寶具已經準備好了。」

「好的，主人，我的寶具也已調整完畢。」

天草四郎時貞的寶具——「右手，惡逆捕食（Right hand-Evil Eater）」、「左手，天惠基盤（Left hand-Xanadu Matrix）」。

「紅」術士的寶具——「開演時刻已至，給予此處如雷喝采（First Folio）」。

兩者的寶具並非神賜與英雄的武器，也不是經歷冒險後獲得的名馬。

天草四郎的寶具，是將少年授與人們的奇蹟具體化後的產物。

「紅」術士的寶具，則是他生前無法撰寫的「書本」，無論如何，這都只是他所編織的傳說昇華版。

無法對抗軍隊，更不可能攻陷城堡。如果要以使役者的概念來判斷，這兩位毫無疑問屬於三流。

然而，於這個瞬間——只有兩人的寶具交會時，一切價值將會翻轉。

如果擁有聖劍或神槍，應該能夠破壞大聖杯。

但是能夠支配大聖杯的，在參與了這場聖杯大戰的使役者之中，只有這兩位。

「『線』已經連上了，你所提供的魔力補強了這部分。」

實際上，言峰四郎以主人身分供應魔力的對象只有「紅」刺客（塞彌拉彌斯）一位，其他使役者都只是掌握了身為主人的基幹，魔力則藉由強搶之際連線上的大聖杯提供。

光是連結大聖杯就花上了不少時間，那並不是執行一次就可以完成的儀式，從強搶之前他就花了好幾天評估手法，並獲得身為使役者的刺客協助才得以成功供應魔力。

姑且不論鑄造大聖杯的三大家之一，為鍊金術大家的艾因茲貝倫，區區一個魔術師的達尼克若想調校系統，所要花費的時間恐怕要以十年單位來計算。

不過艾因茲貝倫和達尼克都沒有調整過聖杯本身，而只是修改了系統。也就是說，只是啟動了原本便具有的功能，或者做了些微改良罷了。

這可以說成是打開或關掉開關。而現在四郎準備進行的，則是從根本上就與其不同的工作。

說白點就是裝一個新的開關。不是調整系統，而是追加系統，將大聖杯重新打造成合自己用的形式。

使役者是透過大聖杯召喚於世，因此要重組大聖杯本身與其說危險，根本就是瘋狂，即使做好萬全準備也一樣。

所以對四郎來說，這才是真正的戰役。過去的作戰只是打下基礎罷了，即使失敗，還是有下一個方法可以補救。

但現在要做的這個沒有，一旦失敗，四郎就「玩完了」。四郎玩完了就代表一切將回歸虛無——救贖人類的計畫毀了。

四郎的手之所以微微顫抖，絕不是面臨作戰的興奮所致，而是一旦失敗，一切就要結束的恐懼造成。

「——即使如此，主人（你）還是在這裡。」

「嗯，六十年之間不斷思考、煩惱的結果，讓我選擇了在這裡。即使害怕，我也不後悔。那麼術士，請準備——在那之前。」

「哎呀？」

四郎朝術士伸出一隻手，令咒散發淡淡光芒。

術士的臉立刻抽搐起來。

「……主人？」

「術士，我打從心底尊敬、信賴身為作家的你，所以我理解，你一定『會想寫悲劇』，因此這是必要的行為。」

四郎堆了滿臉笑容消耗令咒。

「以令咒命令之。術士，『別寫有關我的悲劇』。」

「唔……！」

消耗的令咒以彷彿鎖鍊的感覺牢牢地纏住「紅」術士。

因為令咒不僅能限制使役者的肉體，連精神都可以強行封鎖，所以才是馬奇里打造出來的絕對命令執行權。四郎不是禁止「紅」術士背叛，而是限定他不得撰寫悲劇，導致令咒能夠更強硬地束縛他。

「主人……這作為太過分了。你好殘酷，真的太殘酷了。」

「紅」術士大大嘆息——也難怪。

「不，所以我才說了，我很信任你，你就是想寫悲劇。不過，如果我這樣逼問你，你就不得不說謊，所以我才一次也沒問過你『是不是打算寫悲劇呢？』之類的話……只要我不問，你就不必說謊。」

儘管低聲呻吟，「紅」術士也不得不認同這點。要是他說他沒打算這樣寫，那就是說謊。他也想過還是不要寫吧——然而一旦面對這樣的狀況，手中的筆就會「擅自往悲劇的方向前進」。要避免這個狀況發生，就必須打從一開始便決定要寫一齣喜劇。

「紅」術士誇大地嘆息，聳了聳肩。

「如果有必要，我就接受吧。畢竟『患難的益處是很妙的，像是一隻蝦蟆，醜而有毒，但是頭上偏頂著一顆珍珠』啊。」
(Sweet are the uses of adversity, Which like the toad, ugly and venomous, Wears yet a precious jewel in his head)

「謝謝你，雖然我認為限制當代名作家寫作類型的行為相當失禮就是了。」

「呵呵，名作家什麼的太抬舉了。若你能讀過我的著作再這麼讚賞——」

「啊，其實我基本上讀完四大悲劇了喔，所以才決定使用令咒。」

「……這樣啊。」

「紅」術士不禁抱頭覺得真是糟糕，或許之前不該建議他閱讀自己的作品……不不，要有人讀才能算是作家啊。

說來這個少年已經親身體驗過最糟糕的悲劇了。仰慕自己的三萬七千人遭到慘殺，自己也因此喪命，然後從那裡爬起來，接著準備上演逆轉。

那麼——現在他得繼續往上爬。即使神容許他在這裡失勢，身為作者也不可原諒。

「主人，我答應你，會使出渾身解數寫成你將迎接幸福結局，而不是悲劇下場。」

「很好……那麼，我們開始吧。」

『——很慢耶，吾還在想到底什麼時候才要動工啊。』

「紅」刺客的念話透露不滿，連「紅」(莎士比亞)術士也聽得見她的聲音。四郎仰望天花板，笑著說：

「抱歉——現在要開始了。」

『若有什麼萬一就會捨棄閣下，行吧？』

術士身上竄過一陣寒氣，心想這刺客真是惡毒不留情，完全看不出任何情感在內，這無論如何都不是使役者該對主人說的話。

「當然，必須如此。」

……然後更可怕的是四郎對此發言的回覆，面對這般不留情、不通融的話語，他回覆得也太過爽快。

這並不是他知道自己的使役者「不會這樣做」才安心。「紅」刺客可沒有這麼天真。若真的有什麼萬一，「紅」刺客會切割掉他，選擇保身吧。

會毫不猶豫捨棄主人的使役者，以及歡喜接受這樣結果的主人，到底哪一方更是瘋狂呢？

『很好。那麼四郎，開始吧。只許獲勝，不准失敗。』

言峰四郎打從心底感謝這依然不帶任何情感的話語。

「——刺客，謝謝妳。」

言峰四郎輕巧地脫下聖帶與斗篷，接著脫掉牧師法衣和內衣，裸露出上半身，黝黑的皮膚上布滿無數刀傷與燙傷的痕跡。術士認為，與其說這身體醜陋，更給人一種充滿哀悽的感覺。

上半身赤裸的四郎舉高雙手，彷彿宣示大聖杯乃囊中物一般張開手掌。

兩條手臂充滿與帶著淡淡光芒的令咒不同的光輝——言峰四郎啟用寶具。

「那麼，由我先開始。」

四郎踏著優雅的腳步，朝固定在空中的大聖杯前去。術士目送著他過去的途中，好似看到以屍體堆積出來的幻影。

那些信仰與土著不同教義、因跟隨天草四郎時貞而滅亡的犧牲者們就是材料。即使遭到踐踏，屍體們也不會悲傷，甚至明顯地因而喜悅。

他們打從心底感謝自己能夠成為拯救世界的棄子——這是幻覺，儘管是幻覺，但過去的屍體們若知道現況，應該還是會得到同樣的答案吧。

「紅」術士如是想。

四郎邊往天頂、往大聖杯走去，邊想著關於這十七年的人生，與超過六十年的人生。

獻上一切活了過來，抱著將犧牲一切的覺悟活了過來。

現在，幾十億條善性（生命）壓在自己的雙肩上，這實在太過沉重，甚至就要被壓垮，但四郎的臉上看不出任何痛苦。

——怎麼可以認輸。

四郎踏出一步，順著供應魔力時連上的「線」，連結大聖杯——

瞬間，世界掀起。

存在轉眼間溶解，有如沉入睡眠前的舒適，而且還會永遠持續下去。被某種柔軟感覺包裹，不斷沉淪——下沉、下沉、下沉。

無論怎樣的惡意，在這裡都會消逝吧。

無論怎樣的殺意，都不會殺害任何人吧。

幸福、和平、快樂、秩序、清靜融為一體的那個，就像以全身暢飲甜美的牛奶。

腦部停止活動。

腦部不需要活動了。

不需要思考，甚至不需要本能，所以溶解。溶解後化為一體，變成什麼也不是，只是單純的甜美牛奶——

「……礙事。」

四郎非常乾脆地拒絕了這極致快樂。儘管因雙臂迸出的強烈痛楚而繃起臉，但他也同時安心了。

為了供應魔力而連接的時候，四郎幾次接觸了「這個」，也明確地理解若全身沉浸此中，恐怕會無法思考，只能溶解進去。因此，他讓雙手記住了痛苦，重現的痛苦是他曾嚐過的絕望——以及超越絕望的漆黑憤怒（Rage）。

言峰四郎不原諒人類，他無法原諒人類的惡性，甚至連善性都不原諒。善與惡、慾與情，因為擁有這些相反的情緒，人類才會是永遠在沒有結束的螺旋上打轉的生物。

……他不能原諒。只要有這憤怒與痛楚，四郎就能夠抗拒這點程度的舒適。大聖杯內部，仍有完全沒有沾染任何事物的龐大魔力席捲。

儘管身處大聖杯內部，仍能確立「自我」，這就是第一道考驗。

走馬燈般的景色在四郎周圍旋轉，讓他聯想起快轉的膠捲。

景色似乎是艾因茲貝倫的歷史。起源在遠遠的兩千年前，而開始於一千年前，夢想著完成聖杯，不斷反覆各種嘗試與錯誤的一族。

他們將許多殘忍行徑認定為善，拋下了許多挫折。這已經不是能用偏執來帶過的作為，甚至更接近聖人的行腳之旅。

這之中沒有喜悅，只有愚蠢地與絕望交戰的日子。長達一千年，說起來讓人覺得瘋狂，但也只是單純地重複再重複。

嘗試與失敗、挫折與重啟，連到底是往前還是倒退都分不清楚，仍不斷走著。

四郎老實地讚嘆——同時苦笑。

被並非艾因茲貝倫一族的自己認同，他們只會感到麻煩吧。

何況，這個人還強搶了他們所打造的大聖杯，就更不用說了。

確實令人無比感慨——然而，這些景象就只是這樣罷了，他默默地等待快轉膠捲中斷。

藍白色光芒再次覆蓋世界，一個大意就會融解，所以每一秒都必須確認自身存在。

方向性未定，目標是大聖杯的起點，強烈地懷抱著此一意志，邁步向前。

原本大聖杯是以回收了英靈靈魂的的小聖杯為火種啟動，一旦啟動之後，大聖杯本身便會產生魔力。啟動時需要七位——但現在小聖杯並沒有累積英靈靈魂。

遭到穿孔的小聖杯被封印在失去上下概念的庭園小房間裡，永遠洩漏著魔力，無論怎樣灌注英靈靈魂進去，都會從孔洩出，而洩出的靈魂甚至無法依循重力，只能不斷被小聖杯收集，再次由孔洩出。

在「黑」劍兵（齊格菲）、「黑」槍兵（弗拉德三世）、「黑」狂戰士（弗蘭肯斯坦）、「黑」術士（亞維喀布隆）、「黑」刺客（開膛手傑克）、「紅」狂戰士（斯巴達克斯）已經敗退的現在，只要再有一位使役者敗退，小聖杯便會作為火種啟動大聖杯。

如果破壞了小聖杯，大聖杯有可能會察覺到異常而引發某些故障。話雖如此，若放著不管，在改寫系統之前，大聖杯就會啟動。

一旦大聖杯完全啟動，就沒辦法下手了，所以不能讓它啟動——現在還不行。

言峰四郎不是魔術師，但畢竟他有六十年的歲月，可以說他已經澈底熟透了聖杯戰爭及與此相關的魔術知識。

原來如此，大聖杯真可謂達到神級的終極願望機，縝密地組成到甚至可說異常的系統，將會憑藉足以實現主人願望的魔力——到達[redacted]。

但儘管它如此巨大、如此神祕，又是萬能的願望機——究其本源，這個大聖杯將會指向一名女子。

女子名為羽斯緹薩．莉茲萊希．馮．艾因茲貝倫，就是成為大聖杯核心的艾因茲貝倫當家。

捨棄自身性命，將一切獻給實現奇蹟的冬之聖女——這裡就是言峰四郎的目的地。聖杯的機能全部掌握在她手中。

傳說有將人類作為祭品打造而成的武器，將少女投入融化的鐵之中，對武器施予合乎魔劍之名的咒術性強化（Enchant）。

但大聖杯與這類的不同，並不是先有所謂的大聖杯存在，然後將聖女奉獻給它，而是冬之聖女（羽斯緹薩）先存在，然後「她成為了大聖杯」。

沒錯，大聖杯既是萬能的願望機，也是艾因茲貝倫為了重現失落的神祕而打造的巨大魔術回路（管道）。

一般來說，魔術師使用魔術需要三樣東西。魔術基盤、魔術回路，以及魔力本身。魔術基盤說穿了就是最根本的系統，魔術師經由魔術回路這種路徑產生魔力，然後遵從基盤發動魔術。

幾乎所有的魔術都遵循這樣的形式。

而即使是這個大聖杯也一樣，若說這巨大的聖杯是魔術回路，就可以利用從靈脈吸取的魔力以實現各種各樣奇蹟。

萬能願望機這個俗稱可不是說著玩的，大聖杯就是蘊含了如此龐大魔力，極其精密的存在。

但是天草四郎時貞知道，這個大聖杯「公正無私」，羽斯緹薩的人格已經消失——只有魔術回路還在。

從外，無論想要許下什麼願望，大聖杯都會全部加以實現。那麼，若四郎從外高喊拯救所有人類，救贖就會實現嗎？

——當然不是。

大聖杯「做不到做不到的事」，所以四郎才要賭命侵入大聖杯。大聖杯也有不可能實現的願望——既然如此，就只能從內部改寫強制使其成立。這是一般的聖杯戰爭絕不允許，調整大聖杯本身的行為。

而天草四郎時貞打算挑戰這點。

如果願望無法實現，那「錯的就是聖杯」，所以只需要糾正它就好。

四郎邁步，在這盡頭——一定有他追求的事物存在。

§§§

主人闖進大聖杯內已經過了幾小時，恐怕還需要相當程度的時間吧。所謂大聖杯是琢磨到神級的藝術品，而四郎想要改寫它的基礎部分，自然不是一點點時間就可以完成的工作。

術士總之先回到自己的書房，繼續埋頭寫作，這時「紅（塞彌拉彌斯）」刺客的念話傳了過來。

『術士，主人已闖入了嗎？』

「嗯，魔力方面有變化嗎？」

『無。供應我等的魔力與儲備在這空中花園的魔力都沒有什麼變化，應該就是即使大聖杯的另一頭是另一個世界，因果線（Line）也不會輕易斷絕的意思吧。』

四郎唯一擔心的，就是在他闖入大聖杯內部時。

如果陷入與世界斷絕的狀況，一切就會立刻出問題。

「那麼，吾輩這就繼續寫作了。」

『術士，慢著……吾要問一件事。閣下、吾主期望的結果是榮耀？或失勢？』

聽到這句話，「紅（莎士比亞）」術士在千鈞一髮之際好不容易才忍住，沒有爆笑。

「當然是榮耀啊。」

『雖然閣下該知道，但保險起見還是說一下，若因為陰錯陽差，閣下著作導致這計畫失敗時，閣下可得負起責任——痛苦地。』

「女皇陛下，這點請安心，方才主人才剛以令咒提醒吾輩。哎呀呀，真是遺憾至極…………不，當然吾輩打從一開始就沒有打算撰寫悲劇的念頭，完全沒有啊！」

『……哼，小丑(術士)的發言不值採信。術士，聽好了，閣下身為作家的價值，只存在於閣下撰寫的書本之中。若吾判斷該書對我等並無益處，吾容許閣下存在的理由便已消失。』

這好像被食蟲植物緩緩吞掉的感覺——術士心中暗暗如此認為。

要是一個回答錯誤，就會在瞬間被融解咀嚼。論殘忍程度，「紅」刺客恐怕是此次聖杯大戰的翹楚。

按「紅」術士所見，「紅」刺客恐怕隨時都鎖定了包含主人在內的世上所有存在，打算伺機悄悄殺害。這雖然不是基於殺意，而是一點點的惡意罷了——但她會觀察各種言行舉止、雰圍，只要判斷對她有所不利，便會毫不猶豫執行暗殺吧。

騎兵和弓兵對刺客敬而遠之的最大原因也是這點，當然她身為女皇，乃掌權方這也是理由，但根本上來說她就是想要殺害所有人，要好好相處真的有困難。

所以那兩位才討厭她。立場中立的槍兵（迦爾納）當然也應該察覺到了女皇的習性，只不過他可能認為「就是這樣」並接納了這點。

而按照術士（莎士比亞）的認知來看，女皇這樣的行為是「理所當然」。

遠比自己更高高在上的女皇肯定不是弱者，毫無疑問是絕對性強者。靠著拐騙各式各樣存在活下來的女人絕對輕忽不得，是再明白不過的道理。

「身為宮廷小丑，還是想盡全力主張一下生存理由啊。吾輩的著作、吾輩的書籍『肯定』不完美，但也因此才會是美妙的故事啊。」

『「不完美」？難道不是完美嗎？』

「亞述女皇啊，這是當然吧。完美的存在、完美的人類、只由秩序與邏輯構成的完美故事什麼的——『一點也不有趣』！『我年輕的時候不懂事、沒有真情（My salad days, When I was green in judgement, cold in blood）』！吾輩的故事就因為不完美而美麗，因為不完善才是純正的娛樂。失敗會死？無所謂啊！就是有機會失手，所以必須補償！『正因如此』，吾輩才要奮起寫出傑作。」

『哎，明明透過念話，但閣下的聲音大到吵人啊！再重複強調一次，不許失敗，一定要把四郎——天草四郎時貞的故事寫到最後。』

術士聞言勾嘴一笑，丟出從之前就想問的問題。

畢竟現在主人不在，是讓她說真話的絕佳機會。

「那麼，請容吾輩提個問題。女皇陛下，您覺得哪樣比較好呢？讓我等主人達成夙願好，還是『踐踏他的夙願才好玩呢』？」

——刺客稍微出乎意料般停止了呼吸。

『當然是達成吧，使役者是服侍主人的存在啊。』

「……哎呀。」

術士的回答之中明顯帶著不滿。

現在殘存的使役者之中，毫無疑問乃最弱小的他(莎士比亞)卻天不怕地不怕。

「吾輩不想聽到這種表面的回答！刺客，妳究竟想不想看到破滅？來，快回答！」

術士再度問道。被鋒利話語進逼的「紅」刺客，認知到這是小丑才會提出的正經問題。

那麼，女皇(塞彌拉彌斯)也該真誠地回覆。要是說謊，就會墮落成小丑以下的存在了。

家臣不在此，便只能托出自身真心話。奇妙的是，她認為這是非常需要勇氣的行為，但已經沒有可以依靠的對象，對方也不是撒個嬌就會放過自己的人。

集中精神到前所未有的程度，脫下層層披掛的虛偽外衣——女皇擠出了真相。

『——吾不否認想看的念頭。畢竟吾對善良或寬容等沒興趣，是喜好破滅與絕望的女人。吾看過炫耀權勢的王丟臉地失勢，也看過勇猛將帥因恐懼而絕望的模樣，但至今仍未看過聖人絕望，因此想看，這是不爭的事實。』

「紅」刺客輕聲笑了，術士以保持沉默來催促她繼續說下去。小丑時而必須忍耐著聽王說話。

『然而，吾還想看看一樣東西，就是那個男人打從心底想看到的風景。救贖人類。可是無論如何都無法認為他正常，無論怎樣的英雄和聖人都放棄了的景象。吾可也是居於上位者，看過了意外、絢爛、醜陋、清廉各式各樣事物——卻從未看過這個。或許很無聊，也可能即將迎接枯燥無味的無趣結局，然而——不先看到，就不會知道。』

「原來如此，也就是說，女皇閣下不是基於對主人的忠誠，而是基於純然的好奇心想看看這樣的結局了。」

『沒錯，當然吾心中也有「支配」這般願望。但更重要的——目前吾期待著那個男人會前進到何方，能讓吾看到些什麼。』

簡直就想討玩具的小孩啊——術士勉強吞回了這句話，要是說了恐怕會被殺。

『你似乎想說什麼不敬的話，但真虧你這樣多嘴的男人能忍住，看在你保持沉默的份上，原諒你吧。』

一陣斷線的感覺閃過腦海，術士想起自己漏了一件該詢問清楚的事。

「糟糕了，應該要問清楚是否能加寫女皇的戀愛故事啊。好了，該怎麼辦呢——好吧，順便寫寫好了，這會很受歡迎，毫無疑問會受歡迎。」

莎士比亞從懷裡掏出紙張，簡單扼要做好紀錄。

「女皇墜入愛河了」。

而莎士比亞準備再次開始認真寫作。

身為天草四郎時貞的使役者與之連結的他，只要主人許可，就能鉅細靡遺地一一記錄下周遭的狀況與天草四郎的心境。

也就是說，對主人而言，自身想法將完全洩漏給他知道，若是一般主人，基本上不會同意。

——而當然，言峰四郎不是一般人。

毫無疑問，莎士比亞是世界上最出名的劇本家。召喚他為使役者的人，都將面臨終極抉擇。

不僅自身的思考、愛好，以及人生將被他搜刮，甚至可能被他寫進故事裡面。

若能接受這些，莎士比亞將高聲讚頌這段非凡人生吧。

而故事將昇華為寶具，無論怎樣荒誕無稽、亂七八糟，莎士比亞的筆「甚至能干涉現象」，不可能的事情「只是無聊罷了」，但若作家相信它有趣便可倒轉因果。

寫、寫、埋頭猛寫。

天草四郎時貞在大聖杯內部遭遇各式各樣苦難，過往的父親、過往的母親、發誓同在的伙伴們。

他們都將訴說。

拿起劍，儘管揮舞吧，我們有這樣的權利，我們有義務復仇——

儘管苦悶，他仍繼續前進。

若伙伴無法打動他，那麼敵人呢？

笑著殘殺、蹂躪、澈底凌遲他的伙伴，是這個世界的惡性腫瘤（癌）。那是令人足以看破人類手腳、失望的存在——

面對這樣的他們，天草四郎——

「……唔喔？」

突如其來的震動讓「紅」術士（莎士比亞）停筆。時間是深夜零點，在這種狀況下的突然震動——理由只有一個。

「來了嗎，聖女啊！」

「紅」術士呵呵大笑，站起身子奔了出去。

「這是跟時間賽跑，但我們的主人可是犧牲睡眠，跳過時間趕著喔。即使趕上了，保護我們的可是無敵之劍與不屈之盾，還有如金剛石般堅固的城堡。好了，你們該如何是好？」

§§§

幾乎同一時刻，「紅（塞彌拉彌斯）」刺客在王座上睜開眼。

「——嗯，來了啊。」

雖然是遲早會來的敵人，但似乎略顯遲了點。不是花了比預料之中更多時間準備，不然就是有其他理由。

無論如何，都沒有差別。

「弓兵、騎兵……來了，出馬迎戰吧。吾不知他們用了什麼飛行手段，但都不是能熬過我等攻擊的玩意兒。騎兵，用閣下那可以遨翔天際的戰車毀了他們。」

騎兵帶著奇妙情緒，回應傳遞過去的念話。

『啊——要是能毀我是打算毀啦，但我想應該要花點時間喔。』

「……什麼？對方準備了那樣大費周章的術式來嗎？」

『妳看了就知道。』

這句話讓「紅」刺客將外界景象投影到天花板上——不禁啞口無言。

「這什麼——？」

因為聖杯賦予的知識，所以「紅」刺客也知道所謂飛機是怎樣的存在。渺小的人類為了能飛翔空中，而絞盡腦汁打造出來的機械鳥兒。

他們正以機械鳥兒往這邊來，這是無妨，這選擇比拿些奇怪的魔術道具來更合理多了──但是，數量實在太多了。

共計十架大型噴射機，簡直像是成群候鳥般往這邊逼來。魔力反應也很曖昧，無法判斷究竟從哪架飛機發出。

再加上──

「『黑』使役者……！」

弓兵站在飛機機頂上，似乎已經完全準備好戰鬥，毫不大意地正在搜尋周圍。他旁邊是同樣站在飛機機頂上的騎兵。騎兵已經騎在鷹馬上，成為他新主人的人工生命體在其背後。

而站在中央飛機機頂上的則是聖杯大戰裁判，「紅」陣營的對立者。相對於無法成為聖人的少年，這位是真正被認定為聖女的少女。

職階裁決者──貞德．達魯克。

「沒想到竟用亂槍打鳥方式……哼，愚蠢至極，但也因此『難搞』。」

十架飛機以非常密集，幾乎差之毫釐就要相撞的距離編隊飛行，換句話說，只是擊落一架飛機，這些使役者都不會找不到地方落腳，憑裁決者和弓兵的體能，在飛機墜落之前應能輕鬆地跳到另一架飛機上。

「說起來……即使如此仍無法接近這座花園啊。」

對「紅」刺客來說這確實難搞，但也「只是這樣」。她只消啟用這座花園的防衛機制，就能將這些鐵塊一舉吹飛。

只是——這樣不好玩。雖說像這樣展現強大力量也是一種祥和，然而一旦這樣殺了對方，「紅（我方）」陣營的英雄們應該無法接受吧。

「騎兵，在對方逼近花園的一定距離之前，吾不打算下手攻擊——」

『女皇啊，這意思是說讓他們靠近了，就會連我們一起打嘍？』

「正是，不服嗎？」

「紅」刺客很平常地回應完追加反問，而「紅（阿基里斯）」騎兵則欣喜地接受她的挑釁。

『不不不，完全沒有問題……我會去收拾「黑（凱隆）」弓兵，順便分解那些飛翔在空中的鐵塊。』

獰猛野獸的聲音讓「紅」刺客背脊竄過一陣寒氣。

即使是由英雄父親與女神母親生下的半神，乃特洛伊戰爭的大英雄——究其本性，還是將一切奉獻給戰鬥的怪物。

「很好，交給閣下了。」

話雖如此，這是身為英雄不可或缺的要素。必須殘忍、高傲，並且對自己的強大有絕對自負，英雄才得以是英雄。

「弓兵，請閣下負責後方支援，確實地擊落每一架飛機。」

『……不，我要去收拾那個討人厭的小姑娘。』

這聲音彷彿從地底震響上來，方才騎兵那只是因狂暴而雙眼熠熠生輝的野獸之聲，聲音之中所帶的感情只有喜悅——對於與強者交手的歡喜。

但「紅（阿塔蘭塔）」弓兵的聲音不一樣，明顯是憎恨之聲，與英雄特有的爽快殘忍有決定性的不同。

「——什麼？」

也難怪「紅」刺客要疑惑，在她來看，「紅」弓兵是一個很好理解的英雄。

認為與強者交手乃喜悅之事，對作戰本身並沒有厭惡，對善惡或政治沒興趣。重視名譽、榮耀這些看不見的概念——

而若她會憎恨一個人，就是那個人是她心愛對象的仇家。可是裁決者——奧爾良的聖女貞德．達魯克是一個跟成為仇家無緣的人。而且說起來，「紅」弓兵會親近到抱持愛情的對象，應該不存在於這個世界上。

『我要殺掉那個女人！必須殺了那個假借聖女名義的垃圾畜生！刺客，妳別阻撓我……！』

然而——她的聲音帶著激昂。

「紅」刺客知道，這憎恨是無法控制的情緒，會優先於任何事物之前，別說我方的盤算了，甚至她連自身性命都能認定毫無價值。

在戰場上，這類憎恨總會引發混亂，如果她能順利收拾裁決者，當然就沒問題。

不過——

『女皇，無所謂啊。反正我的對手一定是「黑」弓兵了。』

「紅」騎兵介入念話之中。確實如他所說，「紅」騎兵因為心懷榮譽，而希望能與過去的老師對峙。

「……明白了。反正『黑（阿斯托爾弗）』騎兵應該打算騎著那半吊子的怪物衝過來吧，就由吾來收拾他。」

反正跟蒼蠅沒兩樣，不會是多大威脅。

「槍兵，閣下在那些個玩意兒接近到極近距離前先別妄動。吾得忙著控制花園，而術士則不用說，根本派不上用場，最後的保護任務就交給閣下了。」

『——明白。』

平靜的語氣讓刺客安心，即使負責迎擊的三位若有誰漏了人，只要有他在——就不會讓對方接近大聖杯一步。

「那麼——殺光他們，大聖杯是我等之物！」

騎兵和弓兵大聲回應。

只要能抵達花園，就算是這場戰獲勝的「黑」陣營。

不讓對方抵達花園就能獲勝的「紅」陣營。

以救贖人類為目的的天草四郎時貞，以及打算阻止他的貞德・達魯克。這場最終決戰在深夜的黑海，高度七千五百公尺的高空上華麗地開打。

§§§

暴露在冷冽得似乎能切開身體的強風之中，手中的聖旗劇烈地飄揚著。不是待在飛機內，而是站在飛機機頂上的少女，正是威風凜凜。

那裡是普通人類無法存在的絕佳景色，同時是空中地獄。

恐怕是空中花園的魔力造成干涉，隨著飛機接近，速度愈來愈慢，現在時速只有三百公里左右。話雖如此，這速度造成的逆風還是強勁到足以把人吹走的程度，不過身為使役者的裁決者，以積存了魔力的雙腳穩穩站在飛機機頂上。

雖然她的煩惱多到足以令她發瘋，但她還是暫時僅專注於眼前的事情上。無論過去還是現在，她的（貞德）任務都是掌旗——目的是讓所有攻擊都集中到她身上。

而且還必須說好，絕對不能倒下。

這才是她的契約（詛咒）。只要手握這面旗幟站著，少女就不能敗給古往今來、世界各地的各種英雄。

劍兵。

弓兵。

槍兵。

騎兵。

狂戰士。

術士。

刺客。

不屬於分成七種的任一職階，孤獨高尚的絕對裁判。

裁決者——貞德・達魯克就像過往那樣打頭陣。

在人類智慧所不能及的超高空上，「黑」陣營終於看到了「虛榮的空中花園」。

「——看見了！」

『嗯，這邊也看到了。』

『同樣看到了！哎呀，那個不管看幾次都很誇張啊！』

確實，裁決者也同意這說法。

她的空中花園用一句話來說，就是金碧輝煌的巨大鳥籠。而它飛翔於空中的景象，真的如夢似幻。

守護鳥籠的除「紅」使役者之外，還有配備在花園周圍，全長高過二十公尺的漆黑板子，這就是之前擊落「黑」騎兵的「十又一之黑棺」。

相對的裁決者等人搭乘在鋼鐵巨鳥上，直直朝向空中花園而去。幸好飛機的飛行路徑極為穩定，很神奇的是她在機艙內明明那樣坐立不安，但上了機頂就變得非常冷靜。

看來她自己的判斷標準在於看不看得見窗外景象。

啊，真是個鄉巴佬——她甚至有餘力想到這樣無聊的玩笑。

但差不多該斂起笑容了。在這之後，有令人完全笑不出來的各種絕望等著，所以要趁現在笑。

想到「黑」騎兵而笑，想到「黑」弓兵與主人之間和藹的氣氛而笑，因弓兵主人弟弟少年的勇氣而感佩——最後想到他，露出不一樣的笑容。

然後突然停止微笑。

眼神嚴肅，手握聖旗，勇猛地大喊：

「天草四郎時貞——！」

裁決者怒吼——回應她的不是天草四郎本人，而是他的使役者刺客。

『叫什麼，難看。主人忙著用大聖杯執行「人類救贖」，喏，動作快點說不定還能趕上喔。』

聲音直接傳進腦海中，強制念話會在腦裡迴盪，甚至到了討人厭的程度。

但更重要的是她話中透露的情報。

「……他是真的想要救贖人類嗎？」

裁決者發問，「紅」（塞彌拉彌斯）刺客大笑。

『這個嘛，吾不知。無論結果如何，吾都不想知道。若想阻止主人，就去追上他吧。但是呢……首先你們得先能突破「紅（我方）」的使役者才成啊！』

空中花園突然閃出強烈光芒，那是強大的魔力奔騰——「紅（阿基里斯）」騎兵操控的三頭馬戰車嘶吼著飛翔於空中。

「好了，『黑（凱隆）』弓兵！約定的時間到了，當然好好享受一番吧，是不是啊！」

在漆黑空中畫出大蛇般的軌跡，「紅」騎兵朝著「黑」弓兵衝刺而去——！

「黑」弓兵的雙眼是即使深夜，也能不受影響看透一切的千里眼，但即使有他那樣的眼力，也極難跟上「紅」騎兵的戰車。無論是力量、技巧或者速度，在戰鬥中只要這三者有一項具有遠遠凌駕常識之上的實力，就將不再是單純參數層面數字——純粹可以當成一種「武器」使用。

就這個層面而言，「紅」騎兵操控的戰車速度正是一種武器。

無法閃躲、無法防禦，威力絕大，攻守兩方面都幾乎完美——是作為一位英雄所能到達的一種頂點。

遑論騎兵駕馭的馬並非普通馬匹，是海神（波賽頓）賜贈的不死神馬克桑托斯、巴利俄斯，以及攻陷埃俄提翁時獲得的名馬佩達索斯。

戰車名為「疾風怒濤之不死戰車（Troyius Tragoidia）」，是能拋下世上一切的神速兵器（寶具）。

有誰能阻止以光速暴衝的攪拌機呢？只消一碰，生物就會立刻變成血紅的麵團，而且即使是人類生出、如鯨般巨大的精密機械也不例外。

往空中而去的戰車有如流星，往一架飛機墜去，他鎖定的當然是「黑」弓兵所站的機體。

「逮到啦！」

「紅」騎兵發出充滿信心的叫喊，沒錯，他一出手，飛機什麼的根本和鐵屑沒差別。

金屬撕裂的不悅聲音響徹天空，或許在衝擊之際點燃了燃料，從機身一分為二的飛機失控，直接墜落。

不用看也可以知道飛機會重重撞擊海面後化為塵埃，但墜落的飛機上看不到「黑」弓兵身影，騎兵想說他應該是跳到鄰近的飛機上，於是暫時停下戰車觀察周圍——此時愛馬突然嘶鳴。

「什麼……？」

他反射性回過頭——「黑」弓兵已搭起箭，瞄準了這邊。不，不對，「他已經放完箭了」！

在這沒有月光，只有空中花園散發朦朧光芒的空間內，幾乎不可能察覺到放出的箭。

然而騎兵卻感受到魔力之渦與微小的空氣擾動，猛地一甩頭。

牙齒咬合的聲音「喀哩」響起——「紅」騎兵得意地笑，看到他的樣子，連「黑」弓兵都說不出話。

騎兵用嘴「咬碎了」放出的箭。他判斷此箭瞄準了自己的眉心，只是躲開還不夠，得正面迎擊。

「你在那裡啊！」

「紅」騎兵再次抽了愛馬一鞭，駛出名為削岩機的「戰車」。

速度在轉瞬間便到達音速，畫出螺旋軌跡高速攀升——高速下墜。原本「黑」弓兵站著的那架飛機遭到自天而降的巨大拳頭擊毀。

「黑」弓兵在扭曲變形的機體上奔馳、跳躍——同時再次放箭，接著速射的速射，放出的三連箭擦過瞬間靜止的騎兵頸項。

但這點損傷無法阻止戰車，當然不可能阻止。

——「黑」弓兵，我怎麼可能停下，現在的我毫無疑問是最快！

戰車邊攪拌黑暗，邊猛力前進。

狂奔的「黑」弓兵從扭曲的機體躍上另一架飛機，無論是數十公尺的距離，還是席捲的勁風，他都不當一回事。

落地同時，啟動事先被告知的操作用術式。

「『掉頭』。」

飛機在追上來的「紅」騎兵眼前迴旋，因為機腹暴露出來的機體成為盾牌，所以「黑」弓兵從騎兵的視野消失，「黑」弓兵便趁這個機會跳到另一架飛機上。

阻撓視野的機體攀升，但「紅」騎兵沒有追上去。

阿基里斯可不會一再中了這類小把戲，他看穿了弓兵不在攀升的機體上，已經移到別架飛機——並瞄準了這裡！

「紅」騎兵心想「別瞧不起人」，並朝爬升的機體——也就是約三百噸的鐵塊衝刺，然後直接衝撞上去。原本打算連同當作誘餌的飛機一同狙擊而拉滿弓的「黑」弓兵不禁愕然。

如果用戰車貫穿飛機那還好說，但……沒想到他竟是「把整架飛機一起推過來打算撞爛這邊」，亂來也要有個限度……！

不過實際上，方才迴旋的機體就是被「紅」騎兵當成巨大盾牌，打算推來撞爛「黑」弓兵……！

弓兵情急之下往後一退，射出拉滿弓的一箭。將龐大魔力作為衝力射出的箭帶著與飛彈同等的威力粉碎了盾牌。

但即使盾牌粉碎，「紅」騎兵仍沒有停下，他以寶具猛槍貫穿、打擊，甚至搭配踢腿，接連射出機體殘骸作為投擲武器。

這根本是比石塊還巨大的榴彈，逼得「黑」弓兵不得不更撤離。

——「紅」騎兵確定自己正將對手逼上絕路，連一分猶豫都沒有，只有自己正與過去不斷追隨著背影的男子交手，這般超乎想像的喜悅支配著他。

不是要殺死對手，而是要獲勝，而在獲勝過程中死了也是無可奈何。如果使盡全力挑戰，但結果是非死不可，那也無可奈何，對手一定也會因勝過自己而欣喜。彼此展現力量衝突，這之中沒有悲哀介入的餘地。

奔跑、追逐、射箭、粉碎，大賢者凱隆——「黑」弓兵；大英雄阿基里斯——

「紅」騎兵，兩位使役者毫不猶豫，緊接著「消費」了兩架巨無霸客機。

在短短幾分鐘之間，已經有六架飛機遭到擊落，還有四架，若照這樣下去，所有飛機會在幾分鐘內全數墜毀，同時「黑」陣營將從聖杯大戰敗退。

當然「紅」騎兵也是使出了全力，無論結果多麼無聊，儘管非出於他本意，但若這樣會分出勝負，他認為這也是沒辦法。

「黑」弓兵當然不期望這樣的發展，而且他也知道包含狀況有利的部分在內，「紅」騎兵已經使出了渾身解數。

然後——「調整終於結束了」。

§§§

『那傢伙來了。』

『可恨的那傢伙來了。』

『殺了小孩們的那傢伙來了。』

有人低語著，「紅(阿塔蘭塔)」弓兵彷彿回應這聲音般拿起弓。她到現在還沒發現惡靈的低語，已經轉化成她本身的發言了。

低級惡靈只會不斷重複，應該沒有順應狀況改變說法的知性才對。

所以，這是她本人的願望。

『殺了她。』

『殺了她。』

『殺了她。』

『殺了她。』

『殺了她。』『殺了她。』『殺了她。』『殺了她。』『殺了她。』『殺了她。』『殺了她。』『殺了她。』『殺了她。』『殺了她。』『殺了她。』『殺了她。』『殺了她。』『殺了她。』『殺了她。』『殺了她。』

『殺了她。』——

弓兵露出平穩的微笑回應低語，並吻了漆黑的右手臂。

「安心吧，我一定會殺了那個女人，那欺瞞的聖女。」

殺意早已磨成與刀刃不相上下般銳利。使役者雖然擁有遠超人類的戰鬥能力，但同時也是非常人性化的存在。

愛會使人堅強，憎恨則會帶來在那之上的強悍。當然，無論哪種情感都同時會招致自滅——但即使要用破滅交換這些感情帶來的強大，也在所不惜。

阿塔蘭塔笑著拉滿了弓，不管天色是否漆黑，「紅」弓兵的雙眼都確實地看準了裁決者。

她在飛機機頂高舉聖旗，模樣顯得威風凜凜。「紅」(塞彌拉彌斯)刺客理所當然地啟用了空中花園的防衛機制。

黑色板子接連射出超乎規格的光彈，每一個都等於自高空落下的隕石。那撕裂天空的破壞力，確實是符合「對軍級」稱呼的玩意兒。

——然而，若仔細分析，那就是「只有破壞力唯一一項優點的」單純迎擊用魔術。

裁決者面對射來的光彈揮舞旗幟——僅是這樣，集約的魔力便四散而去，雖然超乎規格的反魔力技能也是如此，但裁決者最「惡質」的能力，果然還是那面聖旗。

『只要聖女揮舞旗幟，我們就不會敗北。』

士兵們的單純質樸的信仰心，隨著貞德．達魯克聞名世界，化為聖女既有的寶具顯現。

與「紅」騎兵（阿基里斯）、弓兵和刺客等相比之下，即使資歷尚淺也不成問題，因為貞德．達魯克是世上所有人都知道的貨真價實聖女。

在知名度方面能與她匹敵的也只有大聖母一類吧。

那麼，存在於現代的她所揮舞的旗幟，無論身在何方，都能夠摒除各式各樣危害。

裁決者吼著，以聖旗打擊光彈——光彈隨著些許震動散去。

「紅」弓兵心想——現在「紅」刺客肯定怒不可遏，畢竟這座空中花園雖說是虛榮，但就是她本人的自尊啊。

能夠粉碎各式各樣有害敵人的無敵不敗浮遊要塞。雖說英雄或許能勝過戰車，也有機會戰勝飛翔空中的馬匹，甚至可以屠龍。

但怎樣也贏不過要塞，說起來以要塞為對手所做的勝敗判定本身就沒有意義。

要塞該是要入侵的對象，迎擊該是要閃躲的對象，粉碎迎擊什麼的根本就不可以存在。

『混帳，惱人啊……！』

光彈狂亂飛舞，彷彿讓人可以聽見這般歇斯底里尖叫似的。是啊，真的很礙事，雖然不能說沒有意義，但太無謂了。

……話雖如此，「雖然無謂，但並非沒有意義」。

裁決者雖然是最強的使役者，也絕非萬能，即使不算上她擁有令咒，實力也不是一般使役者能比擬，不過仍然有極限。

所以那時候裁決者才會選擇逃亡。當時有「紅」槍兵（迦爾納）、「紅」刺客，以及沒有現身的術士，即使不算不確定將會敵對或成為伙伴的弓兵或騎兵，只要包含四郎（裁決者）在內的所有人一舉進攻，即使用了令咒，她敗退的可能性仍然極高。

寶具聖旗也並非無敵。

「紅」弓兵看得見，雖然只是一點點，但旗幟開始破裂了，那應該就是不讓各種攻擊通過的代價吧。

貞德・達魯克並非不敗，雖然她因為中了各種奸計，仍不改最終成為階下囚的事實。

那麼，在她死去之前、無法承受之前，就要不斷射箭。

「——裁決者，接招吧，我會把妳的屍體拿去餵給棕熊。」

拉滿了弓，將龐大魔力集約在箭鏃上，野獸之眼確實掌握了裁決者明確地看到自己（阿塔蘭塔）的瞬間。

鬆開手指——龐大魔力從箭鏃噴出，整枝箭襲擊而去，好似撲向獵物的音速餓狼。

一旦直接命中，就連此次聖杯大戰中，擁有堪稱最強物理防禦力的「紅」槍兵也不可能毫髮無傷。

然而一聲咆哮，裁決者的聖旗漂亮地粉碎砲彈，並一個個回手打回「紅」刺客的魔術掃射。她應該是有意地選定了方向回擊，至少她腳下的飛機仍平安無事。

但是，「紅」弓兵不可能只放一箭就結束，放完箭的下一個瞬間，她已經再次拉滿弓，填充魔力。

「下一箭、下下一箭準備，上箭（Set）——雙星，衝啊。」

兩枝箭同時射出，若方才那箭是狼，那麼能透過魔力控制飛行軌道，自在地蠢動的這兩箭，便帶著如同毒蛇的惡質襲向裁決者——！

『無法應對。』

最佳獵人嘲笑。

『能接招。』

裁決者認定。

來襲的魔彈有兩發，還加上來自空中花園的防衛機能「十又一之黑棺」的光彈照射。

事情發展成這樣，裁決者已經無法刻意採取行動應對。她無法計算以音速衝過來的哪一枝箭鏃會更快抵達。

因此她在半是中斷思考的情況下，順應狀況。

以橫掃方式揮舞聖旗——彈開了抵達距離略短幾分的第二箭，但這樣無法防範從上方落下的第一箭。

但儘管無法防範，還是能引導狀況變化。

「什麼——？」

也難怪「紅（阿塔蘭塔）」弓兵如此驚愕，因為她認定躲不掉的那一箭受到花園的光彈迎擊。

裁決者在接下第二箭之後，立刻轉向把襲來的光彈往頭上打回去，看到這麼不像樣的同夥自傷——「紅」弓兵怒不可遏。

「裁——決——者——！」

「紅」弓兵伴隨大吼衝出，以生前無人可及的神速飛毛腿全力狂奔。這是在極度前傾的姿勢下才能做到的野獸般的跑法。

無論人類怎樣持續鑽研都不可能跨越的超長距離，「紅」弓兵只消轉瞬間便跑過了。裁決者架起旗幟面對接近過來的她——兩者互瞪。

「我要殺了妳。」

駭人的怨憤聲音發自「紅」弓兵。

「——很遺憾，這不可能。」

然後，裁決者嚴肅的回覆彷彿要消除這些怨憤。

兩者間的戰鬥即將展開。

§§§

「好了，『黑』弓兵，你沒有退路啦！」

聽到「紅」騎兵的這番話響徹雲霄，「黑」弓兵只是悠哉地笑著放箭。但騎兵的戰車以超越箭的高速貼近弓兵。

這原本就是沒有勝算的比試，不拉開距離就無法作戰的弓兵，怎麼可能對抗能在瞬間衝到極近距離內的騎兵呢？

——話雖如此，「黑」弓兵也並不是「只能在遠距離作戰」。

無論速度多麼快，還是有唯一的缺點存在。

「正確的時機、正確的座標、正確的速度——必要的只有這些。」

理解箭的速度。

也能計算到達時間。

還能導出到達座標。

那麼，剩下只要能理解戰車的速度就很簡單了，無論能如何以速度壓倒對手，只要將箭射往他將移動到的位置便可。

這雖然屬於未來視的一種，但並非多麼特殊的能力（技能），只是不挫折地不斷累積修練，以及能洞察將來的澈底計算能力所搭配完成的必然技術。

「什麼——？」

然而從「紅」騎兵（阿基里斯）的立場來看，只會覺得箭鏃突然出現在眼前吧。方才放箭的時候，弓兵另外朝騎兵一定會到達的座標上放了另一枝箭，對騎兵來說，這狀況簡直是惡夢。

不是騎兵動了，箭才射到。

「是騎兵移動到箭會射到的座標」——

不可能躲開，因為騎兵就像是自己一頭撞上箭那樣。

被貫穿的肩膀滲出血，箭鏃深入骨頭。

「嘖……！」

「紅」騎兵拔出箭，瞪了已經敏捷地移動到另一架飛機上的「黑」弓兵，並策馬準備追上去——下一秒，佩達索斯的頭大大地晃了一下。

「什麼！」

三匹馬之中，有兩匹譽為不死神馬，但只有一匹——佩達索斯是稀世的快腿名馬，並非不死之身。一枝箭貫穿了佩達索斯的腦門，即使是寶具，靈核遭到貫穿的馬匹也只能消失了。

「紅」騎兵咬緊牙根瞪向「黑」弓兵。

他被迫做出選擇，如果要繼續以雙頭馬戰車破壞飛機，毫無疑問能強制令「黑」陣營退出，大概只會留下能操控鷹馬的「黑」騎兵（阿斯托爾弗），但我方弓兵應該可以輕鬆收拾他。

然而——這也要是「自己能破壞所有飛機才算數」。

這邊（騎兵）的行動已經被對方看穿，無論在平原的戰鬥、森林裡的戰鬥，以及方才的空中戰中，「黑」弓兵幾乎都完美地掌握了騎兵會怎樣行動。

這部分應該才是更嚴重的問題吧，但是——該捨棄目前這個壓倒性有利的狀況嗎？

思緒瞬間轉動，身為戰士的直覺低語著。

『不可以駕駛戰車，「你是比任何人都強的戰士」。』

「——克桑托斯、巴利俄斯，你們不用戰了，先退下吧。」

他輕拍馬匹的脖子，名為克桑托斯的馬回頭看向主人說道：

「明智的選擇啊，吾主。若繼續駕駛戰車，你遲早會落入與當時同樣的命運。」

克桑托斯因為擁有女神傳授的能力所以理解人話，甚至可以說話。只不過——

「哼，那麼我現在的作為是正確嘍？」

「天曉得？這我真的不得而知。我知道的就只有『這樣下去你會死』的選擇。」

只不過，個性惡劣透了。

騎兵用槍柄末端頂了克桑托斯一下，克桑托斯嘶鳴一聲，傻眼似的與巴利俄斯一同消失，這樣就結束了。「紅」騎兵捨棄了壓倒性的有利局面，一手提著槍，在飛機上落腳。「黑」弓兵雖以極為自然的動作放箭，但騎兵的槍輕易地將之化解。

巨無霸客機機頂，在正常人早就要暈厥過去的高度上，兩位英雄迎來了二度對峙。

為了迎戰敵人（對手），兩位使役者緩緩地走在鋼鐵地板上，「紅」騎兵就這樣彷彿要吹散勁風般，豪邁地笑著問：

「好啦，我在這裡是如同老師的預測嗎？還是錯估了呢？」

另一方面的「黑」弓兵則淡定地笑了，但手中的弓已經搭上箭。在騎兵打算跨步而出的瞬間，他就會察覺騎兵的動靜放箭吧。而騎兵這邊則在尋找弓兵的破綻，可以視狀況而一舉拉近距離。

戰況膠著——但也不會維持太久，只要等待的瞬間會來到，就不可能忍著不享用眼前的大餐。「紅」騎兵壓抑顫動的凶猛利牙，等待方才問題的答案。

「黑」弓兵開口。

「這個嘛，怎麼說呢，我是覺得『兩種都有可能』。」

「可以的話，我希望是你錯估了，我可不想再被神明註定我該走的路。這次真的跟正確與否無關，我要隨心所欲地戰。」

「所以才協助言峰四郎……不，天草四郎時貞嗎？為了實現那誇大的妄想？」

「黑」弓兵的目光嚴肅，儘管天草四郎說著「救贖人類」之類的夢話——但這就代表騎兵放過了他。在與「紅」騎兵對決之前，弓兵身為老師，只有這件事情必須問清楚。

但騎兵以堅定的態度反駁。

「確實是誇大的妄想，但是『有勝算』。至少我聽了主人（四郎）的說詞之後，是這樣認為的。」

「別傻了，救贖人類什麼的——」

「若用那傢伙的方法就有勝算……哎，他的計畫與救贖之名相符。他不會殲滅人類，也不會選定人類，更不打算破壞什麼，真的是非常符合聖人作風的方法。」

「黑」弓兵很難得地厲聲說：

「不可能有這種方法！許多聖賢、英雄、聖人不斷追求、思考以及重複執行都無法達成！儘管他是聖人，但天草四郎時貞也應該無法成功啊！」

「紅」騎兵揮槍，直指空中花園。

「讓這件事情變成可能的——就是『冬木』的大聖杯啊，老師。」

在召喚到這個世界之際，除了現代知識之外，與聖杯相關的情報也都會大致賦予給所有使役者，尤其弓兵因為本身的見識淵博，很早便看穿了大聖杯原本的目的。

這些龐大的知識在「紅」騎兵的一句話下反覆散落、收斂、架構。

聖杯戰爭的起源。

創造聖杯的艾因茲貝倫、遠坂、馬奇里三大家，他們的真正目的。

大聖杯……其真正力量。

七位使役者真正代表的意義。

而直到現在仍持續留存的五個破格結晶（Outsider）——

愕然。

一切都順暢地整合為一。「不可能，這不可能，但是」——

這麼一來，確實「救贖或許能夠成立」。

「……難不成——」

「黑」弓兵無意識地說出這句話——「紅」騎兵笑了。

§§§

與其說現在在走路，用游泳形容更正確吧。一邊承受著皮膚剝落、肌肉融解的感覺來襲，言峰四郎仍不斷前進。

這裡已經不是空中花園，大聖杯內部是與現實世界相異的空間，無論物理法則、魔術法則，甚至連「自己本身」都被攪拌成另一種東西了。

只不過，雙手疼痛得嘎吱作響——只有這個感覺，能讓天草四郎時貞認知到現實，四郎放下心，果然為了供應魔力而與大聖杯連結是明智的選擇。若沒有任何對策，就踏入這麼異常的空間，只會瞬間遭到融解吧。

雙臂仍訴說著痛楚，但這痛覺才能讓現實與自我連結。

世界依然充滿苦痛。

自己一個人沉浸在愉悅之中，是愚者的作為。

言峰四郎先認定自身，自覺目前正處於什麼也沒有的大聖杯（這裡），以彼方為目標邁步而出。

因為設定了目標，所以開出了道路，四郎相信這條路將通往目的地。

路途很長、很遠，看不見盡頭。

簡直就像被說著「放棄吧」的感覺——忍住，結論是來到這裡之後，無論人類還是使役者都沒有差別了。

不管有沒有超越人類的強大力量都沒有關係，即使能夠劈開空間、跨越空間，只要不踏過這條路，就永遠無法抵達。

然後，只是單純走著——果然也是不行吧。

訂定目的地的是自己，「決定哪個是目標的也是自己」。

相信自己一定會抵達，抱著一定要實現的願望，好了，走吧。

距離非常遙遠，說不定是永遠也走不完的距離，也有一回過神才發現自己往反方向走的恐懼。

把這些全丟進垃圾桶。

「我能走，無論去哪裡、無論何時。」

踏出一步、兩步，毫不猶豫地跨出第三步。不認為行走十萬里痛苦，不認為九十度垂直的峭壁痛苦，不認為荊棘滿布痛苦。

這些事情他早已有覺悟。

父親、母親、姊姊，遭到殘殺的三萬七千人想讓他停下腳步。

「聽我說。」

她們說著，對著四郎的背影發聲。

——若停下腳步，應該可以輕鬆一點吧，所以你快停下，然後請務必聽我們說。

四郎拒絕體恤話語，駁斥請他停下腳步的邀請，為了不聽他們說話而摀住耳朵。

四郎也預測到會有這類誘惑，他心想只要在此迷惘，你們的死都會白費，而甩開這些誘惑。

他當然不可能不痛苦，當然不可能不傷心。

接著換成不是遭到殘殺，而是進行殘殺的一方出現。有史以來，好幾度出現的會吞食弱者的強者，他們會以「這邊與那邊不一樣」的不明確理由為依據，持續殺人。

他們露出淡淡笑容低語。

「怎麼了？我們殺了喔，殺了你父親、母親、伙伴，全都殺了殺了殺光了，『你難道不恨嗎』？」

背後的人們帶著悲傷與憤怒的情緒大喊：

「就是他們殺了我們，拜託『請殺回去吧』！為了幫我們鎮魂，請替我們報仇！」

無言。緊握的拳頭不鬆開，一鬆開——感覺就會嘔吐出些什麼。

他不可能不恨，不可能不憤怒，很想停止他們的笑、停止他們的呼吸，捏爛他們的心臟。

不過——他已經捨棄了悲哀和憤怒，並下定決心，不是為了讓伙伴的靈魂安息而戰，而是決定要拯救一切。

原諒、體恤，但捨棄了愛！

「凝事！」

內心有如千刀萬剮般發疼。打從心底憎恨明明沒有化為惡，卻像是助長惡的自己。

「即使如此」，也絕對不反悔已下定決心的事，覆水難收。

拯救世間一切的手段確實存在，所以祈願著希望大家能相信自己，無關敵我，請所有人都一起走向應該在彼方的樂園吧。

……但是，為了拯救，必須有力量。

只要人類維持現狀，就無法拯救。若以十個人建構世界，其中至少會有兩人被排除在外。以十人建構的世界，並不足以容下十人。

犧牲兩人作為活祭品，讓八個人享受幸福，這是最低的底線。而現實是為了讓一個人獲得幸福，必須有九個人走上苦難的道路。

理應永遠持續下去的，人類世界的統管機制（系統）。

四郎要打破這機制，拯救作為活祭品的兩人、拯救幸福的八人，拯救幸福的一人，拯救苦難的九人。為了航向繁星（天空）而必須要的奇蹟（力量），這才是——

「這才是天之杯——Heaven's feel，為了完全不遺落地拯救所有人類，最極致也最大的奧祕，也就是第三魔法。」

天草四郎（言峰四郎）時貞終於準備著手救贖人類了。

解說

奈須きのこ

戰爭終於來到最後地點——

到達距離地面七千五百公尺的高空，人手所不可觸及的絕佳景色。

填滿視野的蒼穹永無止盡，收不近視野內的地平線顯示了人類的盡頭。

這是沒有絲毫瑕疵的完整世界，在這個尚未受到文明渲染的無瑕領域內，現在將人類的願望濃縮的供品已然獻出。

其乃汲取慾望之杯。

內心挫折者們的最後救贖。

累積了許多人們的願望，只是用來實現一個人的願望的物品。

生出唯一美麗正確答案的物品。

——即使那已經染上了多麼可怕的瘋狂與絕望，也是如此。

◆

由十四位使役者展開的英靈大戰，既是聖杯戰爭但也超出了聖杯戰爭框架的群像劇。從東方島國衝向世界的，充滿玩過頭感覺的「東出版Fate」也終於來到最後一集了。

我邊心想只要凱隆老師和塞彌拉彌斯女王能有個好結局，就算最後給我天空之城那種結束方式也無所謂喔，並等著完成原稿到我手上時——

「きのこ，我說四集完結對吧。那是騙你的。」

伴隨這番話，東出／魔鬼司令／祐一郎粗魯地掛了電話。

這是發生在２０１４年一月某日的事。

不過きのこ我知道，因為我先看過大綱了，所以我從一年前就知道。

「所以我就說了，四集一定寫不完的啦！」

現在才說也是放馬後砲。

應該說，我的心情肯定跟大多數讀者一樣。

所以這樣的集數是預定中的調整，無須驚訝，要驚訝對內容驚訝就好了吧。

沒錯，我想每個人都預料會用解體聖母大肆胡鬧一番的那個使役者好像往很不得了的方向加速了啊，或者闖進花園的方式竟是這種好萊塢腦全開什麼的也該節制點，心想「你啊，以為這要是拍成動畫得花多少錢啊？」之類的。

在這邊告訴各位一個小祕密，上述那些發展在大綱階段可是隻字未提，或許東出祐一郎老兄在大綱階段也沒想到狀況會這樣暴衝吧。

這麼一來，集數增加也不用追究，因為這就代表故事本身活起來了，今後已經是說書人也無法想像的不可視領域，身為神的作者本人都無法預測的故事，真是美妙啊。這才是最適合這部一切都超過框架的外典的絕命終結站啊。

我與東出祐一郎的交情其實很久了，而且也很深。

從現在回溯到十四年前。

TYPE-MOON發表了名為《月姫》的電子小說遊戲之後，我們在熱氣滿滿的BIG-SIGHT西館初次交手。當時從老兄手中獲得的同人誌，現在還好好地收在奈須きのこ的工作書櫃裡。

在那之後，東出祐一郎以ＰＣ遊戲《妖人》正式出道，展現了那一點也不像新人的能力與熱情。

融合了和風傳奇與槍戰動作，對恐怖片的深厚造詣，令人手心冒汗的武術描寫，太有魅力的師徒關係，成長與離別，愈進展就愈濃烈的群像劇，雖然現在難以入手，但已經移植到家用主機上了，請各位務必玩看看。那才是純正且全速衝刺的東出祐一郎，是凝縮到他的優點與缺點發出慘叫，「可以得知該作家靈魂」的一部作品。

而東出祐一郎在《妖人》之後，接連參與了《Billet Butlers》、《Evolimit》等電子小說遊戲，在那之後，轉移到小說業界發揮。

沒錯，說穿了，他總算成了自由作家。

我身為東出祐一郎的粉絲同時，也是要擴展已經不是單一作品的「Fate」作品項目的製作人。

我們需要新血，想看看新的可能性，我無法不去追求東出祐一郎這化學變化會讓

「Fate」變成什麼樣子，而將這部外典託付給他。

這樣的結果，我現在正在這第四集細細品味。

兩位聖人的態度，儘管確實存在於現實世界，卻理所當然受到忽視的各種地獄。他冷酷地描寫著這些怨憤、這些痛哭，說道：

『我先聲明，這些地獄沒有救的，就是因為沒有救，才是地獄。』

就這樣看著它們的我們該做的，就是不能不去正視這些事實。

在那盡頭有什麼呢？那個會生出什麼呢——那有什麼意義呢？持續探討這個答案。

這不是stay、Zero，也不是EXTRA，是只有他才能寫出的故事。

儘管在「Fate」的世界觀底下，東出祐一郎的作家特性終於在這個時間點展露。

「Fate」是陳述理想和現實的故事。

在理想之中被現實所破的某人。

在現實之中沉溺於理想的某人。

或者在電腦這樣的理想之中追求現實的某人。

儘管順序不同，但這些都是拍著「一度挫折，卻再次站起」人們的攝影機……因為故事的最大目的是「實現無法實現的願望」，所以主要人物們必定要體驗過挫折。

從即使如此仍不放棄，或者因無法忍受而伸出援手的地方，「Fate」才會開始。

為了打破Fate——悲劇性的命運，那人手所無法掌控的巨大浪潮。

無論本作品《Fate/Apocrypha》如何偏離《stay night》的歷史，這點絕不會改變。

◆

看吧，馳騁蒼天的軍旗光芒。

這是兩位聖人的故事。

窮極拯救現世的少年，與看破了現世救贖的少女行進。

彼此都在所信的戰旗之下，以理想鄉為目標的故事。

大聖杯即將啟動，少年的理想終於成形。

——究竟，其身將是繁榮？抑或虛榮？

這個勇者明明超TUEEE卻過度謹慎 1~4 待續

Kadokawa Fantastic Novels

作者：土日月　插畫：とよた瑣織

謹慎的勇者要再一次拯救世界，
他的祕密武器卻是巨大女神!?

打倒獸皇葛蘭多雷翁的勇者聖哉與廢柴女神莉絲妲一刻也不得喘息，這次輪到擁有數萬魔導兵器的機皇出現在他們的面前。聖哉祭出反擊的祕技——「那就是祕密武器『大妲黛』。」「為什麼要做成我的樣子！」

各 NT$220/HK$73~75

最終亞瑟王之戰 1 待續

Kadokawa Fantastic Novels

作者：羊太郎　插畫：はいむらきよたか

為了終將到來的世界危機——
決定亞瑟王繼承者的戰爭即將展開！

天才高中生真神凜太郎故意加入被評為「最弱」的瑠奈．阿爾托爾的陣營，參加選拔真正亞瑟王繼承者的「亞瑟王繼承戰」。可是，瑠奈是個當掉聖劍，逼手下玩角色扮演賺錢的人渣！然而面臨絕望的危機時，瑠奈展現出連凜太郎也不由得認同的強大力量——

NT$250/HK$83

86—不存在的戰區— 1~5 待續

Kadokawa Fantastic Novels

作者：安里アサト　插畫：しらび

那是對生命的侮辱，抑或對死亡的褻瀆？
潛藏於雪山的怪物們，笑著向他們問道。

辛聽到了疑似「軍團」開發者瑟琳的呼喚。蕾娜等「第86機動打擊群」揮軍前往白色斥候型的目擊地點「羅亞．葛雷基亞聯合王國」，然而他們在「聯合王國」執行的反「軍團」戰略實在超乎常軌，就連「八六」成員都不禁心生戰慄——

各 **NT$220~260/HK$68~87**

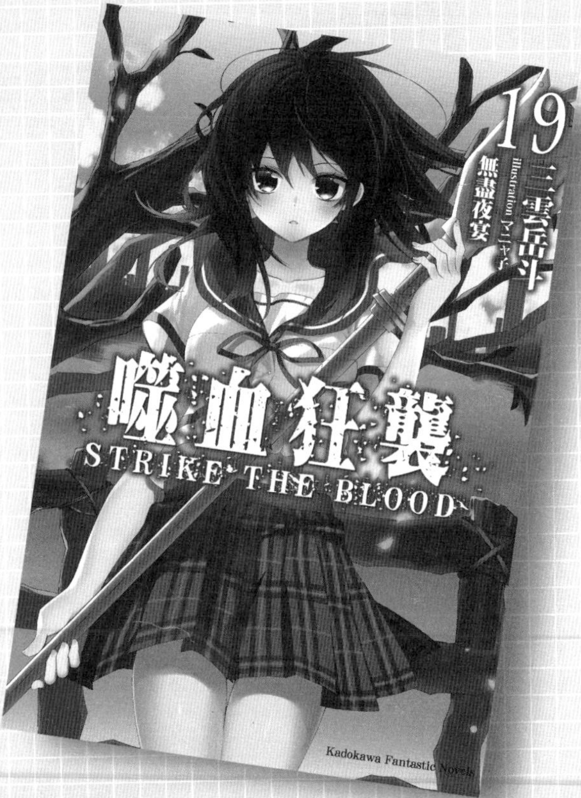
19
三雲岳斗
illustration マニャ子
無盡夜宴
噬血狂襲
STRIKE THE BLOOD
Kadokawa Fantastic Novels

噬血狂襲APPEND 1 待續

Kadokawa Fantastic Novels

作者：三雲岳斗　插畫：マニャ子

《噬血狂襲》首部番外篇！
四段短篇譜成另一段「聖者的右臂」的故事。

人工生命體亞絲塔露蒂得到第四真祖的魔力，人偶師薩卡利心生覬覦而有所動作。他的最高傑作「殺人人偶史娃妮塔」的威脅已然逼近，此時，古城感染了「吸血鬼感冒」！另外，紗矢華奉獅子王機關之命獨力追查人偶師下落，卻遇上預料外的強敵！

NT$200/HK$67

Babel 1~2 待續

Kadokawa Fantastic Novels

作者：古宮九時　插畫：森沢晴行

超過400萬人深受感動，
超人氣網路小說終於出版！

水瀨雫撿起怪異書本，回過神來就到了異世界。唯一的幸運之處是「語言相通」。雫與魔法士埃利克一同踏上尋找歸鄉之路的旅程。大陸上因為兩種怪病——孩童的語言障礙與連綿細雨所帶來的疾病，陷入極度混亂。異世界隱藏的衝擊性真相即將揭曉！

各 **NT$240/HK$75**

七魔劍支配天下 1 待續

Kadokawa Fantastic Novels

作者：宇野朴人　插畫：ミユキルリア

《天鏡的極北之星》宇野朴人新系列作！
2019店員最愛輕小說大賞文庫本部門第1名

春天，名校金伯利魔法學校今年也有新生入學。他們身穿黑色長袍，將白杖與杖劍插在腰間，內心懷抱著驕傲與使命。少年奧利佛也是其中之一，只有那個在腰間插著日本刀的少女和別人不一樣——以命運的魔劍為中心展開的學園幻想故事開幕！

NT$290/HK$97

千劍魔術劍士 1 待續

Kadokawa Fantastic Novels

作者：高光晶　插畫：Gilse

斬斷這世界所有不合理與絕望——
最強劍士傳說開幕!!

身為傭兵的阿爾迪斯，身懷歷史上從未有過紀錄的魔術「劍魔術」。某天他遇見了被視作「禁忌之子」的「雙子」少女，決定悄悄撫養兩人。他為生活費而接下的工作，是要說服一名謎樣美女，沒想到那女人竟與阿爾迪斯同樣懂得施展「無詠唱魔法」……！

NT$220/HK$73

食鏽末世錄 1~2 待續

Kadokawa Fantastic Novels

作者：瘤久保慎司　插畫：赤岸K　世界觀插畫：mocha

面對企圖奪回僧正寶座的克爾辛哈，
搭檔間的羈絆能否贏過他的暴虐無道!?

　　畢斯可和搭檔美祿為了治療「食鏽」造成的特殊體質，潛入宗教大熔爐島根的中樞「出雲六塔」。然而野心勃勃的不死僧正克爾辛哈卻擋住了他們的去路，還突然偷走他的胃，使得畢斯可的性命只剩下短短五天!?貫徹熱血羈絆，怒濤般的冒險故事再度開演！

各 **NT$250~280/HK$83~90**

約會大作戰DATE A BULLET 赤黑新章 1~5 待續

Kadokawa Fantastic Novels

作者：東出祐一郎　原案·監修：橘公司　插畫：NOCO

狂三為了贏得撲克牌對決，竟然在夜晚的街頭當兔女郎？

「想讓我打開通往第六領域的門——就去賺錢吧。」第七領域支配者佐賀繰由梨提出這樣的條件。時崎狂三與緋衣響為此要到賭場賺錢，但玩吃角子老虎賺的錢對目標金額仍是杯水車薪。於是狂三賭上全部財產，與齊聚到第七領域的眾支配者以撲克牌對決！

各 **NT$220~240/HK$68~80**

國家圖書館出版品預行編目資料

Fate/Apocrypha. 4, 熾天之杯 / 東出祐一郎作；何陽譯. -- 初版. -- 臺北市：臺灣角川, 2020.02 面；　公分 譯自：Fate/Apocrypha. 4, 熾天の杯 ISBN 978-957-743-545-3(平裝) 861.57　　　　　　　　　108021200

Kadokawa
Fantastic
Novels

Fate/Apocrypha 4
「熾天之杯」

（原著名：フェイト/アポクリファ 4「熾天の杯」）

2020年2月27日 初版第1刷發行

作　者：東出祐一郎
插　畫：近衛乙嗣
譯　者：何陽

發行人：岩崎剛人
總經理：楊淑媄
資深總監：許嘉鴻
總編輯：蔡佩芬
編　輯：孫千棻
美術設計：莊捷寧
印　務：李明修（主任）、張加恩（主任）、張凱棋

發行所：台灣角川股份有限公司
地　址：105台北市光復北路11巷44號5樓
電　話：（02）2747-2433
傳　真：（02）2747-2558
網　址：http://www.kadokawa.com.tw
劃撥帳戶：台灣角川股份有限公司
劃撥帳號：19487412
法律顧問：有澤法律事務所
製　版：尚騰印刷事業有限公司
ISBN：978-957-743-545-3